趙銳 著

金女大教授明妮·魏特琳經歷的

# 南／京／大／屠／殺

❶

❷

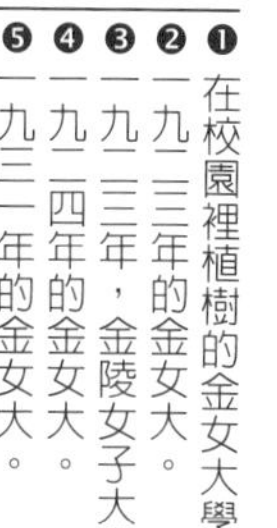

❶在校園裡植樹的金女大學生。
❷一九二三年的金女大。
❸一九二三年，金陵女子大學的新校園。
❹一九二四年的金女大。
❺一九三一年的金女大。

❸

❹

❺

❶ 一九三一年，金女大的校園建築。
❷ 校園裡的小禮拜堂，也稱祈禱堂。
❸ 一九三一年，金女大運動會。
❹ 一九三一年，金女大圖書館內。
❺ 一九三七年，在小禮拜堂舉行的婚禮。
❻ 一九三八年的金女大。

❶

❷

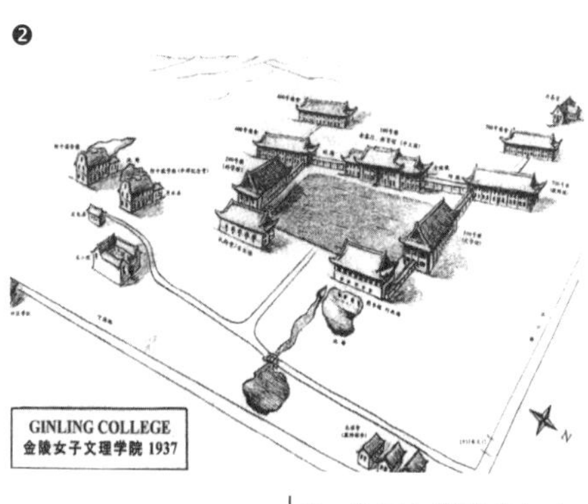


❸

❶一九三七年的金女大。
❷金女大一九三七年平面圖。
❸一九三八年中國難民營工作人員合影。

❶ 金女大的舞蹈表演，表演者為體育專科一九四九級的鮮繼平，她是著名民主人士鮮英的女兒。
❷ 一九四七年的金女大。
❸ 一九四八年金女大學生表演。
❹ 作者趙銳在南師大隨園魏特琳銅像前留影。

# 目次

1、金陵永生 009
2、上帝的旨意 027
3、感恩祈禱 045
4、戰爭的味道 059
5、他們進城了 074
6、呼喚祈禱 085
7、怒放的菊花 101
8、該叫他弟兄？ 118
9、質疑祈禱 131
10、劫後餘生 151
11、東方式虛偽 169

12、救贖祈禱 186
13、活著的滋味 203
14、罪與罰 222
15、懺悔祈禱 240
16、失敗者 259
17、同歸於盡 279
18、上帝哭了 294
【後記】小說有時會大過歷史／趙銳 307

# 1、金陵永生

真沒想到你會出現，親愛的，真沒想到你會把我從厚重的歷史塵埃中挖掘出來。我已經死去半個多世紀了，早已習慣被你們遺忘。這個世界為你們遺忘的事物太多了，連上帝亦不曾倖免，更何況我這個名不見經傳的老太婆呢。所以，悄無聲息地棲身家鄉伊利諾州是我的宿命，太正常不過了。倒是你的出現讓我意外。我得承認，你讓一個死魂靈驚醒了。

很多年前，我曾在夢裡對侄女露茜說，也許以後會有一個中國人來找我。露茜不相信我的話，她總是老氣橫秋地說：「別傻了，明妮姑媽！等我死後，咱家都未必還有人記得你，更別說遠在天邊的中國人啦！那段故事大概只有上帝知道，可他老人家現在多忙啊：一會兒中東人肉炸彈有低齡化趨勢，一會兒朝鮮半島出現新的核危機，一會兒環境持續惡化、全球氣溫上升，一會兒貧富懸殊世界又新添許多不義……唉，他哪有功夫特別安慰你這個半個世紀前的亡靈呢？你就安安心心在自家墓園裡躺著吧。等我死後，我也在旁邊躺下來，陪著你。這樣，你就不愁沒人聽你嘮叨那些陳年往事了。」

露茜真是個好孩子。她愛我，從小就愛我，一直以我為榮。你剛才初見她時嚇了一跳，以為是我明妮・魏特琳還陽轉生了是嗎？是啊，露茜長得太像我了。尤其是她年過半百之後，身材開始走樣了，眼睛開始昏花了，表情開始鬆弛了，舉手投足更是像極了我生命最後的那幾年。中國話怎麼說來著，是「外甥像舅」還是「侄女像姑」來著？還真是那麼回事呢。

記得當年我離開家鄉前往中國時，傑克弟弟靦腆得連跟女孩子約會都不會，幾年後回鄉探親，卻見傑克弟弟笑眯眯地抱著一個襁褓中的嬰兒迎接我。那是我第一次見到露茜。我活著的時候沒和露茜講過多少話，直到傑克弟弟把我的骨灰葬進西科爾鎮的家族墓園，才漸漸有機會親近露茜，並眼看著她從含苞欲放的純情少女，一天天、一年年地變成一個滄桑婦人，那軌跡一如我當年的翻版。當然，看著她滿頭白雪、一身贅肉，說起話來爽朗如鐘，走起路來如風疾行的模樣，我也彷彿看到了古稀之年的自己。雖然我在一九四一年就死了，但露茜還代替我活著，健康而快樂地活著。

真是奇怪，不知道為什麼，你一踏上西科爾鎮我就有了感覺，我似乎猛然間被一股莫名的力量從夢中驚醒。

西科爾偏安於伊利諾州一隅，向來人跡罕至。這些年我看得最多的是天上的白雲，聽得最多的是林間的鳥鳴。隔三差五，會有零星的車輛遠遠駛來，它們往往不是郵局的郵車，就是超市的貨車什麼的。這麼多年了，我還從來沒見這條公路給我帶來過什麼驚喜。

夏日的午後向來躁熱而慵懶。這天中午，在單調的蟬鳴聲中，我正百無聊賴地閉上眼睛準備打個盹兒，忽然，眼皮劇烈地抖動了一下。揉揉眼睛換個姿勢，還是睡不著，心裡彷彿揣了隻兔子，有點撲騰撲騰的。正詫異著，隱隱地，我感覺到有一股力量正在迫近，而且越來越近，越來越近……

我心慌意亂地飛上全鎮最高的那棵老橡樹。迎著午後的驕陽定睛一看，遠遠地，我看到一輛白色的汽車正風塵僕僕地駛來。它開得一點都不快，有點猶豫又有點試探的樣子，彷彿還沒確定自己的前進方向。它是想造訪我們西科爾鎮嗎？起初我十分懷疑，直到它終於拐上通往西科爾鎮的唯一道路，我才明白剛才一切的不安都與它有關。

但是為什麼會不安呢？

忽然間，汽車加大了油門、提高了速度，似乎是義無反顧地撲進了西科爾鎮的懷抱。透過汽車的擋風玻璃，我瞥見你那一頭黑髮，我的心一下子揪緊了！隨即，我看見你墨鏡下有一副亞洲人的面孔。你下了車，向路邊小湯尼的酒館走去。我看見你骨骼細巧，身量單薄，舉止優雅而決斷。你是日本人？韓國人？還是馬來人？西貢人？蒙古人？……哦，不不，你跟我熟悉的中國人那麼相像，你不可能是其他國家的女人！

我的心立刻狂跳起來！

我聽見你用流利的英語向小湯尼打聽明妮・魏特琳。聰明活潑的小湯尼雖然是個「萬事通」，但畢竟年輕了一點。他撓撓頭，表示對這個古老的名字只是有些耳熟，卻並不能說出個究竟，而且他的祖父母和父母均已仙逝，他非常抱歉沒辦法請出四老來幫這個小忙。「不過，我可以代您問問蜜雪兒醫生，我們全鎮幾代孩子差不多都是她老人家接生的，她對每家的故事都瞭若指掌，算得上西科爾的『活辭典』。」小湯尼俏皮地笑著說，「怎麼，這位魏特琳女士是您親人？如果是的話，那可真是樁新聞啦，能上CNN的。」

蜜雪兒是我兒時鄰居家的孩子。雖然她早已經老糊塗了，但承蒙她還在腦子裡給我留了一點記憶，小湯尼一個電話打過去，居然能讓她從昏睡中醒來並說出露茜的名字。我看見小湯尼眉飛色舞地放下電話，得意地對你說：「啊哈，恭喜您，您可以馬上去找布朗太太！蜜雪兒醫生說布朗太太是明妮・魏特琳的親侄女！您出門一直向前走，發現醫院的標誌建築時向左拐彎。然後，您儘管奔向那片白楊林好了，到最後總能找到布朗太太的家！」

這時候，我看見你喜形於色。

我一下子意識到你可能是什麼人了。

茂密的白楊林濃蔭怡人，露茜遲鈍地睜開眼睛，打量著你這個外鄉人。你說你是張憶寧，來自紐約，是一名記者。你說這些年在研究南京大屠殺，準備用英語寫一本書讓更多人瞭解這件事。在耶魯大學「遠東檔案」中發現了明妮・魏特琳，這個暑假就不揣冒昧一路看著地圖找到了西科爾。

「哦，親愛的，感謝您不辭勞苦來到伊利諾鄉下！」露茜微笑著欠起身，伸開雙臂熱情地擁住你左右親了親，「我和明妮姑媽打過賭，我說不會有中國人來看她的。現在，我輸了。我很高興我輸了。是上帝指引您來的，親愛的，也是明妮姑媽召喚您來的！您是一位特殊的使者！快請坐下來喝點茶吧！」

在露茜開滿鮮花的庭院裡坐定，你們的耳邊時不時迴響起蜜蜂的嗡鳴。露茜凝視著你美麗的臉龐，半晌無語，她不可思議地搖搖頭道：「親愛的，您這麼年輕，卻有勇氣面對南京大屠殺嗎？您，真的準備這樣做？」

你莞爾一笑，嘴角現出淺淺的酒窩：「您對我有懷疑是嗎？啊，我對自己也很懷疑呢——我不懷疑自己是否要做這件事，而是懷疑自己是否有能力做它。」

你向露茜解釋，別看你長了一副標準的亞洲臉，你卻是一個從思維到行為方式都很地道的美國青年：從小愛吃肯德基、麥當勞，愛喝可口可樂，愛聽瑪丹娜、邁克爾・傑克遜，愛看好萊塢大片。由於父母很少講中國故事，你和不少青年一樣，居然從來不知道有南京大屠殺這回事，直到兩年前應邀參觀一個圖片展。

「怎麼呢？」露茜問。

「呃，是這樣，納粹德國對猶太人的屠殺，我們都能說出點內容來，什麼奧斯維辛啊，焚屍爐啊，毒氣室啊……可是，可是，日本屠殺了那麼多赤手空拳的中國百姓，我們卻好像什麼都沒發生過一樣。尤其可怕的是，現在公開的英語文獻裡幾乎找不到足夠份量的記載，這太令人震驚了！」

「確實。如果沒有明妮姑媽，如果不是她生活在南京，如果她沒有將親身經歷記錄下來，我恐怕也會跟你一樣無知呢。事實上，明妮姑媽也是南京大屠殺的受害者，她是被戰爭殺死的啊！」

「您這麼認為嗎，布朗太太？揭開魏特琳教授的死亡真相，是我本次西科爾之行的重要目的。我始終難以理解，為什麼魏特琳教授會自殺？難道僅僅是抑鬱症那麼簡單嗎？哦，布朗太太，您熟悉您姑媽的故事嗎？」

「當然！雖然我只與明妮姑媽相處時間不長，但她的事我從小就知道！呵呵，她當年可是英雄，是西科爾鎮的驕傲！親愛的，我看您還是跟我進屋看看吧。」露茜說著起身進屋，你滿臉好奇地跟在她後面。

這是一幢典型的美國式房屋。踏上階梯，穿過迴廊，步入客廳，露茜引領著你在一面照片牆前駐足。「哇！」你驚訝地叫出聲。是啊，你大概見過不少美國家庭有這樣的照片牆，但你一定沒見過如此壯觀、如此豐富的照片牆。從十九世紀末到廿一世紀初，展現在你眼前的這面照片牆幾乎濃縮了一段美國甚至世界的近代史。除了露茜，恐怕也沒有第二個人能在這面照片牆前找到頭緒，大家能做的也無非是像你一樣大叫出聲。

露茜顯然相當得意，因為你的反應果然沒出她所料。事實上露茜不僅很得意，而且忽然間十分地興奮，她似乎早就在盼望這樣的「哇」聲。唉，可憐這老屋常年寂寞，已經難得有耳朵願意傾聽露茜對這張那張照片的講解了：這是祖父母，他們還是十九世紀的鄉下打扮；這是父母，旁邊的男孩是弟弟，穿短裙的是露茜；還有露茜一家，還有我這個明妮姑媽。「這些照片都是她從中國南京寄回來的，當年爺爺奶奶可自豪了，明妮姑媽的照片一寄回來，他們就把照片重新翻拍放大，懸掛在客廳醒目的位置。」

露茜告訴你，我當年是志願前往中國傳教的。一個正當妙齡的女孩子，為了傳播上帝的福音，背井離鄉前往一個完全陌生的國度，這即便在今天也需要非凡的勇氣，況且我家境貧寒，又是長女。那個年代像我這樣的鄉下女孩子，差不多十七八歲就匆匆嫁人了，我卻堅持半工半讀念完了大學，然後又通過一系列選拔和考試，取得到中國傳教的資格。後來，我又繼續尋找機會求學上進，最終獲得哥倫比亞大學教育學碩士學位，受聘擔任金陵女子大學的教授、代理校長……

「這無論如何都是一個經典傳奇不是嗎？事實上打我記事起，我就經常聽父親說有位明妮姑媽，非常聰明，非常能幹，非常了不起。在西科爾鎮，走到哪裡都會有人指點著我說：『瞧，這姑娘是魏特琳女士家的。』有人甚至還經常向我打聽有什麼中國捎回來的消息。」

「呵，那您從小就生活在一位著名姑媽的光環之下是吧？」

「是啊。不僅是我，當時全鎮的人對明妮姑媽的故事都能說出個一二三來。後來，認識明妮姑媽的老人漸漸死了，年輕人有很多其他事情要關心，而且離開西科爾鎮到大城市謀生的人很多，剩下的也就沒幾個人還記得明妮姑媽了。」露茜說著擺擺手，彷彿要把陳年往事一揮而去，上了年紀的人差不多都是這樣吧。

「那您為什麼還留在西科爾呢？該不會是捨不得離開明妮姑媽吧？」

露茜笑了：「啊，還真給您說中了。我還真是捨不得離開西科爾，捨不得離開這塊祖輩父輩耕耘過的土地！明妮姑媽也是這土地的一部分不是嗎？」

說起這塊土地，必須說到我祖父。我祖父是一個名叫皮德羅的荷蘭農民，孤身一人漂零到伊利諾州的西科爾鎮，被一位小農場主的女兒珍妮・魏特琳看中。珍妮的父親並不看好皮德羅，所以他們結婚時既沒有得到財產也沒有得到祝福。他們結婚後生了四個子女，兩個用了父姓，兩個用了母姓。我們，就是用了母姓魏特琳的那一支。據說這位珍妮・魏特琳的祖上是愛爾蘭移民，他們之前在伊利諾州已經生活了將近一個世紀……

「啊，親愛的，您看西科爾鎮的景色是多麼優美啊！您來得正是時候，夏天是西科爾鎮最美的季節，原野上鮮花盛開，森林裡樹木繁茂。當你在家門口的樹蔭下喝著下午茶望著遠方的雪山時，總有饞嘴的松鼠和灰雀來搶你剛做出來的點心。還有父親、母親、姑媽、阿姨，甚至爺爺、奶奶、外公、外婆……他們雖然都已逝去多年，我卻並不覺得他們離我太遠。清晨散步，傍晚閒逛，我都會溜達到他們身邊，和這個說會兒話，和那個聊會兒天……呵呵，親愛的，多住幾天吧，明妮姑媽會特別高興的。」

露茜告訴你，西科爾鎮還有幾位老人值得拜訪，比如我就讀中學的老校長斯科特先生，他長期負責校史研究，今年有一百一十歲了吧，是西科爾鎮頭號老壽星；喬治牧師，他小時候經常參加我所在教會的活動，我的經歷對他有過深刻影響；蜜雪兒醫生，她小時候曾和我通過好長一段時間的信，因為她特別嚮往神秘的東方……尤其吊你胃口的是，露茜透露收藏了我一大箱遺物，那可是純屬我個人的絕對隱私。露茜道：「親愛的，我一年比一年老了，也許很快就要去見明妮姑媽了，我正尋思著百年之後如何妥善安排這些明妮姑媽的私物呢。」

露茜步履蹣跚地帶你來到我的墓前。

你一見我的墓碑立馬愣住了：「啊，真沒想到魏特琳教授的墓地是這樣……」

「明妮姑媽的墓碑的確很有特色，不過我們沒人理解她為什麼要在遺囑中留下這樣的墓碑式樣。這幾個漢字，是什麼意思呢？」

「您是說這個墓碑是魏特琳教授自己設計的？」

「是啊，她在遺囑中詳細安排了後事，特別關照要按她的意願安葬。墓碑她畫得極其細緻認真，精美得簡直像一幅藝術作品。」

「布朗太太，您是說魏特琳教授還留下了遺囑？」

「是啊，一份完備周到的遺囑。措辭之冷靜、表達之精確、考慮之全面，都一如她往日的教案或論文。」

「這份遺囑現在哪裡呢？」

「在我家裡啊！」

「太棒了！太棒了！」

「親愛的，您還沒告訴我這漢字是什麼意思呢。」

「哦，對不起，布朗太太，我太失禮了。」

你告訴露茜，這塊墓碑上刻的是一個中國建築的輪廓。大屋頂、圓廊柱、中西合璧，這是金陵女子大學校舍的經典風格。這建築輪廓的中間，刻著四個漢字：金陵永生。金陵，是南京的別稱；永生，意味著永遠有生命。

「魏特琳教授設計這樣的墓碑，她的意思已經盡在不言中：她太愛南京，太愛金女大了。」你感慨道。

謝謝你的解釋，親愛的。除了金女大姐妹，大概也只有你能和我心有靈犀一點通了。對了，你剛才向露茜介紹說，你去過南京，採訪過南京大屠殺倖存者，參觀過金女大舊址；你說金女大一九五一年奉命改制並與其他院校合併重建，現在的隨園仍保留著金女大當年的倩影；你說你研究過金女大歷史，知道吳貽芳校長；你說你母親是南京人，你外婆是金女大學生，對金女大「厚生」校訓有著刻骨銘心的記憶……

哦，親愛的，真是越說越近了。難怪是你，而不是別人，專程跑來看我，原來我們是一家人。我好想念金女大啊！那個「東方最美的校園」一年四季詩情畫意，不知道一百號樓前的大草坪是否綠色依舊？我們的老銀杏呢？我們的小池塘呢？我好想念南京城啊！半個多世紀過去了，南京的寺廟、城牆還是那麼巍峨壯觀嗎？南京的池塘、湖泊還是那麼星羅棋佈嗎？南京的紫金山、棲霞山、牛首山還是那麼峰巒疊翠嗎？還有夫子廟、秦淮河、鐘鼓樓，還有鹽水鴨、回滷乾、蜜汁藕、小籠湯包……還有還有，南京的夏天還是那麼炎熱嗎？南京的冬天還是那麼寒冷嗎？哦！一九三七年的冬天，那可真是個冷徹心肺、凍裂靈魂的冬天哪！

你伸出雙臂環繞著我的墓碑，彷彿把我這個老婦深擁在懷。你輕輕撫摸著墓碑，感受著它的紋路，體會著它的溫度。你的表情是如此溫柔，你的眼神是如此細膩。一時間，四周一片寂靜，甚至連弱智的鳴蟬也彷彿通靈般噤了聲。

露茜立在一邊宛如一尊雕像，她已經忘記了自己的存在。

你摟著我的墓碑喃喃自語，你的聲音如同江南春天那淋漓的細雨，滋潤著伊利諾州的白石頭。你沒有用英文，而是用了我久違的中文：

「魏特琳教授——不，還是讓我稱呼您華小姐吧，吳校長這麼稱呼您，學生們這麼稱呼您，那些倖存的南京老人也這麼稱呼您。那麼多年過去了，他們忘記了很多事情，卻沒忘記對我說：『華小姐是佛菩薩啊！要不是她，日本人還不知道要糟蹋多少中國姑娘！還不知道要殺害多少中國人！』中國人自古以來重承諾講信義，強調『滴水之恩，湧泉相報』。在南京調查時，我發誓一定要來看您。現在，我來了。華小姐，在您面前的是一個金女大的女兒，是一個南京城的後代，是一個享受著廿一世紀的和平，同時又對二十世紀的罪惡仍有太多疑問的現代人……」

你從包裡拿出一疊照片。

「華小姐，您一定想看看現在的金女大是嗎？我給您帶來了。您看，這就是一百號樓，現在已經很少在這兒接待賓客了，因為太小了、太舊了。這是美麗的大草坪，這是迴廊，這是小池塘，這是中大樓，這是西山……呵呵，您一定覺得大相徑庭了不是嗎？是啊，現在學校有上萬學生，已經在南京城外興建了開闊無比的新校園，隨園老校區只作為研究生基地使用，當然與你們的金女大不可同日而語。那時候，金女大不過數十學生不是嗎？三十六載光陰，九百九十九朵玫瑰，好一個現代伊甸園童話！」

你抬眼望著露茜，改用英語說道：「布朗太太，按照中國風俗，掃墓時需要給先人燒紙，以慰藉和幫助他們的在天之靈。我想把這些照片燒給陰間的魏特琳教授，可以嗎？」

露茜道：「按您的意願做吧，明妮姑媽一定會喜歡收藏這些照片的！」

你找出一隻打火機，將手中的照片點燃。

一隻隻黑蝴蝶飛了起來，翩翩起舞。

我的淚來了。

你留了下來。那些天，露茜忙著向你展示。打開那只外殼斑駁的皮箱，你見到了我的大衣、我的裙子、我的旗袍、我的遺囑、我的鋼筆、我的打字機……還有太多太多屬於那個年代的回憶。

「這是勳章？」你捧起那只有著青天白日標誌的景泰藍徽章問道。

「應該是吧，聽說當時的中國政府給她頒發過勳章。」露茜回答。

「就是它。彩玉勳章。不過我還是頭一次看到真品，以前只是在檔案資料中見過照片。」

你說這是當時中國政府頒發給外國人的最高榮譽。一九三九年夏，西遷重慶的國民政府派人秘密前往南京，專程給幾位外國友人頒發了彩玉勳章，表彰他們在南京大屠殺期間為中國人民所做的一切。因為當時南京淪陷在日本人手中，為保護這些友人的安全，表彰秘而不宣，所以一直鮮為人知。後來世事萬變，彩玉勳章也就越發為人不識了。

「怎麼，魏特琳教授還有一把手槍？」你拿起那玩意兒驚訝地問。

「是啊，誰也不知道她居然隨身帶著槍，誰也不知道這槍是哪兒來的，也許是美國大使館送她防身自衛的？但最後，她就是用這把槍自殺的。僅一顆子彈，她射擊得恰到好處。後來醫生說，如此冷靜而完美的自殺，他從醫三十年還是第一次遇到。明妮姑媽，她做什麼事都要做到極致。」露茜道。

「聽說她自罹患抑鬱症一直有專人陪護，各方面救治都很到位，而且始終沒有離開過醫院。難道她自殺前就沒人覺察嗎？」你問。

「噢，她可不是一直沒離開過醫院。事實上，她一九三八年下半年開始出現抑鬱症症狀，一九三九年病情逐漸嚴重，一九四〇年被教會送回美國治療。因為明妮姑媽的極力反對，教會沒有將她的病情及時通報家屬。後來我們才得知，她在回國的客輪上曾試圖跳海。回國後，在醫生的幫助下，她一度大有好轉。同行的瑪麗小姐說，她們生活得很有規律，明妮姑媽的氣色一天比一天好，她還表示想學賽珍珠，寫一本關於中國的小說。一九四〇年耶誕節前夕，醫生允許她回鄉探親。呵，那可是她生命中的最後一個高潮！西科爾鎮為她舉行了盛大的歡迎儀式，家家戶戶都殷切地邀請她做客，誰也沒想到她會突然……」

「發生了什麼？」

「那天太陽已經升起老高了，明妮姑媽的房間還是靜悄悄的，一點起床的動靜也沒有。起初大家還輕手輕腳的，唯恐吵醒她的好夢。直到中午，開飯的時間到了，明妮姑媽仍然沒有步出臥室。當我陪奶奶一起進屋時，我看到明妮姑媽盛裝躺在床上，安詳得像睡著了一樣，只是潔白的枕頭上有一小灘鮮紅的血跡……」

沉默。凝重的沉默。

半晌，你問：「這意味著什麼？難道說她不是一個飽受抑鬱症折磨的病人？或者說，難道不是抑鬱症殺死了她，而是她清醒縝密地計畫、安排了死亡？」

「我不知道。沒有人知道。連醫生也不敢確定。醫生只是說抑鬱症自殺率很高，卻並不敢斷言自殺和抑鬱症有因果關係。醫生還說，明妮姑媽是典型的『戰爭抑鬱症』患者。第一次世界大戰以後，這種病在歐美大陸始現。等到第二次世界大戰結束，『戰爭抑鬱症』便屢見不鮮嘍。可憐的明妮姑媽！二次世界大戰，人類登峰造極的罪惡！但願它是空前的，也是絕後的！」

「您說得沒錯，魏特琳教授也應該列入二戰陣亡者名單。」

翻著翻著，露茜從皮箱裡取出一本厚厚的筆記。「您看看這個，親愛的。」她用肥厚的手掌摩挲著，「啊哈，看了這個您大概會激動得跳起來，這可是理解明妮姑媽的密電碼喲！我曾花費很長時間專門研究過，但我得承認我不是這塊料，否則我也能到哈佛當歷史學或心理學教授了吧，哈哈……」

你接過這本古樸厚重的小羊皮封皮的筆記本，一眼掃過封面的題字：「怎麼，是情書？教授終身未嫁，這情書是寫給誰的呢？」

看到你無比驚訝的樣子，露茜像個淘氣的孩子得意地笑了：「是寫給上帝的！只有上帝才配做她的情人！」

你疑惑道：「我知道按教會和校董事會的要求，魏特琳教授會定時將校務記錄寄回美國進行例行彙報。為此，她在南京大屠殺期間留下了大量珍貴的第一手資料。在耶魯大學圖書館，她的日記相當完整，從一九一五年到一九三九年，她在中國的工作狀況差不多一目了然。而一九三七年七月至一九三九年十二月的日記尤其詳細，完全可以作為控訴日本製造南京大屠殺的證據。我注意到魏特琳教授很早就開始使用打字機，那些日記差不多都是用打字機打出來的，怎麼現在會出現這樣一大本魏特琳教授手寫的『情書』呢？」

「這很難理解嗎，親愛的？耶魯大學收藏的，顯然是她的工作日記。她之所以記錄自己眼中的南京大屠殺，完全是為了向美國方面報告金女大的情況，這是她作為金女大留守負責人的職責。但是這個，您大概看得出，這是一本私人日記，是她寫給上帝的。」

這個季節，西科爾鎮的夜色總是降臨得很晚。當繁星在天空盡情閃爍的時候，西科爾鎮很快便進入了夢鄉。露茜的臥室早就一團漆黑，只有你的房間，一直亮著燈。我徘徊在你的視窗，看見你捧著我的筆記本，始終放不下來。它真的那麼吸引你嗎？你真的能讀得懂嗎？我幾次想闖進屋與你交談，可又擔心我這個死魂靈會嚇著你。你們中國人是忌諱鬼魂的，你們覺得陽世是陽世，陰間是陰間，陰陽應該各行其道，人鬼應該各就各位。然而事實並非如此，事實上陰與陽並非一個絕對的對立，人與鬼也並非兩個極端的存在。

你走訪了斯科特校長、喬治牧師、蜜雪兒醫生。你不停地錄音、拍照，再錄音、再拍照。在他們的敘述中，我忽然年輕、生動起來，時光彷彿倒逝，我們彷彿不再相隔半個世紀。你又前往聖約翰中學、地方教會、圖書館等地，查閱西科爾鎮一切與我有關的資料。你不停地記錄、複印，再記錄、再複印，生怕忽略每一個細節。最後一天傍晚，在露茜的陪伴下，你捧著一大把白玫瑰來到我的墓前。

「我要走了，華小姐，我來向您告別。」你把玫瑰放在我的墓前，深鞠三躬。

「親愛的，但願這次西科爾之行沒讓您失望。」露茜微笑道。

「布朗太太。如果不來西科爾，恐怕我下半輩子會一直失望下去呢，但現在我是多麼地心滿意足……」

「此行您最大的收穫是什麼呢？」

「布朗太太，不瞞您說，魏特琳教授的死困擾了我很多年。她是自殺的，這沒有疑問，她的確是用一把不知從何而來的小手槍自殺的。但她為什麼會這樣做？我們都知道她是虔誠的基督徒，她是有學識的教授，她還是一個世界最強大國家的公民。一個崇尚信仰、追求理性、愛好自由的人當真會一死了之？我百思不得其解。一般來說，我們都認為自殺是一種懦弱的、不負責任的行為不是嗎？」

「確實。對我們基督徒來說，自殺是上不了天堂的，一般來說。」

「那這本『情書』，也許就是破解教授之死的神秘鑰匙？且待我回去繼續研究吧。我已經想好了，除了南京大屠殺的書，我還要專門給魏特琳教授寫一本書，我要倡議南京在金女大老校區為她樹立銅像。魏特琳教授用極其精彩濃縮的一生，為我們詮釋了什麼是勇氣、什麼是良知、什麼是責任。對於她的任何遺忘和忽略，都不啻於是再一次犯罪。」

不要啊，張！不要研究我，不要紀念我，不要崇拜我！我本是卑微的塵土，是為了完成上帝的使命才變成人形走這一遭。我曾向上帝承諾，今生今世都聽從他、依順他、讚美他、榮耀他。結果呢？結果我辜負了他老人家，最終被撒旦附了身。是啊，除了重新化為泥土，我還能如何贖回我的罪過？

我有罪！我有罪！難道你不明白我是有罪的嗎？我不要變成銅像佇立在金女大，那只會讓我繼續痛苦。就像王爾德的快樂王子，眼睛瞎了仍然痛苦，因為他的靈魂看得見。要豎就給我主耶穌豎一尊像吧，只有他配得上那段苦難，只有他擔負得起那偉大的救贖。至於我這個罪人，如果耶穌基督允許我匍匐在他滴血的十字架前，那將是我至高無上的榮耀！

當天夜裡，你直到後半夜才上床休息。

這時候，我決定走進你的夢。

因為你天亮即將離開，我決定不再猶豫，和盤托出。

是的，有些事情我必須直接告訴你，否則永遠都不會有人知道。比如：那把槍是從日本人身上搶來的，它算是一個戰利品；我用那把槍殺死過日本人，最後又把它對準了自己；我沒有自殺，我只是想讓魔鬼撒旦再無藏身之地；上帝是我的情人，我的情書就是寫給他老人家的懺悔……是的，我要告訴你，全部都告訴你。關於戰爭，人們總以為那種兩軍對壘、殺聲震天的模式才算。事實上，我們哪個人的心靈不是血肉橫飛的戰場？哪個人沒有被罪惡傷害得百孔千瘡？尤其在那樣的年代，那樣的現場。

是的，我要把這一切都告訴你，我要讓你明白曾經發生過什麼。

# 2、上帝的旨意

明淨如洗的碧藍天空下，古老的城市彷彿一位睿智的東方老人，總是禪意十足地顯出恰到好處的寧靜和安詳。

這座城市有著令人驚歎的高大城牆。青黑色的城磚飽經滄桑，隨便找上一塊，四五百年前鑄磚人的姓名、籍貫等文字資訊清晰可見，彷彿他們隨時在小心翼翼地恭候檢查，哪怕你只是個毫不相干的未來人。觸摸著這樣的城磚，你剎那間會覺得自己輕如鴻毛。

這座城市有著縱橫交錯的密集河流。首屈一指的要數揚子江，這條中國第一大河一年四季波瀾不興，潮起潮落間讓整座城市煙水氤氳。秦淮河是當地人的母親河，它蜿蜒曲折如同城市的動脈血管，默默地給世居此地的人們輸送著營養、排泄著垃圾。

這座城市有著起伏連綿的青山綠崗。東面的紫金山，南面的牛首山，西面的幕府山，北面的棲霞山，還有夾雜其間的雞籠山、富貴山、清涼山、古平崗、雨花臺、石子崗等等。山景本身已經讓人流連忘返，更難得山山皆有故事，崗崗皆有傳說。

因為緊挨著揚子江，又因為身處諸山懷抱，這座城市呈現出典型的濕地和丘陵特徵。或大或小的湖泊池塘閒適、散漫地點綴在或高或低的山林之間，讓這座城市到處瀰漫著與眾不同的田園風情。在這裡，城市與自然融為一體，都市與鄉村合二為一。往往和豪華飯店的時髦小姐才道過「Goodbye」，轉身間，你已經與牛馬同路、與村婦同行。魚塘、菜畦、稻田、村舍、山林，與寬闊的柏油馬路、莊嚴的國家建築形成奇妙的組合。放眼望去，你經常會在莫名間怦然心動。

和富饒美麗的自然環境相配，這裡的人們也是格外地溫良、勤勉、豁達。他們喜歡自嘲地稱呼自己是「南京大蘿蔔」，這並不意味著當地盛產大蘿蔔，只是他們覺得大蘿蔔樸實本分、便宜爽口，恰如他們可愛的性格。

一九一六年，當我從下關碼頭搭乘人力黃包車顛顛簸簸一路進城的時候，我忽然覺得自己愛上了南京。從那以後，我對這座城市的感情就像經年的女兒紅，愈老愈醇厚，愈久愈甘甜。

南京，是我邂逅的第三座中國城市。橫貫太平洋從北美大陸漂流而來，我第一站停留在上海。那是一座匯集了太多西方人和西方建築的嶄新城市。在那裡，你能找到英國味、法國味、德國味、美國味、俄國味……甚至日本味，卻就是很難找得到中國味。然後，我又在合肥度過了一個秋天和大半個冬天，大體明白了「純中國」是怎麼回事。說實在的，雖說福音傳播者對外界環境不該挑剔，可當我來到南京，當我親眼看到古都的美好，我還是不由不在心裡悄悄承認：其實之前那兩座城市都不大合我的口味。

這個時候我已經叫「華群」了。這個名字是導師衛士禮幫我起的。衛士禮出生在日本京都，自幼跟隨父母在遠東傳教，十來歲才回美國接受英語教育。從耶魯大學畢業後，他又重新選擇了東方。衛士禮能說一口流利的日語，中國北方官話和上海話的發音也十分地道，是個備受人們尊敬的「東方通」。他是我導師，我從上大學起就追隨這個長相酷似耶穌基督的英俊男人，從美國追隨到了中國。

我來南京是為了催生中國第一所女子大學。

一九一二年初，中國江蘇、上海、浙江一帶的美國八個傳教會：南北美長老會、南北美衛理公會、南北美浸禮會、基督門徒會、聖公會的教會女中校長在上海集會，商討如何解決師資短缺以及學生畢業後如何繼續深造等問題。校長們一致認為，有必要在長江流域建立一所女子聯合大學。為此，他們向這個地區的所有傳教士發出倡議。一九一三年夏天，諸多教會回應倡議，同意每個教會各選派三人組成校董會，各捐出一萬美元作為基礎建設資金，捐出六百美元作為一般日常開支。新大學選址南京，名字就叫金陵女子大學。

「華群，你去南京吧，那裡人手奇缺。」衛士禮牧師說。

「好的，導師，我去。」

「我得留在上海，至少目前得這樣。這一切都是上帝的旨意。」

「明白了，導師。我聽從神的召喚。」

「這個筆記本，送你。一位羅馬神父的紀念。是佛羅倫斯老藝人純手工製作，小羊皮的封皮，傳統義大利工藝的紙張，摸上去很有質感。你也許會願意用它記點什麼。」

「嗯，謝謝。我會記下對上帝的祈禱。您覺得這樣好嗎？」

「嗯，很好。它很配。」

就這樣，我與南京相遇了。

這是上帝的旨意。

從那時起，我開始給上帝寫情書，用那個佛羅倫斯的筆記本。

現在回想起來，記憶已經把往事分割成一塊塊碎片。斑駁陸離的時光碎片在歷史萬花筒裡轉過來、轉過去，讓過往之人每瞧一眼都意亂情迷。

最初的碎片與繡花巷有關。

我抵達南京時，金女大已經在城南繡花巷開學一年多了。那是兩座緊臨的中國大宅門，一進套著一進，總共有近百間房屋、八個院落。聽校長德本康夫人說，房主係中國前朝重臣李鴻章的次子李經邁。得知美國人想租房開辦女子大學，主人二話沒說就爽快地答應了。據李家人私下透露，主人視日本為世敵，對美國卻印象甚好。德夫人她們把教室、圖書館、實驗室、禮拜堂、宿舍、廚房、餐廳、客廳等一一佈置妥當，在門口掛上了「大美國金陵女子大學」的校牌，就於一九一五年九月十七日開學了。

第一年招收新生十一人，平均年齡二十三歲。她們來自四個省的九個城市，南京、上海、鎮江、九江、寧波和杭州等，之前分別畢業於六所教會女中。中國方言之複雜、之拗口，師生們都深有同感，於是大家乾脆統一使用英語。這樣一來，師生交流毫無障礙，反而其樂融融。

關起門來，繡花巷的院落彷彿微縮的天堂，因為大家不僅是師生，更是姐妹。

這些中國女學生看著真讓人喜歡。她們穿著素樸的中式棉布上衣，長及腳踝的黑布裙子。烏黑的頭髮大多端莊地挽成髮髻，沉沉地垂在腦後。她們走路如風行水上，說話如鶯啼柳間，舉手投足間自有說不出來的嫻靜和嫵媚，和自信果敢、熱情開放的美國女生完全大相徑庭。華群愛極了她們東方式的溫柔拘謹和純真美麗，每每坐在迴廊裡看著她們閒話、運動、跳舞、嬉鬧……一坐就是好半天。

「華群，你能來真是太好了！」德本康夫人（Lawrence Thurston）在我初來乍到時這樣說，「二年級開學，我們原本十一名學生就只剩了九名。接下來的三年，還不知道有幾人能堅持拿到學位。」

德夫人一八九六年畢業於美國霍利奧克學院，獲文學學士。一九〇四年至一九〇六年任美國東部大學學生志願運動團秘書，熟悉密西西比河以東十四個州的四十多所大學。一九〇六年至一九一一年，她在中國長沙雅禮差會兒童學校教書並協助醫院工作。她的豐富經歷使金女大校董會放棄在現有女校校長中推舉首任校長的想法，並對今後的辦學報極大希望。

「她們不喜歡這兒嗎？」

「這兒房舍寬敞整潔，居住起來相當舒適。瓜果、蔬菜、米麵、肉食應有盡有，而且十分新鮮可口。所以，生活方面應該不存在問題。至於學業方面，學校剛剛草創，條件當然很不完善，但我從來沒有得過且過。」

德夫人說，學校配備的是英美大學原版教材，和美國大學完全同步，實驗器材是從美國採購托運而來，基本可以滿足學生的專業需求，學校的課程設置、學籍管理都十分規範，並得到了美國有關部門的認可。目前因條件有限，學校僅設文、理兩科，課程包括中文、英國文學、修辭學、宗教、基督生活、衛生學和音樂、繪畫等。文科為哲學組，以學習哲學、英國歷史為主；理科為科學組，以學習化學和數學為主。學生可根據興趣自由選擇。中文學習中國古典文學，各種文章須用文言文寫作，須修完十六學分才能畢業，其他課程均用英語教學。而且學校已經物色到好幾位優秀美國女教師：蔡路德博士，化學教授；黎富思博士，生物學教授；芮伯格小姐，宗教課由她負責；薛浦來小姐，歷史課教師；莉蒂亞・布朗小姐，我們的音樂家……

「親愛的，教育學可就指望你啦！用不了多久，你還會認識我們的醫生米娜博士，心理課的布特勒小姐，物理課的麥克科伊小姐，英語課的諾賓斯小姐以及負責教務的宮特拉赫小姐。想想還漏了誰沒有？……哈，要不是創辦金女大，我真不敢想像居然有這麼多學有專長的美國女人散佈在遙遠的中國！」

「祝賀您，德夫人，您的工作真是卓有成效！」我由衷地感到高興，「只要這樣堅持下去，我相信金女大很快就會初具規模，在中國和美國都贏得人們的尊重。到那時，今天這些半途而廢的姑娘們肯定會後悔不已。」

德夫人說：「你知道，這個國家極不重視女性教育，民眾普遍認為『女子無才便是德』。我問過那些退學的女孩子，她們沒有一個是自己願意離開學校的。可是，她們有的必須出嫁，有的家庭遭遇變故，還有的拿不出學費……中國迄今還沒有一所像樣的女子大學，我們創辦金女大，不僅希望能促進中國的女性教育，更希望能培養出足夠多的中國基督徒女性領袖。可面對這樣的現實，真不知道我們的願望能實現到什麼程度？」

「親愛的德夫人，這不是我們要操心的。我們只需要聽從神的召喚，努力成為他的手和腳，做他讓我們做的事。一切皆是上帝的旨意不是嗎？」

「是啊，親愛的，一切皆是上帝的旨意！」德夫人微笑著張開雙臂與我熱情相擁。停了一會兒，她忽然想起了什麼：「對了，有一個學生，需要向你特別介紹一下。她是今年二月份新來的，叫吳貽芳。杭州弘道女子學堂的校長向我推薦了她，並請求我對她特別關照。」

於是，德夫人講起了一個駭人聽聞的故事。

原來，吳貽芳家本來家境還算優裕，父親是一個地方小吏，母親出身書香門第，知書達理。可她十六歲那年，父親因裹挾進一個官司，不堪壓力，居然跳江自殺了。她母親含辛茹苦三年，在親戚的幫助下好不容易將長子送進了大學。一九一一年中國的辛亥革命爆發，全國上下動盪不安，她哥哥先失學後失業，情緒低落之下竟步了父親後塵。母親聞訊後萬念俱灰，很快也尋了短見。在為母親和哥哥守靈的當天夜裡，與吳貽芳朝夕相伴的姐姐沒了蹤影。吳貽芳四處尋找，卻見姐姐把自己掛在了房樑上……就這樣，年僅十九歲的吳貽芳幾天內連失三個親人，身邊只剩下神思恍惚的老祖母和年僅九歲的小妹妹。後來多虧二姨父伸出援手，將她們祖孫三人接到自己家中，鼓勵她勇敢地活下去，承擔起對祖母和妹妹應盡的責任。在姨父的幫助下，吳貽芳恢復了中斷很久的學業。於杭州弘道女中畢業後，她跟隨姨父遷居北京，並在北京女子高等師範學校任教。不僅自食其力，還用微薄的薪水奉養祖母和妹妹。現在，她二姨父又支持她來南京讀大學。

「多好的姐妹啊！讓我們以後為貽芳祈禱吧，求神佑護她，賜予她更多的勇氣和力量！」

「是的，華群。你知道我們實行導師制、姐妹制，每名學生都有一位師長對她進行全方位的指導，我想你以後可以多關心關心吳貽芳。」

「我明白了，校長。」

傍晚，我與一個戴眼鏡的姑娘在小花園裡不期而遇。

姑娘向我深鞠一躬，大大方方地致意道：「您好，華小姐！我是二年級的吳貽芳，歡迎您來金女大，以後還請您多多指教！」

我打量著這個單薄文弱的姑娘，無法把德夫人說的故事與她聯繫在一起。

「你就是吳貽芳？非常抱歉，我剛剛聽校長夫人說起你的不幸往事，真是很為你難過。不過，我相信烏雲已經散去了不是嗎？」

吳貽芳回答：「謝謝您。您放心吧，都是過去的事了。」

「知道我為什麼特別能體會你的感受嗎？因為我出身平民，父母都是普通農民，家裡人口不少，生活總有點艱難。為了求知求真，我吃了太多辛苦。」

我告訴吳貽芳，我從小到大一直在勤工儉學。大學時我經常湊不齊學費，四年的學業不得不讀了六年，而且始終在半工半讀。但我相信上帝與我同在！當我身處絕境特別悲觀的時候，我總是向上帝祈禱！求主讓我依靠，賜予我力量！而當我取得一個又一個進步時，我又總是非常自豪，自己為自己鼓勁：「親愛的，以前我為自己喝彩，認為自己了不起，現在我要為你喝彩！我得說，你更了不起！是的，吳，你非常非常了不起！讓我也向你鞠一躬！」

吳貽芳驚得趕緊還禮，嘴裡連呼：「您折煞學生了！折煞學生！」

我取下胸前的純銀十字架鏈掛到吳貽芳頸上：「這是我導師衛士禮牧師送的，我戴了多年。本來我發誓要戴一輩子的，現在我把它送給你。無論你遭遇什麼樣的艱難困苦，請你一定要相信：上帝與你同在！」

吳貽芳手撫十字架半晌無語：「中國有句古話，叫『君子不奪人所愛』。華小姐，這是您的珍愛之物，本來我不該接受，但我也明白您的心意……恭敬不如從命，我一定像您一樣愛惜它，謝謝！」

我擁住吳貽芳道：「除了上帝，我希望我今後也能與你同在——在你需要的時候。今後不管怎樣請都不要忘記：我是你的姐妹。」

關於這位吳貽芳——未來的金女大校長，我還想再囉嗦幾句：吳貽芳插班金女大時，比同學落後了一學期。但她利用課餘時間發奮苦讀，當年暑假門門功課補考優異，順利轉為正式生。吳貽芳為人端莊樸素、好學上進，她性格沉靜剛強，平時十分珍惜時間，對自己的要求近乎苛刻。她一般不愛說話，可一旦發起言來，又非常清晰、準確，富於魅力。金女大第一屆學生自治會成立時，吳貽芳擔任了首任會長。

一九一六年的四月，古都的春天生機盎然。植樹節這天，德本康校長帶領五六十個姑娘，來到了南京城西北的隨園陶谷地區。之所以叫「陶谷」，據說是因為古時候有位陶弘景大師在這裡煉過丹。而「隨園」的稱謂則與前清文人袁枚有關，聽南京人說，百餘年前清涼山這一帶都是袁大人的私家園林。

德夫人在一塊空曠的土地上站定，她扶著鋤頭極目四望，然後轉身對大家說：「姑娘們，這裡就是我們未來的校園！校董會兩年前就為我們選定了這一永久校址。我聽說隨園陶谷地區自古以來人文薈萃，生活過諸多詩人和藝術家，我深為金女大能在這一土地上紮根而自豪！姑娘們，今天我帶領大家一起來植樹。我們將親手挖開這裡的土地，親手把一株株小樹種下去。金女大和我們都需要成長。我相信並深深地祝願，我們都能和這小樹一起茁壯成長！上帝與我們同在！阿門！」

姑娘們齊聲祝禱，然後邊說邊笑邊幹活，忙忙碌碌地在四塊地上種上了一排排樹苗，完成任務後她們彙聚到校長周圍。

吳貽芳扶了扶眼鏡向校長打聽：「我們的校園什麼時候才能建成呢？」

德夫人笑道：「一定會很快的！之前主要是因為土地分屬十個不同的所有者，金陵神學院院長司徒雷登博士不得不一次次蓋章、交換契約，經過繁瑣的過程，才辦妥二十七英畝土地的所有手續。後來遷墳又花了三年時間。吳，我第一次來這兒時，一眼望去全是一個個墳頭！你相信嗎？共有一千多座墳墓噢！」

旁邊一個更年輕的姑娘尖叫起來：「Oh，my God！我可不願在墳場上居住！」

吳貽芳道：「別害怕，上帝已經安排好他們了。古往今來，哪家沒有逝者，哪兒沒有死人？生命不就是這樣循環往復的嗎？所以，根本不值得顧慮什麼。我倒羨慕你們這些師妹呢，我們明年就要畢業了，怕是趕不上住進美麗的新校園了！」

我接口道：「貽芳，你是金女大第一批學生。今後無論你們走到哪裡，金女大都是你們的家。你會看到新校園，也會和我們一起分享金女大成長的每一步。」

吳貽芳微笑著點點頭。

一九一九年六月，德本康校長和建築師亨利・K・墨菲先生（Mr. Henry Killam Murphy）來到陶谷，共同為新校舍打樁。正是這位墨菲先生，為金女大設計了「東方最美校園」。也正是在這一年的六月二十五日，吳貽芳和徐亦蓁、劉劍秋、任倬、湯惠菁五位同學成為金女大首屆畢業生，她們是中國第一批女學士，獲得了美國紐約州大學委員會的認可。

這一年，金女大師生們經過討論，一致同意以「厚生」作為校訓。「厚生」典出中國最古老的一部著作《尚書》，在《尚書‧大禹謨》裡有這樣一句話：「正德、利用、厚生、惟和。」「厚生」的涵義與《聖經》不謀而合：「我來了，是要叫人得生命，並且得的更豐盛。」「我來不是要人服侍，而是要服侍人。」以「厚生」為校訓，是要告誡學生：人生的目的，不光是為自己活著，而是要用自己的智慧和能力來幫助他人、造福社會，這樣不但有益於別人，自己的生命也因之更豐厚。

一九二三年七月，金女大深具中國古典園林風格的校舍落成。這是中國基督大學歷史上規模最大的校園工程之一，六幢房屋呈四合院型，其中三幢教學樓、三幢宿舍。這年夏天，金女大師生從繡花巷李府搬入陶谷新校園。

然而，面對花費了自己無數心血的金女大，德本康校長很快竟高興不起來了。

原來，自一九二五年上海發生「五卅運動」後，中國人要收回教育權的嚷嚷就時有耳聞。一些情緒激動的學生為了「愛國」，紛紛以從教會學校退學為榮。一九二七年三月，北伐軍攻佔南京，有極端革命者居然槍殺了金陵大學副校長文懷恩以及其他幾位傳教士。在此情況下，英、美、日、法、意等國軍艦雪上加霜，造成了中國軍民死傷二千餘人的「南京事件」。一時間，南京城氣氛緊張極了。美國大使館一天三趟派人來催。萬般無奈，大家不得不把自己交給參贊先生，任由他用軍艦把我們送往上海避難。

「尊敬的女士們，有星條旗保護，我們總算又可以安心地喝咖啡了！」參贊先生一上軍艦，就在小酒吧裡放起了藍調音樂，試圖放鬆大家的心情。德夫人一邊聽著音樂，一邊默默喝著咖啡。她忽然決絕地站起身，大聲道：「還是讓中國人來幹吧！畢竟這是他們的國家！」果然，她一到上海就向董事會提交了辭呈，儘管她做這件事時哭得滿臉是淚。

「我們會何去何從呢？」我忐忑不安地問衛士禮牧師。

「不必多慮，上帝會做出恰當的安排。」衛士禮一如既往地神態自若。

「德夫人辭職後，我們不得不跟著她一起辭了職。聽說他們已經成立了一個由中國人領導的執行委員會，也許他們將不再聘用外國人當老師，也許金女大從此就跟我們無關了……」

「你不捨得金女大嗎？你已經很久沒有回國探親了吧，難道回國不好嗎？」

「是啊，我是捨不得金女大……事實上我也完全沒想到，這些年我在南京會生活得如此幸福。我們和那些中國姑娘，就像一家人。」

我想起這些年與姑娘們一起讀書、討論，一起唱歌、跳舞，一起吃飯、祈禱。週末，我們遠足、爬山、划船、騎毛驢、唱讚美詩。我們給周圍貧窮的孩子辦識字班。那些孩子，大的帶著小的，小的拖著鼻涕。我們教他們洗手、剪指甲，把耳朵和脖子擦乾淨，教他們寫名字、認星星。他們的眼睛特別特別地明亮，他們的笑容特別特別地燦爛。我們教年輕媳婦們針織，幫她們把手工鉤製的精美窗簾、餐巾、沙發墊銷往美國，讓她們可以掙錢補貼家用，通過勞動贏得尊嚴。我們教姑娘們衛生和生理常識，讓她們能夠成為媽媽的好幫手，並消除她們因為無知而普遍存在的對婚育的恐慌。我們給貧窮的姑娘開辦家庭手工學校，她們畢業的條件之一是每人能做一件服裝和一雙鞋子……

我又向衛士禮說起了阿菊。阿菊是一個「童養媳」，從小就被逃難的父母賣了，連生日都沒人知道。因為是菊花盛開時來的，婆家人就叫她阿菊。我第一次見到她時，她瘦骨伶仃的，幾乎不與人說話，神情總像隻受驚的小耗子。我勸她婆婆讓她來認字，她婆婆勉強答應說，只要她能完成分內的家務，就同意她參加我們的活動。從認字到唱歌到聽聖經到成為信徒，阿菊彷彿脫胎換骨一般。現在阿菊認我作了「乾媽」，她說從小沒有父母，如今有了天父和我這個乾媽，她再也不怕苦難和黑暗，經常做夢都笑醒了……像阿菊這樣的孩子，我還有好幾個。我想，無論是東方的「乾媽」，還是西方的「教母」，都是為了增加人們的相愛機會吧。

我當然也很想念我的親人。前年回國探親，我發現媽媽的頸椎病越來越重了，幾乎連家務也不能做。父親老了很多，頭髮花白花白的。他說經常夢到我，對我放心不下。父母希望我結婚，像一般女人那樣生孩子、過日子。我告訴他們我有很多中國孩子，他們說那不是我生養的，我只好答應他們一定努力……是啊，在美國時我答應過他們。可一回到中國，我就把對他們的承諾全忘了，我腦子裡只有金女大，只有那些可愛的姑娘們，那些孩子閃閃發光的眼睛。愛他們並被他們愛，對我來說，比男女兩情相悅更重要。我明白這是上帝對我的特殊揀選，我願意用這樣的方式榮耀我的父……

衛士禮的表情像上帝一般慈祥：「親愛的，你已經做到了你該做的一切，而且相當相當出色。親愛的，播下什麼種子就收穫什麼果實，難道你不相信自己種下的是什麼種子嗎？儘管相信上帝，求他作主，聽從他的安排。」

「好吧，導師，我試試看。」

「親愛的，相信上帝，一切將如你所願。」

一九二七年五月，金女大校董會和執行委員會在上海召開。當選新任執行委員會主席兼董事會主席的中國人，居然是首屆金女大畢業生徐亦蓁。徐亦蓁祖籍江蘇昆山，父親是上海聖約翰大學歷史和文學教授，母親曾任昆山浸禮會女子學校校長。一九一九年六月從金女大畢業後，她先後擔任東南大學女生訓導長、北京高等師範學校英文和歷史教師等職。一九二三年獲得紐約哥倫比亞大學教育碩士學位，隨後主管上海盲童學校、教會學校及孤兒院等。一九二四年她與畢業於哈佛大學醫學院的牛惠生先生結婚，並協助夫君創辦了當時遠東第一所現代化骨科醫院。

徐亦蓁上任後立即表示：學校的行政權歸中國人控制，但並不意味著西方人不可以執教，而且新校長非吳貽芳莫屬。儘管美國國務院、駐華公使及上海總領事堅決反對，我和蔡路德、黎富思等八名教員還是欣然接受徐亦蓁的邀請，我們迅速返回金女大，成為當時南京城內唯一的一群美國人。

金女大發生這一系列重大變故時，吳貽芳尚在美國攻讀生物學博士，她對即將到來的命運轉折還一無所知。和徐亦蓁一起推薦吳貽芳的，還有吳貽芳的恩師黎富思教授（Dr. Cora. Reeves）。也難怪她們力挺吳貽芳，吳貽芳的品質和能力也著實讓大家刮目相看！

一九一九年大學畢業後，吳貽芳回到北京女子高等師範學校工作。一九二一年冬天，美國蒙特霍利克女子大學校長來北高師參觀，吳貽芳以流利的英語、東方淑女的風範給這位校長留下深刻印象。返美後，她為吳貽芳爭取到巴爾勃獎學金，邀請吳貽芳進入美國密執安大學研究院攻讀生物學，並學習法文和德文。留學期間，吳貽芳在密執安科學雜誌發表論文《黑蠅生活史》，又先後當選中國基督教學生會會長、留美中國學生會副會長、密執安大學中國學生會會長和科學會會員等，成為很有號召力的學生領袖。每每談起她，金女大教師都會滿意地現出笑容。

一九二八年十一月三日上午十點，金陵女子大學張燈結綵。校門口車輪轆轆，馬蹄得得，一批又一批嘉賓向校園中心的小禮堂雲集。第一夫人宋美齡女士大駕光臨了！教育部長蔣夢麟的代表孟壽椿先生也到了！還有來自上海、南京各大名校的校長們！金女大新校長的就職典禮馬上就要開幕了，三十五歲的生物學博士吳貽芳成為各大報紙的頭號新聞人物。

主持會議的徐亦蓁首先對德夫人創建金女大的功績表示感謝，宣佈德夫人改任教師並兼學校顧問，並代表全體校董歡迎吳貽芳就任新校長。隨後，德夫人講話並將辦公印章交給徐亦蓁。徐亦蓁介紹了吳貽芳的簡歷，將印章交給了她。接著，嘉賓致詞，各界代表發言。在熱烈的掌聲中，蔣夫人宋美齡也講了話，她強調：「如果中國婦女要服務於自己的國家，服務於全世界婦女的偉大事業，她們必須盡自己的最大努力去承擔這一責任。」最後，吳貽芳站到了主席臺上，她說：「我是一隻小小的歸燕，今天回到母親身邊，為她做些力所能及的事情，我感到十分幸福。今後我將與姐妹們一起秉承『厚生』精神，按主耶穌的意旨和國家民族的需要，為發展金女大和中國的教育事業竭盡全力！」

在當晚的慶祝宴會上，黎富思教授眼含淚花對吳貽芳說：「吳，你能來當校長真是太好了！我真是太高興了！知道嗎？在推薦你當校長的那段時間，我接到一份通知，讓我立刻前往紐約法院辦理繼承一份遺產的法律手續。親愛的，那可是一份豐厚的遺產，足足二十五萬美金！可是我不能走開，因為是否確定你擔任校長，董事會當時正在猶豫。後來終於確定了，是你！我當時高興得哭了！可你猜怎麼著，我的二十五萬美金沒了——時間錯過了！來不及了！不不不，親愛的，你不要抱歉。對此我並沒有半點兒後悔，因為你比二十五萬美金重要得多！」

吳貽芳摟住黎教授親了又親：「我該怎麼回報您呢？我只有把一切奉獻給金女大吧，我只有這樣了，我只有這些了……」

吳貽芳又摟住我道：「瞧，這十字架一直陪伴著我，現在我們一起回家了……」

那一天，我驚喜地發現了衛士禮牧師。

「華群，祝賀你，你播下的種子長成了大樹！真讓人高興啊！」衛士禮笑道。

「導師！您怎麼來了？您是上帝送給我的禮物嗎？事實上我也是您播下的種子不是嗎？」我欣喜地親吻著衛士禮的手。

「也許是你的祈禱感動了上帝？呵呵，你總是希望我來南京來南京，上帝他老人家終於不好意思拒絕了。」衛士禮說著，向我介紹了身邊的一位中國男青年：「這是剛從美國回來的神學博士沈傳音牧師，也是一顆即將紮根石城的新『種子』，上海教會要求我把他『埋』到合適的地方。華群，你說我把他『埋』哪兒好呢？」

沈傳音儒雅施禮道：「華小姐，我是第一次來南京，以後還請您多多指教。」

上下打量著俊朗的沈傳音，我讚歎道：「好一顆種子！你放心好了，南京是一塊肥沃的土地，聽從上帝的旨意，你很快便會發芽的！」

沈傳音打趣道：「我發芽後會長成什麼呢？是『南京大蘿蔔』嗎？」

這時，衛士禮忽然冒出一句南京土話：「乖乖隆裡咚，韭菜炒大蔥！」

眾人一愣，立刻笑瘋了！

衛士禮故意保持著矜持，他聳了聳肩，假裝無辜而迷茫地望著大家。眾人見狀笑得越發直不起腰。這時，衛士禮忽然神秘地眨了眨眼，微笑著壓低聲音對我說：「告訴你一個秘密，華群，我馬上要成為你的同行了。金陵神學院缺一個教職，他們請我去代課。」

我驚得跳了起來，一把拉住衛士禮大叫：「太好了！太好了！以後我就可以經常請您喝茶了——我的衛教授！」

# 3、感恩祈禱

親愛的主，我的天父，我的牧羊人！

終於又可以給您寫信了。不用生硬的打字機，而是用父親送我的派克鋼筆；不用千篇一律的公文紙，而是用心愛的日記本；不用嚴肅認真、面面俱到，而是隨心所欲，想到哪兒寫到哪兒……看著黑色的花體字母在淡黃色的紙頁上舒展著、跳躍著，心中真有無法形容的快樂啊！這才叫做書寫不是嗎？這才叫做創作不是嗎？用自己的筆，在自己的本子上，寫下自己的文字，奉獻給自己的神——啊，這真是幸福！用打字機打出來的那些玩意兒，只能叫做「記錄」。那些儘管也很重要，卻是不能與給您的文字相提並論的。

從哪兒說起呢？這些天發生的事情可真叫我欲說還休啊！

還是先從一九三七年七月七日說起吧。

因為學校六月底就放假了，本來我是打算七月初到青島避暑的。可不知道為什麼，吳校長一直苦苦留我，她皺著眉頭對我說：「最近外面的活動特別多，我不得不參加，學校的事麻煩您擔待一點好嗎？」我說沒問題，反正學期考試後學校就要清場，暑假排個值班表，根據大家各自情況統籌安排就是了。吳校長又說：「您有外出度假的計畫嗎？能否七月八日以後再出行呢？八日之前還有些雜事需要您幫忙處理呢。」我告訴她的確有七月初外出度假的想法，南京的夏天實在是太熱了，不避暑不行。不過要是學校實在有事，我可以推遲度假時間，這自不必說。

我的父，您知道的，七月七日是我生日。我往年對生日並不重視，一般總是對著鏡子給自己一個微笑就算生日禮物了，但今年自打過了年，我就一直對生日念念不忘。父啊！您也怪我不得噢！因為，因為這實在是件恐怖的事情：今——年——我——居——然——五——十——歲——了！從——今——以——後，我——就——是——老——太——太——了！

對不起，天父！我知道您會罵我，您會說：「你還為臉上的皺紋煩惱嗎？你還在意世俗的眼光和說法嗎？」噢，不，天父，不是這樣。我並不介意鏡中的華群身材已不再婀娜，她的臉龐因為蒼老也不再擁有希臘雕像般的優美輪廓。是的，她的皮膚鬆弛了，她的眼睛渾濁了，她的頭髮花白了，她的表情遲鈍了——這些依然屬於上帝的禮物，我統統照單全收，不會有絲毫疑問。但同時，我卻要忍不住嗟歎時光之流逝。我還有太多太多夢想沒有實現，怎麼可以忽然就老起來呢？不行的，不可以的，我不答應的！我要向您許願，我要求您繼續賜予我智慧、熱情和精力，讓我幫助吳校長把金女大建成世界一流女子大學！

所以，今年的生日我打算給自己留一個特別的紀念。我計畫在青島定一幢海邊的小木房，帶上聖經，帶上日記本，帶上艾米莉．狄金森的詩，帶上寬鬆的衣服，慵懶地過上十天半個月。我打算七月七日這天讓自己在海浪聲中醒來，吃一點清爽的早餐，然後換上白色的衣裙到海邊散步。我準備將一隻飄流瓶拋向大海，祝願這隻飄流瓶能浪跡天涯，把我的祈禱和問候帶給大海彼岸的親人們，也祝願天父您能讓我的夢想成真！

是的，飄流瓶我已經準備好了，裝進瓶裡的東西也準備好了：一張最近在大草坪拍的照片，一封寫給媽媽的信，一封寫給天父您的信，還有一縷紮著絲帶的花白頭髮、一枚印著「厚生」字樣的金女大徽章——不多不少，正好五樣物品。呵呵，這個紀念行動是否有些孩子氣？也許吧。我當然知道媽媽不大可能接到這封信，我當然知道如果想媽媽，只要給她發封電報或者打個電話就OK了，但我還是好喜歡扔飄流瓶這個主意。穿著白長裙，赤腳走在細軟的沙灘上，將圓肚細頸的飄流瓶拋向大海，看著海浪將它沖上岸再捲回去，看著它在白色的浪花中上下翻滾、左右沉浮，看著它忽隱忽現、隨波逐流……終於，什麼都看不見了，只有大海依舊潮起潮落。

然而，七月七日這天，我沒實現我的願望。為什麼？因為吳校長用「工作」挽留了我，她給了我一個大大的驚喜！

本來我想，既然吳校長需要，我就把行程推後幾天吧。生日也好，度假也罷，畢竟都是私事，不好影響工作的。七月六日，吳校長派人通知我：次日傍晚五點，在一百號樓召開重要校務會議。第二天，我踩著鐘點前往。非常奇怪，來到一百號樓時，我發現大門虛掩著，一點不像即將開會的樣子。推門進去，廳堂裡靜悄悄的，只有整齊潔淨的桌椅們默不作聲地與我對視。沁人心脾的芬芳迎面襲來，這時我才發現，大廳中央居然有一隻超級巨大的花籃。花籃上鮮紅的中國「壽」字吸引我走上前去，然後我看見新鮮的玫瑰、百合、康乃馨和鶴望蘭們爭妍鬥豔，晶瑩剔透的露珠在嬌嫩的花瓣上微微顫動。

忽然，一隻紅色紙飛機翩然飄落，乖巧溫順地棲息在我腳邊。我剛剛俯身撿起，就聽四周響起一片祝福聲：「生日快樂——！」伴隨著《生日歌》的鋼琴曲調，吳校長和眾多師生變戲法般紛紛從桌椅下、窗簾後，以及不知道什麼什麼的地方冒出來。她們笑著鬧著，向我灑花瓣和彩紙，眾星捧月般簇擁著我。

我一下子懵了，真像做夢一樣。

好一會兒，她們才安靜下來。

吳校長一改往日布衣素衫的形象，換了件只有重要場合才穿的絲質旗袍，烏黑的頭髮梳得紋絲不亂，她代表大家微笑道：「對不起，華小姐，請原諒我找了不像樣的藉口，故意將您留了下來。今天是您五十大壽。在我們中國人心目中，五十歲是一個非常重要的生日，是需要舉辦一些儀式特別慶祝的。所以，我們決定將您留下來，我們要給您辦一個值得回味的PARTY。親愛的教授，這不是我一個人的決定，這是大家的決定——是不是啊，姑娘們?!」

「是——！」她們不約而同地歡呼著。

我沒想到，完全沒有想到！

「教授，我們還給您請來了尊貴的客人，您看！」

吳校長話音未落，一邊的幕簾已經拉開：哇，衛士禮教授、沈傳音牧師，美國駐華大使館文化參贊史密斯先生和夫人，金陵大學的喬納森教授和夫人，鼓樓醫院的威爾遜醫生……哇，我簡直不知道說什麼好了！我呆呆地站在那兒，只覺得心臟激動得怦怦直跳。我不得不把手掌放在胸前安撫著，以確保心兒不從胸腔裡蹦躂出來。

「生日快樂！」

「生日快樂！」

「生日快樂！」

人們不停地向我祝福著，一時間我彷彿腳踩祥雲飛向了天堂。

好半天我才緩過神來。我舉起雙手示意大家安靜：「這真是神奇的時刻不是嗎？不過，我奉勸你們千萬別這麼寵我，否則明天起床，當我發現自己不過是從一個黃粱美夢中醒來，你們說我以後將如何打發那許多平淡無奇的尋常日子？」

說著我雙手捂眼，佯做可憐拭淚狀。

大家哄堂大笑。

隨即，我言歸正傳：「剛才只是開個小玩笑。呃，今天的確是我生日，五十歲生日，風燭殘年的開始。這樣一個生日，我原來是打算獨自找個地方悄悄度過的。也許我的考慮有欠周全，因為我以為過生日是一個人自我反省的大好時機，有必要就此安靜下來，和心靈對對話。而且為了生日打擾朋友，我以為是個自私的想法……現在，當我面對你們的笑臉，當我置身你們的祝福，我真如同到了天堂一般快樂！感謝諸位，我永遠不會忘記今天：一九三七年七月七日！」

吳校長道：「教授，我要代表全校向您三鞠躬：一鞠躬，感謝您的博愛。無論是金女大、金女大周邊的百姓還是我自己，我們沒有誰不曾分享過您的慈愛；二鞠躬，感謝您的智慧。您用生命踐行並詮釋著真理，您是一本值得我們讀了再讀的大書；三鞠躬，感謝您的勇氣。如果沒有您的沉著淡定，金女大這些年焉能在風雨飄搖著穩步前行？世人只知我是這艘小船的船長，卻不知我背後有您這樣一位無所畏懼的大副！」

吳校長一邊說一邊向我深深鞠躬，掌聲再一次響徹了一百號樓。

「教授，下面的驚喜還多著呢，您就等著瞧好吧！」

「是啊，請大家落座吧，我們的慶祝馬上就要開始了！」

呵，那天的節目真是一個比一個精彩：教育系姑娘的讚美詩合唱，音樂系姑娘的鋼琴獨奏，中文系姑娘的昆曲表演，地理系姑娘的傣族舞蹈，體育系姑娘的藝術體操，還有史密斯夫人的歌劇詠歎調、沈牧師的小提琴協奏曲。一鳴驚人的是衛士禮教授！沒人相信，他居然已經把中國的古琴彈得出神入化！一曲《高山流水》聽得大家如癡如醉，要不是衛士禮長著一張標準的日爾曼臉，恐怕所有中國人都會忍不住與長衫飄飄的他稱兄道弟了。眾人打破砂鍋追問衛士禮的學藝秘密，衛士禮拱手作揖道：「見笑見笑！在下可是吳梅先生的入室弟子呢！」

吳校長極其崇敬地望著他，一臉肅穆地頻頻點點道：「原來如彼！」大家沒想到嚴肅的吳校長忽然如此幽默，頓時笑得前仰後合。有的姑娘沒忍住，一口茶噴到別人身上，還有人笑得肚子都疼了——那場面簡直如同《紅樓夢》中劉姥姥進大觀園的現實版。

那天我收到多少可愛的生日禮物啊！最最難得的有三樣：一是阿菊親手為我製作的綠豆糕和旗袍，二是吳校長的碧玉白菜，三是衛士禮的雞血石印章。

也不知是哪一次我對阿菊提起過，我說南京的綠豆糕很好吃，可惜太甜了，吃一塊就膩得不行。阿菊這孩子太有心了，居然就把這話記下了。她根本不會做綠豆糕，拜託了好多人才找到合適的師傅，又私下根據我的口味嘗試著做了幾遍，總算做出一盒自己滿意的。天父！阿菊的綠豆糕哪裡是綠豆糕啊，她特意請人為我雕刻了模具，是拉菲爾的《聖母子圖》！阿菊讓可愛的女兒小菊捧著綠豆糕獻給我，自己笑盈盈站在旁邊。我的父，您認為我當時能說什麼呢？我一句話說不出來，除了擁抱她和孩子！還有她一針一線親手縫製的旗袍，高雅的孔雀藍色，精美的菊花盤扣，我一看就喜歡極了！

吳校長送的碧玉白菜讓我愛不釋手。她說白菜在中國意寓著清白無虧，是中國文人追求的一種做人境界。她說與我朝夕相處這許多年，完全知道我的品格是多麼地高潔，與碧玉白菜真是天生的一對。我正欲謝絕如此貴重的禮物，她又笑道：「在中國話裡，『白菜』與『百財』諧音。咱們金女大要發展可離不開『百財』，把碧玉白菜放到您的案頭，我就不愁您不跟我一樣天天琢磨錢從何處來了！」於是，我再也無法推卻這禮物。碧玉白菜提醒我：五十歲以後仍然任重道遠。

這方潤滑的雞血石印章是衛士禮親刻的。我雖然對中國文化一知半解，但也聽說雞血石是中國特產之名石，因源料稀缺價格不菲。衛教授把它送給我時，用了一副毫不經意的腔調：「華群，你看我最近篆刻有無長進？吳梅先生可是誇我很有天賦呢。你瞧我，現在對這些中國玩意兒好像是越來越上癮了。」

「雞血石！」我大叫一聲。

衛士禮笑道：「這是我慧眼識珠從『鬼市』上淘來的，沒花多少錢。我喜歡這石頭，是因為它的美。我把它送給你，是因為覺得你用它正合適。更重要的，它是我的作品。瞧瞧我的篆字，這才是我真想向你炫耀的呢！」

我哪有能力對衛士禮的篆刻評頭論足？捧在手裡左右端詳，我只看出這枚印章刻得中規中矩，沒什麼花頭。呵，「華群之印」四個字我是認得的，側面的幾行詩就不知所以然了。

「人生到處應何似？應似飛鴻踏雪泥。雪上偶爾留爪印，鴻飛哪復計東西。這是蘇東坡的作品，我總覺得這首詩蘊含豐富的東方哲理，我正試圖參透它。」

「怎麼，您現在改宗佛教了嗎？您真是越來越像個中國人了。」

衛士禮笑道：「這也是上帝的安排。上帝要我愛這個國家，愛它的人民，愛它的城市，愛它的飲食，愛它的歷史，愛它的文化……我愛上帝要我愛的一切。」

哦，我的天父，衛士禮說得對嗎？我該像衛士禮那樣再往深裡紮根嗎？天父，請您啟示我，請您引領我！

那天的精彩演出結束後，我們又進行了輕鬆愉快的自助酒會。史密斯先生因其大使館官員的特殊身份，很快成為大家的寵兒，男人們習慣性地向他靠攏，打聽著外面聽不到的「小道消息」。不一會兒，酒會的話題竟不約而同集中到了敏感的時局上。

金陵大學的喬納森教授單刀直入：「最近日本在華北地區小動作不少，不知道中日發生戰爭的可能性有多大？白宮對此是何態度呢？」

史密斯先生透露，大使先生近來非常忙碌，經常奔波在日、英、法、德等大使館之間，和中國政府官員也往來頻頻。「中日必有一戰！這可不是我說的，而是總統閣下斷言的。當然，史密斯沒有親聆總統預言的榮幸，此乃大使先生轉述，大家姑妄聽之。」史密斯先生說完，笑眯眯地呷了一口中國自產的張掖葡萄酒。

喬納森教授點點頭：「總統的判斷與我不謀而合！幾年前張學良一槍未發拱手退出東北，蔣介石早就窩了一肚子火。現在日本又一再不甘寂寞地繼續挑逗，我想蔣介石的忍耐已經到了極限。他之所以引而未發，只不過是方方面面的顧慮太多。不過根據我的分析，中日即便開戰也不會持續太久，因為我相信白宮不會坐視遠東的政治經濟格局輕易發生改變。只要日本軍人突破了大家容忍的底線，美國政府一定會有所動作！」

衛士禮應和道：「我完全贊同喬納森教授的意見。美國政府的態度我不知道，但我知道沒有人喜歡戰爭！二十年前的那場大戰，大家想必還記憶猶新。在座的各位，有誰在戰爭中沒有失去親人？有嗎？有嗎？……不，沒有！我們沒有一個完整的家庭！誰想重演那場悲劇？是日本？美國？還是歐洲想這麼幹？」

「嗯哼，那麼先生們，要不要打個賭呢？」史密斯先生聳聳肩，又呷了一口葡萄酒道：「我賭白宮不會插手中日之爭，至少不會像蔣介石希望的那樣直接插手。怎麼樣，哪位參加呢？誰輸了就送在座的女士們一人一瓶『香奈兒五號』。」

吳校長之前始終在旁聽，這時候卻忍不住道：「難道美國政府會聽任日本侵略中國？不！我想就算一些唯利是圖的政客們做得出，美國民眾也不會答應。中國有兩個古老的成語，一個叫做『唇亡齒寒』，還有一個叫做『皮之不存，毛將焉附』。難道太平洋的風暴一旦刮起來，美利堅還能安然無恙地享受加州陽光、藍調音樂和好萊塢電影嗎？」

史密斯先生舉杯向吳校長致敬道：「說得好，吳博士！作為一個在中國生活了多年的美國人，我和我太太對這個國家充滿深情厚意。但是，戰爭的本質是什麼？白宮支持或反對戰爭的出發點是什麼？」

說到這兒，史密斯先生背誦了一九一九年九月十一日威爾遜總統在聖路易發表演說時的一段話：「為什麼，我的同胞們，在這裡沒有一個男人，或一個女人，甚至一個小孩，會明白現代世界的戰爭種子就是工業和商業上的對立呢？這次戰爭是一場商業和工業的戰爭，而不是一場政治戰爭。」史密斯先生強調，凱恩斯在《和平的經濟後果》中也有這樣的論述：「權力政治是不可避免的，關於這次戰爭及其目的似乎並沒有什麼新東西可以學習。還是和過去每個世紀一樣，英國又毀滅了一個貿易方面的敵人。」史密斯先生認為，假如通過戰爭，美國正好可以把大批即將過期的軍火兌換成美元，然後還可以促進就業、刺激經濟，然後還可以要脅日本、蘇俄甚至蔣介石，然後還可以在國聯說三道四……那麼，美國有多少理由非得反對一個遙遠的戰爭呢？況且，不管哪任總統，他的選票都把握在民眾手中，讓美國民眾不去做愛去作戰，有這個可能嗎？美國當然會進行必要的調停，事實上美國的確在努力，就像以前一直在努力一樣。

喬納森教授搖搖頭道：「也許華盛頓的確聚集了一批頭腦進水的公子哥兒，他們對東方一無所知，卻自以為天下盡在掌握。史密斯先生，明天我就會給《華盛頓郵報》寫篇文章，我得讓總統明白，他別指望成為那個白撿便宜的漁翁！」

這時，英國大夫威爾遜先生插嘴道：「想當年拿破崙何其英勇，可結果呢？我想日本如果不是野心膨脹到極點，應該不會在常識性問題上犯錯誤。美國在東亞問題的謹慎也情有可原，但謹慎並不代表它不作為，更何況英國一定會與美國結成聯盟。所以，我的觀點是：大家儘管放心好了，戰爭離南京還遠著呢！」

聰明美麗的史密斯夫人見氣氛有些緊張，恰如其分地打了個圓場道：「先生們，今天可是魏特琳教授的生日，吳校長請你們來是喝酒的，不是請你們進行政治辯論賽的。衛士禮教授，給我伴奏怎麼樣？我給大家來一段倫巴！威爾遜醫生，您願意和我一起獻舞嗎？」

衛士禮聞言，極其紳士地向大家行了個禮，然後走向鋼琴。威爾遜醫生也立馬優雅地起身邀請史密斯夫人，他們倆攜手在廳堂中央劃了個動人的弧線，隨即在衛士禮的鋼琴曲中翩翩起舞。我們這些圍觀者跟著節奏鼓掌助興，歡樂似乎一時間又回到了現場。

二人舞畢，大家各自散開，不再繼續剛才的爭論。

這時，我見衛士禮走到史密斯先生身邊，輕聲道：「我願意跟您打那個賭。」

史密斯先生微笑著舉了舉酒杯，沒有答話。

衛士禮接著說：「我很想登門拜訪大使先生，我們已經很久沒有一起喝茶聊天了。您能幫我代個口信嗎？」

史密斯先生再次微笑著舉了舉酒杯，一言不發。

發現我在注視，衛士禮又來到我身邊道：「戰爭陰雲正籠罩中國，這是無法迴避的現實。我希望為大使先生分憂，作為美國駐華大使，他必須發揮更大的作用。我不信羅斯福總統是個眼光短淺的勢利小人，東方西方，共同組成一個地球，誰也不能置身事外。必須化解一切戰爭隱患！必須全力以赴！」

我對政治一向缺乏熱情，而且我極其厭惡戰爭，覺得不管什麼性質的戰爭，都無非是自私邪惡的產物。不過，中國的局勢真有這麼嚴重了嗎？我將信將疑。

第二天，我按原計劃起程前往青島度假，吳校長非要親自送我不可。下關火車站人聲鼎沸，報童的叫賣聲聲聲入耳：「快報快報！昨夜日軍進攻宛平！中日開戰！盧溝橋事變爆發！……快報快報！昨夜日軍進攻宛平……」

吳校長緊鎖眉頭，她買了一份報紙匆匆掃描後告訴我：昨天下午，日軍在距北平十餘公里的盧溝橋附近進行軍事演習。當夜十時許，日軍聲稱有一名士兵失蹤，要求進入橋邊的宛平縣城搜查。遭中國守軍拒絕後，日軍向宛平縣城和盧溝橋開槍開炮。中國守軍第二十九軍三十七師二一九團無奈還擊，雙方就此展開激戰。七月八日晨，日軍包圍了宛平縣城，並向盧溝橋中國駐軍發起進攻。

吳校長說：「教授，看來局勢真的很不穩定。我們可以把票退掉，等一等再說。」

我說：「日本和中國的矛盾不是一天的，放心吧，不會打起來的。等我度假回來，他們一定已經達成了新的協定。你也抓緊假期好好放鬆一下吧，下學期還有一堆麻煩等著你呢。」

吳校長點點頭。

就這樣，我與吳校長揮手道別，火車「嘿哧嘿哧」將我帶向前途莫測的北方。

一路無話。果然不出我所料，除了打開收音機、翻看報紙偶爾會聽到戰事報導外，我在青島就像生活在世外桃源。我漫無目的地四處閒逛，時而光腳踩踏細膩的黃沙，時而極目遠眺無垠的大海，時而側耳諦聽教堂的鐘聲，時而還會與路遇的德國人、英國人狂飲當天出產的青島啤酒……

天父啊，知道我對您是多麼地感恩？我這五十年的生命能如此豐滿充盈，全賴您的恩典和光輝！您扶持我走出混沌，您啟示我仰慕天堂，您指引我傳播福音。於是我來到中國，於是我定居南京，於是我與金女大結下不解之緣……感謝您，我的主！感謝您讓我擁有這樣的生活，感謝您安排那麼一群可愛的人兒在我周圍！今生我雖不曾收穫世俗之所謂「愛情」，不曾像他們那樣建立一個「家庭」，更不曾生兒育女享受母親的幸福，我卻收穫了更廣泛、更深沉、更持久、更獨特、更偉大的愛和生命。哦，我的父，一想到您將常人無法承受的命運獨獨賜予了我，我就激動得不能自已！這是您天大的恩澤啊，我的父！我無以為報，只有繼續順服您、尊崇您、榮耀您、讚美您吧！我的父，我是多麼地愛您啊！

離開青島前，我把飄流瓶拋進了大海。我順手加了一條祝願：

**願戰爭遠離這片土地！**

# 4、戰爭的味道

戰爭的味道一天比一天濃烈。

它就如同一場瘟疫，起初只是曖昧地潛伏在報紙、廣播中，緊一點鬆一點地撩撥你的神經；然後，周圍人的表情和話語會直觀提醒你，你不得不明白它正在加速靠近，它並非僅是個簡單的傳說；隨即，親友的呻吟讓你聽見了它的聲音，潰爛的瘡口讓你見識了它的色彩，瀰漫的惡臭讓你聞到了它的氣息，僵硬的屍體讓你看到了它的蹤跡，恐懼的氛圍讓你領教了它的威力；終於有一天，它和你狹路相逢、不期而遇，你們結結實實撞了個滿懷，或者你倒在它懷中，或者它倒在你腳下……

七月十七日，中國最高領導人蔣介石在廬山發表講話說：「和平未到根本絕望時期，決不放棄和平，犧牲未到最後關頭，決不輕言犧牲」，「我們既是一個弱國，如果臨到最後關頭，便只有拼全民族的生命，以求國家生存；那時節再不容許我們中途妥協，須知中途妥協的條件，便是整個投降、整個滅亡的條件。全國國民最要認清，所謂最後關頭的意義，最後關頭一至，我們只有犧牲到底，抗戰到底，『唯有犧牲到底』的決心，才能博得最後的勝利。若是彷徨不定，妄想苟安，便會陷民族於萬劫不復之地！」

形勢急轉直下：七月二十八日，中方第二十九軍副軍長佟麟閣、第一三二師師長趙登禹戰死。七月二十九日，北平淪陷。七月三十日，天津失守。八月十三日，淞滬會戰爆發。從八月十五日起，首都南京便經常遭遇空襲。

南京人開始熟悉淒厲的警報聲，他們把紅色的磚瓦屋頂都刷成了黑色，就連公共汽車也不例外，成了移動的「黑匣子」；他們挖掘各種防空洞，街上每隔五十米到一百米就有這樣的洞穴供行人臨時避難，有些只是路邊堆些土的洞，剛好夠一個人爬進。所有人都盤算著逃亡後方的可能性，但逃亡只能是有錢人的事。即便這個人口上百萬的城市有八成居民選擇離開，可以想見，最終仍會有二三十萬底層民眾無處可逃，他們必將與這個城市同生共死。

一天清晨，大家忽然發現市中心新街口廣場出現了一枚巨型炸彈模型，頓時恐慌四處瀰漫。幾乎是一夜之間，南京城再難找到一幢紅屋頂的建築。可憐的鼓樓也穿上了灰衣，看起來彷彿落難的灰姑娘。只有酷熱難當的夜晚仍舊安寧，南京居民搖著芭蕉扇、捲著竹涼席出來納涼。在新街口的炸彈旁，人們一邊撫摸著那個龐然怪物，一邊議論左鄰右舍又有誰「翹了辮子」，同時慶倖自己和家人又混過了一天。

困守南京，困守金女大，我一籌莫展。在青島回南京的路上，我遇見五趟敞篷軍列，載著士兵、馬匹和其他裝備。很多士兵看起來還是孩子，他們年輕疲憊的臉讓我過目難忘，這些孩子也許明天就會被炮彈炸得血肉模糊？回到南京，我很快取消了原定八月初前往東京的計畫。

根據中國教育部的建議，金女大不得不把開學時間推遲。為了通知所有學生，我在電報上花了很多時間和金錢。可誰都知道，這個決定也許第二天又會改變，開學很可能遙遙無期。窗外，鳴蟬仍在無憂無慮地歌唱，睡蓮仍在無憂無慮地綻放，它們對可能出現的變故毫不在意，動植物的無知無識有時候可真讓人羨慕！

消息通過各種管道抵達，就算不想知道也無法閉目塞聽。事實上，現在人們見面除了戰事幾乎不談別的，連目不識丁的花匠老王也不例外。老王每天清晨給我送花時，照例要問兩句話：「打得怎麼樣了？又死了多少人？」他擔心位於戰區的老家親人會有危險，但他除了擔心別無辦法。每天問完這兩句話，他只能照例歎息一聲：「唉，最苦命的還是老百姓啊！」其實，我和王師傅完全一樣，除了焦慮還是焦慮，除了歎息只能歎息。但是，焦慮、歎息有什麼用？不如虔誠祈禱吧！於是，我增加了每天的祈禱時間。夜晚，校園熄燈以後，士兵和馬匹的行進聲和槍支碰撞的叮噹聲清晰可聞。這些聲音白天不容易注意，可一旦入夜卻聲聲入耳，我為此經常輾轉無眠到天明。

最近這段日子，往事常常會一幕幕浮現在眼前。比如前天早上，當我起床對著鏡子整理衣服時，竟忽然想起初到中國時試穿的一件旗袍。那是一件素雅的短袖旗袍，白色的底子上印著濃淡相宜的水墨山水，穿起來彷彿一幀流動的中國畫。我翻箱倒櫃去找那件旗袍，嘿，居然找著了！想再穿已經不可能，我的腰身比當年至少粗了十英寸，但看到它似乎又看到了當年的自己。再比如昨天下午，阿菊帶著孩子來看我，一見孩子身上那件開滿菊花的淡黃色肚兜，我冷不丁問阿菊：「這塊花布是我十幾年前送你的那塊嗎？」阿菊說是啊，正是那舊衣服改成的肚兜。「您瞧瞧，您老說自己記性差，哪裡差啊？」我也納悶，平時一句話記不住三天，怎麼十幾年過去了還記得這塊花布呢？

還比如站在窗前喝茶，我會忽然想起金女大草創時的情景，大家在德夫人的帶領下一起種樹、佈置宿舍、討論菜譜、設計校旗；和吳校長在辦公室說話，說著說著我就走了神，想起了向教育部重新登記的經過，想起金女大因為規模有限，不得不根據教育部要求更名金陵女子文理學院，為此吳校長多次發誓：有生之年一定要讓金女大成為名副其實的金女大；看著老王師傅在花圃裡忙碌，我又會不由自主想起每年秋天燦若雲霞的菊花，我喜歡和老王一起侍弄菊花，我們把金女大的角角落落都種上菊花，白的、紫的、黃的、紅的、綠的，一層層，一片片，美不勝收！到郊外散步，我會想起寂寞的明城牆銘文、熱鬧的夫子廟燈會、雜亂的朝天宮古玩市場……我甚至經常在夢中進行著歲月重播：某年某月的某一天，我與衛士禮、沈傳音或者其他朋友一同外出遊玩，當時的話語、表情、呼吸、氣溫、風速等歷歷在目，一切彷彿重新上演一遍。

這些聯想、回憶毫無邏輯可言，它們差不多總是莫名其妙地來，莫名其妙地去，來時沒有徵兆，去時沒有理由。而每每目送著它們漸漸遠去，我心中的惆悵便會潮起潮落，彷彿面對一個即將消逝的親人。我對阿菊說，看來我是真的老了，否則怎麼像你家老太似的動不動就憶舊呢？阿菊說人到五十，免不了要胡思亂想的，好歹大半輩子過下來了，不盤點盤點過去就太沒心沒肺了。「其實您還年輕著呢！您瞧我婆婆，還比您小兩歲呢，現在腰也駝了，眼也花了，牙都快掉光了。您呢，怎麼看也就是四十出頭的樣子。」哦，天真可愛的阿菊，她哪裡懂得我的心思？她的安慰是多麼清純無力啊！

還是衛士禮，一語點醒夢中人。

這天傍晚，衛士禮從美國大使館出來，順道金女大看望大家。吳校長正巧也剛從外面開會回來，於是邀衛士禮共進晚餐。

吳校長憂慮地道：「戰事日漸緊張，已經有人建議遷都作持久戰。社會上人心惶惶，流言蜚語橫行。我真擔心金女大秋天無法正常開學……」

衛士禮道：「確實，情況沒有好轉。今天下午，我又拜會了大使先生，勸說他給白宮施加壓力，加大斡旋中日關係的力度。大使先生表示，日本人顯然在做孤注一擲的賭博，軍人們信心滿滿，揚言三個月拿下中國。大使讓我們做好隨時撤離南京甚至撤離中國的準備。」

這話讓我聯想起一九二七年。當時革命軍打入南京城，槍聲隨處可聞，外國人人人自危。大使館緊張萬分，恨不得把軍艦開到學校來。大家每晚抱著箱子和衣而眠，一有風吹草動就大呼小叫……我繪聲繪色地描述了當年的故事。我說十年前我已經有過一次逃亡經歷，這一回你們儘管撤離，留我看守金女大。吳校長和衛士禮以為我在開玩笑，於是我又補充道：「軍艦駛離下關時，德夫人和我都落了淚，當時我們滿心以為再也回不到金女大。後來，我很為自己的逃亡行為慚愧，我對上帝發誓：從今以後，我將不再軟弱和恐懼。無論是戰爭還是死亡，甚至是軟弱和恐懼本身，都不再是我擅離職守的理由。」

吳校長道：「身為中國人，我真為發生的這一切感到羞恥和抱歉。你們為中國奉獻了那麼多，而我們回報的卻是什麼呀？教授，守護金女大首先是我的職責！我當仁不讓！我不相信會嚴重成那樣，說不定明天就有轉機！」

衛士禮道：「華群，你說得對，我們必須無畏無懼，不管是面對戰爭、死亡還是恐懼本身！」停了一會兒，衛士禮忽然有意無意地來了一句：「華群，你得小心，你太依戀現有的生活了。也許你該找機會離開南京，離開金女大。」

吳校長當即反對道：「那可不行！假如沒有開戰，我一定送教授回國度假，可現在我一天也離不開她！」

他們沒有注意到，衛士禮的話閃電般擊中了我！

衛士禮說對了不是嗎？這些天我魂不守舍，並不是因為歲月流逝讓我傷感，而是因為我太捨不得這美好的生活！是啊，風平浪靜時不覺得，現在面臨戰爭的威脅，我便下意識地留戀起每一個美好的細節來：美麗的旗袍、可愛的阿菊、溫暖的金女大、古樸的南京城……正是所有這些細節編織起我的生活，編織起充實豐滿、純淨祥和的二十一年！為什麼要有戰爭？為什麼要有變故？就這樣平平靜靜地生活不好嗎？讓一屆屆姑娘平安地畢業，讓她們的賢淑善良為社會所用，讓她們結婚生子繁衍生息，讓阿菊們遠離貧窮和苦難，讓小菊們衣食無憂純潔健康……難道這些要求過分嗎？

就在這次談話不久，衛士禮授命擔任美國政府駐華特使。是大使先生向白宮力薦了衛士禮，考慮到衛士禮精通中日文化並且與雙方高層均有私人情誼，白宮遂對衛士禮寄予厚望。據說衛士禮宣誓就職後，羅斯福總統還特意與他通了個長長的電話，期待他力挽狂瀾，讓中日兩個躁動的國家安靜下來。衛士禮於是全身心投入新的工作，我一時也難見他的身影。

然而，局勢還是一天比一天惡化。進入九月，越來越多的人逃離或準備逃離南京。汽車票、火車票、船票越來越難買，條條馬路上奔走著負重的馬匹和車輛。留守的人則不得不勸說自己以不變應萬變，他們把防空洞當成了第二住所，努力把它修飾得更舒適更妥帖，並努力儲存更多的食物；他們通過雲層厚度、空襲頻率、警報強度等分析判斷，學著從容應對日本飛機，儘量縮短自己龜縮的時間；他們抓緊機會苦中作樂，充分調動每一個感官、每一個細胞去捕捉美好，於是，即便是一朵平常的小花，即便是一次普通的晚宴，即便是一輪殘缺的明月，都能讓他們體會到百分百的感動和幸福。

我不像七、八月份時那麼無所適從，我接受了現實。早在八月中旬，絕大多數美國婦女和兒童已經離開南京。到了九月初，大使館甚至要求所有在華美國人全部撤離到菲律賓，因為他們擔心日本飛機會隨時轟炸中國的任一地方。我當然不會走，這一回我鐵了心。金女大討論了下一階段的辦學計畫，有人建議將學校西遷成都或重慶，理由是跟著政府走準沒錯；有人建議在武漢或長沙建立分校，因為中部城市可進可退，優勢明顯；還有人建議將分校建立在上海，因為儘管上海現在是戰區，但各國租界仍然是安全的保障，尤其對金女大這樣的美國教會學校來說。吳校長舉棋不定。

九月二十日上午，美國大使館的帕克斯頓先生來訪，宣讀了日本駐上海艦隊司令一份很長的聲明，核心只有一個：日本從明天中午開始要對南京展開真正的攻擊。讀完聲明，帕克斯頓先生道：「魏特琳女士，您最好離開幾天。所有的使館人員也許都將撤離。」

我不便當場拒絕帕克斯頓先生，但幾小時後我寫信給他道：「我認為，如果城裡所有的使館都降下國旗並撤走人員，這將是一個悲劇。因為，這意味著日本甚至在沒有正式宣戰的情況下，就可以對南京進行無情的、毫無顧忌的狂轟濫炸，我希望日本空軍無法得到這種滿足。」我和金女大的凱薩琳小姐商量後向大使館表示，我們將同我們的同事在一起，在這種時候，我們認為自己會發揮很大作用。我們是自願冒險留下的，無論發生什麼事情，我們都不願以任何形式使政府或是學校感到他們對此負有責任。

涼爽的十月來了，南京人卻如同置身火山口上，身心焦灼。生活已經完全扭曲，每一天，每一個人都過得心慌意亂、忐忑不安。人們都在勸說自己要善於接受各種各樣的意外，可當真意外發生時，又總是覺得超出了自己的想像和承受。

越是兵荒馬亂，人們越是著急著要把未來敲定下來。這段時間，南京的婚禮格外密集。那些早已定下婚約的人家自不必說，無非是提前辦事以便夜長夢多。而那些兒女婚事尚無著落的父母則再也坐不住了，他們求媒婆拜親友，恨不得當天就把兒媳迎進門、閨女嫁出去，哪怕兒女離理想的婚嫁年齡還差那麼一兩歲，哪怕對方的門第出身和自家的期望還缺那麼幾點點，哪怕彩禮還不齊備、禮數還不周全——煩不了了！不能計較了！你一猶豫別人就捷足先登了！於是，連篇累牘的婚慶消息把報紙擠得滿滿當當，大小教堂的鐘聲從早到晚響個不歇，震耳欲聾的鞭炮聲和日軍炸彈的爆炸聲此起彼伏。街面上，迎親的隊伍和送葬的行列經常會並駕齊驅或驀然邂逅。兩群人馬走著走著，有時甚至會交錯、混雜在一起。這時候，人們往往會尊重地打個照面、換個眼色，然後各走各的路、各吹各的曲。是啊，誰知道明天這兩家的紅白事會不會換過來呢？

教堂成了人們渴求心靈避難的唯一場所。隨著局勢的惡化，我發現星期天早晨的彌撒活動越發人滿為患。牧師彷彿成了上帝的化身，老百姓像迷途的羔羊般凝望著他們，恨不得把牧師所說的每一個字都刻進心裡。這樣的饑渴連我都感到吃不消，難怪幾天不見，沈牧師的嗓子都沙啞了。可沈牧師一點沒有退縮，他總是不遺餘力地佈道佈道再佈道，耐心而細緻地安慰著每一個人，鼓勵大家每天都要為中國與和平祈禱。

「目前的形勢是上帝造成的，還是人類造成的？」有一天，沈牧師在佈道中忽然提出這樣的問題。

沒有人敢於回答。

沈牧師接著追問：「上帝是不是萬能的？如果上帝是萬能的，那他為什麼不消滅戰爭？為什麼允許人類犯下罄竹難書的罪惡？如果上帝不是萬能的，那我們是否還有必要信他？我們是否只要對上帝說『我信你了』，上帝就必須為我們的幸福平安負責？罪惡是上帝安排的嗎？上帝將如何拯救我們呢？……」

所有人都呆若木雞。

沈牧師不慌不忙地接著道：「親愛的弟兄姊妹，我們知道，《創世記》第三章的開始就說明了上帝對人的要求：人所須做的僅是不吃那棵樹上的果子。而人恰恰不滿足自己有限的、被創造的身份，人吃了那果子，這意味著人選擇了與上帝對抗，人將自身作為價值的唯一基礎。蛇的引誘是要人超越自己的價值，而將自己的價值等同上帝的價值。這樣一來，隨著人與上帝縱向關係的破裂，人與其他事物的橫向破裂也接踵而來：男人把責任推諉給女人，說是女人引誘我吃的；女人把責任推諉給蛇，說是蛇引誘我吃的。他們不再能夠擁有一顆單純無愧的良心，他們開始遮蓋自己，用樹葉、用衣服、用世俗的一切……從此，人類不再僅僅擁有上帝的祝福和恩典，更有審判與定罪。」

沈牧師停了一會兒，提高聲音道：「目前的形勢是人造成的還是上帝造成的？當然是人造成的！罪惡是人為的還是上帝安排的？當然是人為的！人因為罪惡被逐出伊甸園，並生生世世在墮落的道路上徘徊。墮落和原罪的教義就是這樣通過人與上帝、人與他人的破碎關係來描述人的扭曲。這種通過破碎關係而來的人性扭曲一直持續著，並通過社會化過程而傳遞。這個積累過程發展到今天，已經導致沒有絲毫扭曲的人和關係再也無法在人類中出現，更極端的甚至導致戰爭！」

沈牧師又道：「怎麼辦？我們只有等待上帝的介入，只有當人對上帝的呼喚作出相應的回應，人才有可能獲得拯救，機會才會出現。上帝是仁慈的，他給所有人以機會，隨時隨地準備拯救每一個人。《馬太福音》這樣說：『他叫日頭照好人，也照歹人；降雨給義人，也給不義的人。』可即便上帝這樣仁慈，你獲救的前提仍然是：回應上帝的呼喚！而我們目前所處的環境是怎樣呢？我們一個個捫心自問看看，我是否無私地為和平祈禱過？我是否虔誠地為罪行懺悔過？除了我和我的親人、我的財產，我憂慮過別人嗎？除了咒罵這方那方，我對現狀是否也承擔責任？我當真問心無愧嗎？」

沈牧師的話聽得我心裡十分複雜，我想和他繼續深入交流這些話題，可卻很難找到合適的機會。

很快，形勢更嚴峻了。

十一月十一日，上海淪陷。日軍加緊向南京進發。

十一月二十二日，中國國民政府正式發表《遷都重慶宣言》。

金女大不得不做出西遷的最終決定。我主動要求留在南京，吳貽芳校長同意了這一方案，儘管她兩頭都放不下，但畢竟她分身無術，而請金髮碧眼的美國人守護美國教會學校，無疑是上上之選。

衛士禮打來電話問我是走是留，我告訴他：「我不能走。我覺得我這些年的經歷以及與鄰居十幾年的交往經驗，使我能夠擔負起一些責任，這也是我的使命。就像在危險之中，男人們不應棄船而去，女人也不應丟棄她們的孩子一樣。作為一個基督徒，如果我知道我的存在對別人有用的話，那麼撤離雖能保存生命，但那樣的肉體生命又有什麼意義呢？」

大使館的貝茨先生說日本的新聞完全是一邊倒，日本民眾相信是中國主動挑釁導致戰事，而日軍不惜犧牲完全是為了維護和平。面對這樣的宣傳，貝茨先生承認，儘管自己有這麼多的中國背景，也莫名地受了微妙的影響。十一月下旬，衛士禮尷尬地透露了一個軍事機密：根據美國掌握的情報，導致中日關係全面惡化的淞滬會戰，很可能是中方出於吸引國際注意力的原因刻意挑起的。

我對政治更厭惡了。

空襲日漸頻繁和隨意。中國空軍已經喪失防衛能力，只能眼睜睜看著日本飛機肆虐橫行。

南京的難民每天以一千多人的速度遞增。

我每天加緊工作：登記存封校產，出席各種會議，為即將到來的難民潮作必要的準備……傍晚，我仍努力騎車出去轉轉，這是我唯一保留的休閒和鍛煉項目。我喜歡驅車沿著虎踞關前往人跡罕至的清涼山，只有置身美麗的大自然，只有呼吸新鮮的空氣才能全然釋放身心。在兵臨城下的一九三七年深秋，古都的一草一木、一湖一泊、一城一垛，仍然是那麼寧靜美好。面對孤獨的清涼寺，面對蒼涼的鬼臉城，不經意間兩行清淚會出現在我臉上。

有一天，我騎車拜訪了金女大的鄰居。我發現即便是普通菜農，也把年輕婦女和兒童送到農村去了，只有老母親以及可能是長子的孩子還留在家裡。有一戶人家，雖然屋內的地面是泥土，屋頂是稻草，他們卻花了一百多美元修建了一個防空洞，並很大方地請窮鄰居們分享。見到我，男主人關切地打聽金女大防空洞的情況，他說：「炸彈可不長眼睛，就算你是外國人也沒法保證安全啊！連德國的拉貝先生都挖了洞呢。聽說拉貝先生家的防空洞又寬敞又舒服，他還儲藏了許多水和食物，就算在裡面待上一個月也沒事。」一位老農噙著淚水問戰爭要持續多久。「窮人撐不了多久的！」他說，「為什麼美國和英國不幫中國說話呢？」

我無言以對。

阿菊一家子沒走。阿菊婆婆說她年輕時逃荒逃難逃多了，現在這把年紀這把身子骨，說什麼也逃不動了，再說窮人命賤，也沒什麼逃頭。阿菊聽婆婆嘮叨也不言語，我問她主意，她就微笑著回答：「只有守著您、守著金女大我才最踏實，您到哪兒我到哪兒！」我聽了也就笑了。

有時候，我也騎車前往市中心的新街口方向。街面的變化總是一次次讓我驚訝再驚訝，我看到越來越多的房屋變成了瓦礫，所有的店鋪都關門大吉，原本熱鬧的新街口如今大白天也沒什麼閒人，所有的商品都十分緊缺，以前隨處可見的菜農和小商小販現在幾乎絕跡，食品——尤其是西餐常用原料，包括黃油、奶粉甚至雞蛋——更是量少價昂，什麼東西都被搶購一空，人們發了瘋似的拼命囤積，市面於是越發凋零恐慌，彷彿世界末日已經降臨。我看得心都涼了，這還是南京嗎？也許日本人進了城反而能恢復秩序？好歹大家都要生活啊！

費了不少心思，我託人買到幾匹藍、紅和白三色棉布，想找一位裁縫加緊縫製幾面美國國旗。沒想到裁縫都跑光了，後來多虧阿菊自告奮勇，以美國大使館借來的一面九英尺的星條旗為樣本，阿菊和她婆婆飛針走線，幾天功夫居然做出八小一大總共九面星條旗！我把旗幟掛起來試了試。呵！還真不賴呢！八面星條旗飄揚在金女大的東南西北，一面長達三十英尺的巨幅星條旗平鋪在大草坪上，保證日本飛機找不到任何藉口說看不清楚。「這下好了，有這麼多美國國旗保護，日本鬼子保管不敢隨便進咱們學校！」阿菊攙扶著婆婆、拉扯著小菊、引領著丈夫特意前來參觀，美麗的星條旗讓在場的每一個人都獲得了安全感。

十一月二十七日上午，蔣夫人宋美齡把她的鋼琴和手搖留聲機送給了金女大，她可能很快就要離開南京了。

十二月一日，吳貽芳校長終於乘船離開了南京，她非常疲倦和沮喪，眼睛裡充滿憂鬱。

在當晚舉行的記者招待會上，德國西門子公司南京分公司經理、南京安全區國際委員會主席約翰·拉貝先生宣佈國際安全區成立。安全區的範圍從上海路的十字路口延伸到漢中路和中山路的交叉路口，從金女大院西面的街道到中山路，包括了美國大使館、義大利大使館、金陵大學和金女大，總面積約八·六平方公里。據說，大約有二十萬人留在城裡，三四萬貧民可能前往安全區避難。作為一所女子大學，金女大將只接收婦女和兒童。

十二月三日，美國大使館打來電話，要求我在三項中選擇一項並簽上自己的姓名：一、現在就走；二、過些時候再走；三、在任何情況下都不走。我選擇了第三項。

十二月八日，美國大使館來了一個通知：隨著其他國家的外交官離開南京，美國大使館的剩餘外交官今晚也將前往美國軍艦帕奈號，並在那裡建立臨時大使館。當得知下關城門關閉的消息後，帕奈號將駛離目前的三岔河錨地。用於撤離時幫助外國人翻越的繩索，現在由貝茨先生保管……

十二月十二日，衛士禮打來最後一個電話，他說：「我已經不在南京。千頭萬緒，一言難盡。今後的聯繫可能會比較困難，也許電話、電報、信件都會斷絕？我不知道，我們不能不作最壞的打算。不管怎樣，我們不會不管我們的公民，這是美國政府的底線。我會盡可能聯繫你。珍重！上帝與你同在！」

放下電話，我喃喃道：「啊，日本人真的就要來了……」

# 5、他們進城了

程瑞芳日記摘抄：

程瑞芳（1875——1969年），祖籍湖北武昌，畢業於武昌護士學校，一九二四年來到金陵女子文理學院任舍監。一九三七年十二月，程瑞芳和明妮·魏特琳、陳斐然組成三人非常委員會負責留守學校，建立金女大難民所，程瑞芳擔任南京國際安全區第四區（金女大難民所）衛生組組長，其日記時間為一九三七年十二月八日至一九三八年三月一日。日記中的「華小姐」即為明妮·魏特琳女士。

一九三七年十二月十三日

昨晚我軍退了，今早沒有聽見還炮聲。下午二時，日兵由水西門進城了。我們的黃員警在南山看見日兵在廣州路上，他一路跑一路脫員 警衣，跑到四百號這邊下來的時候，都駭得跌倒了，臉上都白了，他真膽小。我們就上南山去看，那時有十幾個兵站在老邵房子後面，工人都驚慌了。不久，日兵到了後面養雞子處要雞子，工人把華小姐找來，華對他們說不能吃，他們走了，因為聽見鵝叫聲他們來的。今晚有人跑到學校裡，被來的不少，因日兵跑到他們家裡要他們走，因為兵要睡。這些跑出來的人都是空手，被窩日兵要用，這些人也駭死了，都是在安全區內，以為他們不到安全區。我心酸了，上四個月，南京城就沒有平靜，並且南京城只打了三天，真是淒慘，不知明天還要鬧出什麼事來呢！今日又生了兩個來世吃苦的小孩，這些月母子也苦，睡在地上。

## 一九三七年十二月十四日

今日來的人更多，都是安全區內逃來的，因日兵白日跑到他們家裡抄錢、強姦。街上刺死的人不少，安全區內都是如此，外邊更不少，沒有人敢去，刺死的多半青年男子。今日五百號三樓也住滿了。中午有七個兵由三百號後邊竹籬笆跳過來，華小姐不在，只好隨地走。正是賣粥時，他們要看難民，難民駭死了。有幾個工人膽大，招呼著他們走，有的到五百號，有的到一百號，我也招呼著他們走。他看看難民也沒有什麼，他看見一個青年男子有點怕的樣子，那兵跑去叫幾個兵來，把刀對著他，要他脫衣服，我叫他脫了，無事，走了。到院子內看見美旗在草地上，他對傭人說，不要捲起來，工人只好點頭。這些兵是隊伍的，外面一叫，他們都走了。幸而沒有跑到四百號，沒有人，他好抄錢。魏師傅今早送信到鼓樓醫院，今晚未回來，恐被日軍拖走了。街上有許多人拖走了，不知死活。金女大現有四五千人了。

## 一九三七年十二月十五日

昨晚華、我坐到十二點鐘才睡，怕有兵來，還好沒有來。

今早來的難民不少，華小姐多半在大門口照應，有兵來她好擋住，有時兵看看大門口的告示就走了。安全區內的人家都去，找錢、找吃的東西、找姑娘，並且把他們趕出去，有時把姑娘留住，所以這些人都跑到此處，人民也不敢做生意。

今日有兵進來看過走了，又有兵到南山房子，把門打破，西人放吃的東西，房內有番茄和別的小東西，恰巧Mr. Riggs來了，叫他去趕他們，把他們趕走了。不但拿此地的東西，連國際委員會的酒和香煙也拿去了。國際委員會這次失面子。先前他們怕我軍搶，想是日軍很好的，開會時總是這樣說，現在覺得不對，連安全區都不承認。知道日軍的厲害，他們也有點怕。日兵也住在安全區內，日小兵也進來，好幾支衝鋒隊進來，總有一鬧的，這是哪一國的兵？都是如此！由南門進來的兵不多，現在難民衣袖上有日旗了。華小姐是西人，真忙不過來，一日總有幾次兵進來。那些男西人在外邊也忙，她不肯請他們來幫忙。

## 一九三七年十二月十六日

今早八時半就有好幾個日兵進來調查，華小姐招待他們，我也在旁，不知他們如何調查。他們一開口找中國兵，我們不怕他們找兵，因知道沒有兵在內。但是不光是兵，若是看見兵的衣服，他就說你有兵在內。他們都在三百號，我和華小姐有點怕，因為有許多傷兵衣服和背心，自己做的、外面寄來的有好幾麻袋，都在三百號樓上地理學系房間裡。我站在門那裡，華先帶他們到別的房子。那時難民很多，後來帶他們到三層樓，就把那間房子走丟了，就帶他們下樓去，那時我的心才定。他們凶得很，凡是灰色的衣服都是兵穿的，那時人有灰色衣服都丟在塘裡，簡直好似見了鬼一樣。

……

今日一天有好幾次兵來，又有兵到南山搶東西，華真跑死了。我又怕日兵害她，叫工人跟她一路去，雖不能做什麼，有人知道他們的舉動，我又跑不來，真急人。現在難民有七八千了。

## 一九三七年十二月十七日

現有十二點鐘，坐此寫日記不能睡，因今晚嚐過亡國奴的味道。白日來過四次，南山二次，雞子的地方一次，未想到晚上會來的。他們白日來是看路子和姑娘，晚飯將吃完未散，工人來報告說好多日兵來了，華就快去。到一百號門口遇見他們，對他們說沒有兵，有一兵打華一耳光。他走後，我叫年青人都到難民處，因我怕兵到四百號來。他們都到一百號，一到那裡，就有兵站在那裡，也有兵不敢進去，有一兵站在樓梯處。

我同戴師母趕去找華，問他們看見華否，他們說沒有。我見兵在那裡站著，不便多說，就同戴師母再去找華。將由一百號出來，有一兵跑到四百號，我就跟他到四百號。他由北門進南門出跑到廚房，我將到廚房門口，他又跑到六百號橫門打門，我跑去告訴他們不能開，因有難民睡在那裡。又帶他到六百號北門進去，戴同我一路，外有楊師傅跟著他進去。六百號又出來另一兵，也來與我們同他到七百號。我以為華在彼處，不知到了轉彎的地方，遇見陳斐然同了三個兵走七百號撞門出來，會在一起時，那些兵叫我們都同他們到前面去。我問陳見華否，彼曰未見。我想到她在那裡，叫我們都到前面去，知道不是好事。陳斐然說，一路走不要分散。不知一到前面，見華一人同幾個兵站在那裡，有許多人跪在那裡，陳斐然一到，也把他跪下，就是我和華和戴三人站著。

……

這種亡國奴的苦真難受，不是為民族爭生存，我要自殺。鄔小姐今晚也危險，她不知時局，穿得很好，在難民中自然不像難民，日兵就是叫她睡，因她站在那裡，後來只好假睡。再打聽今晚拖去共十一個姑娘，不知拖到何處受用，我要哭了，這些姑娘將來如何？陳斐然的房子也抄了，三百號也抄了，拿的東西有限。

現有人來告訴我陳斐然回來，真是感謝上主。他早已回來了，是由後門進來，到中學才知他已回來。那些兵帶他到廣州路，叫他脫衣服，那時他想，用槍刺死他了，他就跪下求他們，說他家有老母，有妻子。其實他們不是刺死他，是抄他身上有錢否，把他的皮包拿去了，內中只有毛錢，後來叫他回來。不管失去什麼，陳斐然回來就是大大的幸事。

## 拉貝日記摘抄：

約翰・拉貝（John H. D. Rabe，1882——1950年），德國人，西門子南京分公司經理。一九三七年十一月南京安全區成立，拉貝被推舉為安全區主席。在南京淪陷期間，拉貝寫下著名的《拉貝日記》，記錄了日軍製造的五百多個慘案，日記時間為一九三七年九月七日至一九三八年二月二十六日。

## 一九三七年十二月十三日

一大清早，當我再次被空襲驚醒時，心裡感到很失望。炸彈又一次冰雹般地落下。日本人在昨天晚上只攻佔了幾座城門，他們還沒有推進到城內。

到達委員會總部後，我們在十分鐘內便建立了一個國際紅十字會，我成為該組織的理事會成員。約翰・馬吉擔任紅十字會主席，數周以來他一直計畫成立一個紅十字會。委員會的三個成員乘車前往設立在外交部、軍政部和鐵道部的幾所軍醫院。

通過他們的巡視，我們確信了這幾所醫院的悲慘狀況，醫院的醫護人員在猛烈交火的時候撇下無人照看的病人逃走了。於是我們迅速弄來了一面紅十字旗掛在外交部的上空，並召回了相當數量的人員，他們在看見外交部上空飄揚的紅十字會旗後才敢回到軍醫院。外交部的進出口道路上橫七豎八地躺著傷亡人員。院內和整個中山路一樣滿地拋撇著丟棄的武器裝備。大門口停放的一輛手推車上擺放著一堆不成形的東西，彷彿是具屍體，露出的雙腳表明他還沒有斷氣。我們小心翼翼地沿著大街往前開，時時刻刻都有碾過散落在地的手榴彈而被炸飛上天的危險。

一九三七年十二月十四日

在開車穿過城市的路上，我們才真正瞭解到破壞的程度。汽車每開一百米～二百米的距離，我們就會碰上好幾具屍體。死亡的都是平民，我檢查了屍體，發現背部有被子彈擊中的痕跡。看來這些人是在逃跑的途中被人從後面擊中而死的。

日本人每十人～二十人組成一個小分隊，他們在城市中穿行，把商店洗劫一空。如果不是親眼目睹，我是無法相信的。他們砸開店鋪的門窗，想拿什麼就拿什麼，估計可能是因為他們缺乏食物。我親眼目睹了德國基斯林糕餅店被他們洗劫一空。黑姆佩爾的飯店也被砸開了，中山路和太平路上的幾乎每一家店鋪都是如此。一些日本士兵成箱成箱地拖走掠奪來的物品，還有一些士兵徵用了人力車，用來將掠奪的物品運到安全的地方。

我們和福斯特先生去看了他的聖公會在太平路上的英國教堂。教堂旁邊有幾所房子，其中有一所被兩枚炸彈擊中。這些房子都被砸開並洗劫一空。幾個日本士兵正打算拿走福斯特的自行車，見到福斯特和我們，他們愣住了，隨後便迅速溜走了。我們攔住了一個日本巡邏隊，向他們指出這裡是美國人的地盤，請他們讓搶劫的人離開這個地方。他們只是笑笑，並不理睬我們。

我們遇見了一隊約二百名中國工人，日本士兵將他們從難民區中挑選出來，綑綁著將他們趕走。我們的各種抗議都沒有結果。我們安置了大約一千名中國士兵在司法部大樓裡，約有四百人～五百人被捆綁著從那裡強行拖走。我們估計他們是被槍斃了，因為我們聽見了各種不同的機關槍掃射聲。我們被這種做法驚呆了。

## 一九三七年十二月十五日

日本士兵昨天在安全區的暴行加劇了難民的恐慌情緒，許多難民甚至不敢離開他們所待的房子去旁邊的粥廠領取每日的定量米飯，因此我們現在面臨著向收容所運送米飯的任務，這就大大增加了我們向大眾提供糧食方面工作的難度。

德國顧問的房子幾乎也都遭到了日本士兵的搶劫。已經沒有人敢出家門了！為了讓汽車出入，有的時候要打開院門，這個時候外面的婦女、兒童就會湧進來，跪在地上磕頭，請求我們允許他們在我的院子裡露宿（我已經接納了一百多名極為困苦的難民）。眼前的悲慘局面是常人很難想像的。

我剛剛聽說，又有數百名已經解除武裝的中國士兵被拖出安全區槍斃了。其中有五十名安全區的員警也要照軍法執行處決，據說是因為他們放進了中國士兵。通往下關的中山北路上橫屍遍地，到處是遺棄的武器裝備。中國人放火燒了交通部。挹江門被炮火打得千瘡百孔，城門前到處是成堆的屍體。日本人不願意動手清理，而且還禁止我們組織所屬的紅卍字會進行清理。我們估計可能是要在槍斃那些已經解除武裝的中國士兵之前，先強迫他們來清理。我們歐洲人簡直被驚呆了！到處都是處決的場所，有一部分人是在軍政部對面的簡易棚屋前被機關槍射殺的。

## 一九三七年十二月十六日

兩個日本士兵爬過院牆，正打算闖進我的住房，看見我出現後就為自己的闖入找藉口，說是看見有中國士兵爬過院牆。我把我的黨徽指給他們看，於是他們就從原路又退了回去。在我院牆後面小巷子裡的一所房子裡，一名婦女遭到了強姦，接著又被刺刀刺中頸部。我好不容易弄到了一輛救護車，把她送進了鼓樓醫院。

我的院子裡一共約有二百名難民，他們像供奉神祇一樣尊敬我們這些歐洲人。只要我們從他們身邊走過，他們就跪下來，我們難受得不知如何是好。有一個美國人這樣說道：「安全區變成了日本人的妓院。」這話幾乎可以說是符合事實的。昨天夜裡約有一千名姑娘和婦女遭強姦，僅在金陵女子文理學院一處就有一百多名姑娘被強姦。如果兄弟或丈夫們出來干預，就被日本人槍殺。耳聞目睹的盡是日本兵痞的殘酷暴行和獸行。

## 一九三七年十二月十七日

晚上六時，幾個日本士兵爬過院牆的時候，我正好回到家撞見了他們。其中的一個人已經脫下了軍裝，解下了皮帶，正企圖強姦難民中的一個姑娘。我走上前去，命令他從爬進來的地方再爬出去。另外一個傢伙看見我的時候，正好騎在牆上，我只是輕輕地一推就把他推了下去。

晚上八時的時候，哈茨先生和一個日本警官帶來了一卡車相當數量的憲兵，他們的任務是在夜間守衛金陵女子文理學院，看來我們向日本領事館提出的抗議奏效了。我打開位於寧海路5號的委員會總部的大門，將逃到我們這裡的婦女和兒童放了進來，這些可憐的婦女和兒童的哭喊聲在我的耳際迴響了好幾個小時。逃到我在小桃園住所的院子裡的難民越來越多，現在安置在我家的難民人數已經有三百人左右。我的家被認為是最保險的地方。當我在家的時候，情況也的確如此，我會斥責每一個闖入者。但是當我不在家的時候，這裡的安全狀況就很糟糕。

# 6、呼喚祈禱

## A：請務必制止可恥的戰爭！——致美國總統羅斯福

尊敬的總統先生：

現在給閣下寫信的是一個虔誠的基督徒，是一個無比珍惜國家榮譽的美利堅合眾國公民，是一個遊歷過世界、感受過滄桑的半百老人，還是一個以傳播福音為己任、以教書育人為幸福的大學教授——請允許我以上述種種之名給閣下寫這封信，我迫不及待、拼盡全力地聯繫您，為只為向閣下發出一聲微弱的呼喚：救救南京！救救南京人!!

是的，我希望這封信一分鐘也不要耽誤，我希望它能和明日清晨的陽光同時抵達白宮，我希望閣下第二天一睜開眼睛就能看到我的文字。是的，閣下越早瞭解真相就越有可能幫助南京，哪怕只是減少一次屠殺、一次強姦、一次搶劫或者一次縱火。現在日本士兵已經走火入魔，他們爭先恐後地犯罪再犯罪，甚至犯罪已經成為他們渴望的榮耀。現在我只能寄希望於閣下，我相信閣下越早下定決心，就越有利於他們及時停下向墮落狂奔的步伐，然後這場恐怖、可恥、瘋狂的戰爭也越有可能儘快結束。

總統先生，自十二月十三日日本軍隊攻陷中國首都南京以來，作為留守南京的美國人，我已經親眼目睹並親身體驗了太多太多慘無人道的暴力事件。日本軍隊燒殺淫掠為所欲為，連我們這些外籍人士為保護平民特設的安全區也不放過。象徵著美國尊嚴的星條旗對他們毫無威懾力，廣為世人遵從的國際法、國際公約被他們恣意踐踏。繁華的南京城如今血流成河，堪稱人間地獄！由於美國駐華大使館已經撤離南京，我相信當地近期的真實情況只有我一人能向閣下說明。我可以手撫《聖經》向閣下發誓：事態的確已經惡劣嚴重到不堪想像的地步！

總統先生，為營救、幫助南京難民，我和我的朋友及助手們無不傾盡全力。在我給閣下寫這封信時，我已經連續幾日沒有闔眼：我必須馬不停蹄地跑東跑西，只有當日本人發現的確有一個金髮碧眼的美國女人，這個女人不僅吹鬍子瞪眼睛地站在他面前，還粗聲粗氣地用英語對他們大喊大叫——只有這樣，才有可能阻止一些避難的姑娘被他們帶走，或者強迫他們丟下那些已經搶到手的財物。事實上，強姦差不多時時刻刻都會發生，他們甚至連找個遮羞的地方都等不及。即便醒目的星條旗就掛在旁邊，他們也根本不願意把它看進眼裡。

在剛剛過去的一周裡，儘管我每天都把一隊隊日本兵成功地趕出了金女大，儘管一批又一批姑娘因我的努力保住了清白，我卻絲毫感覺不到一點點的欣慰。當成百上千的男女老少虎口脫險，當他們齊刷刷地向我下跪磕頭，涕淚交零地叫我「活菩薩」的時候，我真是覺得羞愧難當！「美國不是最講道義的國家嗎，這一次為什麼不幫我們呢？難道就由著日本這麼欺侮中國嗎？要是美國也不管這事，世界上恐怕就沒誰真的能管了。」可憐的中國百姓經常這麼問我，彷彿我就是美利堅合眾國的象徵。他們在問我時既充滿期待又充滿困惑，而我則總是恨不得找個地縫鑽進去。

總統先生，您認為我該如何作答呢？這樣的問題真讓我無地自容啊！袖手旁觀是美國人的性格嗎？見利忘義是美國人的品質嗎？一九一四年爆發的那場混戰還清晰如昨日之事，怎麼今天我們又默許甚至縱容起另一場廝殺來？難道人類的鮮血還流得不足夠多？難道社會的進步竟然是以暴力的升級作為標誌？哦，我不是政治家，自然沒有政治家的視角和措辭，我只是本著一個人、一個基督徒的基本良知向您呼籲：面對滔滔不絕的罪惡，美國和美國人必須毫不猶豫地挺身而出！

是啊，如果閣下是英國首相，如果本人是英國臣民，我此時恐怕不會放棄睡眠硬撐著寫這封信，我也許連寫信的念頭也不會有，但幸而我們是美國人。美國是什麼？美國是《獨立宣言》，美國是華盛頓林肯，美國是清教徒的世間理想，美國是地球人的今生公義。上帝賜予我們土地和財富不是供我們揮霍享樂方便，他讓美國成為世界第一強國，既是對我們幾代人辛苦勞作的獎賞，更是對我們傳播福音、弘揚公義的期許！可是我們能無愧上帝賜予我們的這一切嗎？我們能無愧美國公民的身份嗎？

今晚，當我「送」走另一隊日本的「不速之客」，當我在月光下看到鋪在草坪上的星條旗，我不禁想這些年我們國家的動機和所作所為如果不自私、不貪婪的話，這面國旗以及它所代表的國家將具有多麼大的和平和正義力量啊！事到如今，即便罪惡已經比比皆是、觸目驚心，如果美國和英國能夠為了人類的最高利益而聯合採取行動的話，人們還有可能為了後代而拯救這個世界！可事實上，我們是怎樣在不同時期，又是如何利用我們民族的遺產，出賣我們與生俱來的權利，這些權利是清教徒先輩們歷經磨難才得到並轉贈給我們的！

總統先生，每一個美國人都不會忘記閣下初涉政壇時的名言：「我們唯一要害怕的就是害怕本身。」閣下的話振聾發聵，註定會影響美國乃至人類的歷史。現在，日本軍隊在南京的罪惡雖然已經罄竹難書、令人髮指，但我還並不真的害怕，我真害怕的是我們對罪惡的漠不關心和推卸責任！我不知道如何能戰勝心中的這種害怕，我想我只能寄希望於您，寄希望於能影響世界、影響人類歷史的人。

請總統務必出面制止中日戰爭！

請總統務必將南京大屠殺的真相告知日本天皇和首相！

請總統務必挽救成千上萬羔羊般無辜的生命！

近期我親歷的暴力事件已一一記錄附於信後，這將是我們送給日本政府最好的新年禮物。眼下南京與外界的聯絡已經中斷，我們無法讓世人瞭解我們的真實處境，更無法請求獲得更多的幫助。這封信也許將通過美國或英國的外交部門發給白宮，也許將通過美聯社、路透社、紐約時報這些新聞機構，也許還要輾轉教會或什麼公司——無論如何，我都會爭取在第一時間送出它。請閣下理解資訊傳遞之不容易，請閣下重視南京發出的微弱呼喚！

願上帝憐惜南京。

阿門！阿門！

金陵女子大學戰時留守負責人　明妮・魏特琳

## B：我們不能對南京大屠殺無動於衷！——致金女大校董會及美國八大教會

尊敬的女士們先生們：

如果你們能在元旦前收到這封信，我將感到非常慶倖。同時送達的應該還有一份我近期的工作日記，日記的時間跨度為一九三七年十一月至今。

按照我們以前的約定，我的工作日記只需一季度郵寄一次。但由於戰爭的爆發，這個頻率顯然已經不適應形勢，因此我決定根據實際情況隨時發送，只要我有足夠的時間和精力。自十二月十三日南京陷落以來，南京與外界的聯繫一度完全中斷。後來多虧一些有識之士的努力，郵路才顯出勉強通行的跡象。不過，效率和安全性仍然無法保證。

我為此採取了對應措施：盡可能多地發郵件，盡可能廣地進行聯絡。這無疑加大了我的工作量，為防止日記和信件的遺失，我不得不一式兩三份甚至更多，而且分別存放甚至委託給不同的人。所以最近這段時間，我們的用紙量成倍增加。我很擔心學校庫存的紙用完了怎麼辦？但願到那個時候南京已不再是個與世隔絕的孤城！

你們曾在南京住過的人永遠也想像不出現在的南京是什麼樣子，那是我見過的最悲慘的景象：公共汽車、小汽車翻倒在街上，東一具、西一具地躺著臉已發黑的屍體，到處都是被丟棄的軍服，所有的房子和商店不是被洗劫一空就是被燒毀。安全區內的街上擠滿了人，而在區外，除了日本兵，看不到其他人。不管懸掛哪國國旗，只要沒有外國人在場，任何小汽車停在街上都是不安全的。而且毫無疑問，日本人正在縱火焚燒城市，目的可能僅僅是為了抹去他們洗劫掠奪的痕跡。昨天晚上，城市有六處火災。夜裡二時三十分，我被院牆倒塌聲和屋頂坍塌聲驚醒，大火已經蔓延到了主要街道中山路。謝天謝地，火勢沒有發展下去。

另外，金女大差不多每天都會多次遭到日本兵的搜查和搶劫。今天日本兵又來過，很多人的首飾、錢財、手錶和各類衣物被搶劫一空。每天夜裡都有年輕婦女被搶走，日本人用卡車把她們拉走，第二天早晨才放她們回來，有的甚至根本不放回來。前天，我同大王、老邵一起走回學校（我不願獨自一人行走）。這時，一名神情黯然的男子走了過來，問我們能否幫助他。原來，他二十七歲的妻子剛剛從金女大回家，就碰上了三個日本兵。這三個日本兵逼迫丈夫離開，然後將妻子帶到了不知道什麼地方。昨晚又是一個恐怖之夜，今天又有大批驚恐萬狀的婦女和年輕姑娘擁入校園。許多人跪下請求讓她們進來，我們不得不開了校門，但不知今夜她們將在何處睡覺。

今天上午八時，日本使館的幾位官員一起來了，他們要視察難民的情況。我向他們控訴日本兵的暴行，他們居然顯得很驚訝的樣子，彷彿從來沒聽說過有這樣的事。當我們看過擁擠著難民的中樓後，西南宿舍的一名工人報告說，那兒有兩個日本兵正要帶走五名婦女。我們匆匆趕到那裡，這兩個日本兵看到我們時急忙逃走。一名婦女跑過來跪在我面前，求我救她。我回過去正好擋住一個日本兵，不讓他逃走，並故意拖延時間，等那位日本官員的到來。可日本官員到達後，只是簡單地訓斥了幾句就放走了士兵，他還跟我解釋說：少數士兵不守紀律是難以避免的，大使館正在督促日本軍方對士兵嚴加管教。

今晚，我們大約有六千多名難民，校園的路上全是人。夜裡，東邊的天空很亮，城市裡的搶劫還在繼續著。

……

女士們先生們，我不想花更多的筆墨羅列這些天來的所見所聞，你們會在我的日記裡看到更多細節。情況的確已經惡劣到最惡劣的地步！我們需要緊急救助!!世界不能對南京大屠殺無動於衷，如果任由事態發展，我擔心南京城將很快成為一座廢墟，我們珍貴的校產也很可能無法保全！

前天，丹麥的辛德貝格先生從棲霞山進城，給我們帶來一點從收音機裡聽來的外界消息：英國和法國已經達成一致，由法國負責控制地中海，以便英國的艦隊能派往遠東。美國的一批艦隊也已經啟航，但目的地不清楚。是的，因為與世隔絕，我們對外界的消息格外關心。我們已經意識到這不僅僅是中日之間的戰爭，美、英、法、德、意……甚至整個地球都可能會被裹挾進來。就在寫這封信之前，我剛剛完成了一封致美國總統的呼籲信。不過總統先生是否能及時看到此信？他對發生在中國的戰爭是否足夠關注？還有，他是否能說服國會加大對遠東的軍事和外交投入？我毫無把握。為此，我便又給你們寫了這封信。你們有責任保全金女大，你們更有責任保全民眾的性命。

請你們見信後立刻進行如下操作：一、召開新聞發佈會，向媒體披露我的信件和日記，配合媒體進行相關新聞報導；二、通過各教會組織的網路機構，讓遍佈全國甚至全世界的牧師和信徒瞭解真情。如果操作得當，我相信這兩個舉措既能引發民眾對戰爭的恐懼，又能喚起他們對中國的同情。然後，輿論將對各國政要施以壓力和影響，進而敦促他們對制止中日戰爭再作努力。

請不要以為我是杞人憂天。諸位想必還對當年歐亞大陸的混戰記憶猶新，如果我們基督徒不作切實的努力，我敢斷言：用不多久，我們將重蹈覆轍，人類將再次陷入自相殘殺的深淵。中國有句智慧的古話：「天作孽猶可活，自作孽不可活。」所以，請你們抓緊行動吧！務必利用一切機會，務必重視一切可能，我們要拼盡全力大聲呼告：人啊人，快放下你們的屠刀！快停止你們的犯罪！

願主保佑你們成功！

阿門！

愛你們的明妮・魏特琳

## C：你們必須知道南京發生了什麼！——致日本基督教總會

親愛的日本的弟兄姐妹：

如果不是中日兩國軍隊在北平發生了糾紛，今年8月我們本來應該已經在東京聚首。按照原定計劃，我們將共同研討新時期的信仰危機問題、教育差異問題和文化融合問題。事實上，我多年來一直對日本的基督教育充滿景仰。聽說你們將基督精神與日本傳統融會貫通，恰到好處地傳播了福音、弘揚了教育，創造了一個又一個奇跡，這實在讓我傾心不已。我早就盼望有機會到日本親身感受，將你們的好經驗帶到我的工作生活中來。因此，我對今年八月的交流期待已久，並全方位地進行了資料準備。萬沒想到，突如其來的戰爭粉碎了我們的計畫！更沒想到，現在戰爭已經升級到曠日持久的地步！

親愛的弟兄姐妹，我想問問你們：你們對眼下正在發生的這場戰爭瞭解多少？你們獲取戰況的管道是什麼？是否除了日本官方媒體，便再也沒有其他資訊來源？日本官方媒體又是如何報導中國的情況的呢？我手頭沒有日本報紙，無法對你們所處的社會環境進行基本判斷。但一個半月前，當時美國大使館還沒撤出中國首都南京，我曾聽大使館的貝茨先生透露，說日本媒體對中日戰爭的宣傳完全是「一邊倒」，以至日本民眾無不相信是中國政府無端挑釁、惡意破壞，日本軍隊是維護國家尊嚴和亞洲和平的威武之師、正義之師。

我不是政界人士，我不知道你們的天皇和中國的蔣介石內心到底打了什麼主意。我和你們一樣信奉我主耶穌，我們都認同這樣的真理：一個基督徒要對世界充滿愛，無論白人黑人黃人或者其他什麼人種，人人都是上帝的子民，我們都應該努力讓他們感受到上帝的仁愛。一個基督徒的生命價值在於增添上帝的榮耀，用我們的仁心，用我們的堅定，用我們的勇敢。當一個基督徒面對撒旦時他該怎麼做？基督徒是否可以妥協於虛偽、貪婪、兇殘、邪惡？一邊是良心，一邊是強權；一邊是上帝，一邊是國家；一邊是親人，一邊是敵人——身為基督徒，我們該何去何從？

十二月十三日，日本軍隊攻佔了中國首都南京。為保護美國基督徒捐造的金陵女子大學，我沒有跟隨美國大使館撤離，因此有幸成為南京大屠殺的見證人。我想告訴你們一個真相：自從中日開戰，僅據我有限的見聞，我已經確知日本軍隊在通州、上海等地製造過數次大屠殺，而目前窗外仍在持續進行的大屠殺，已經把南京這個輝煌的古都變成了世所罕見的人間地獄！日本報紙說日軍所到之處無不詳和親善一片？說日軍對中國俘虜極盡人道主義的優待？說中國百姓歡迎日軍將士如同親人？——謊言！可恥的謊言！徹頭徹尾的謊言！

讓我現在就向你們描述我眼前的一切吧：從十二月九日以來，難民潮水般湧入，金女大校園原計劃只安排一兩千人，現在則爆滿到上萬人！校舍根本容納不下他們，後來者只能在走廊、過道裡臨時安身。他們有的還帶著餐具、馬桶、鋪蓋捲，有的則連被子也沒有，全靠我們接濟。差不多每天都有婦女在校園裡生下孩子，可是我們實在無力照顧他們，不少孩子就只能生在冰冷的地上，死亡隨時發生。此外，金女大還收容了大批年輕女性。日軍每天都有好幾拔人強闖金女大，要麼堂而皇之地跟我要「花姑娘」，要麼就不顧廉恥地公然搶人，有的甚至壓倒姑娘就地辦事，連褲子都不願意提起。姑娘們刺耳的尖叫和絕望的啼哭隨處可聞，尖刀般切割著我的神經……

無論哪天走上街頭，我都可以看到一路的血污和屍體，有的屍體是零散的，有的則明顯成群結隊，顯然是放下武器的俘虜遭遇集體屠殺。除了有外國人守護的幾處地方，整個南京城已經幾乎找不到像樣的建築，倒是坍塌、焦黑的房屋比比皆是。即便是白天，全城也是一片死寂，四下裡看不到人影。沒有人敢於私下隨意走動，哪怕是金髮碧眼的我們也不敢，因為誰也不知道會不會忽然冒出一個蠻橫的日本兵，他只有手裡握著槍，就可以為所欲為、無法無天。

目前留守南京的西方人士差不多有二十來人，我們每人都承擔著極大的心理負擔和工作壓力。我已經多次上書日本駐華使館、日軍駐南京司令部，然而他們總是用外交辭令委蛇敷衍，至今不見出臺任何有效措施。親愛的弟兄姐妹，我經歷過上次世界大戰，對戰爭的殘酷無情不是沒有認識。說實話，如果一支軍隊在攻城初期有些許屠殺，這似乎還在常情範圍內，因為戰爭的本性就是屠殺，從來就沒有不屠殺的軍隊。可如果大規模、無節制的屠殺並同時伴隨著搶劫、強姦、焚燒等，如果這樣的系列犯罪持續一星期、持續十天、持續半月，甚至持續到不知道什麼時候——天哪天哪！人類可怎麼辦啊！

親愛的弟兄姐妹，我很抱歉將日軍真實的猙獰面目暴露給你。我之所以給你們寫信就是想贏得你們的幫助，我以為日軍放縱的根本原因，就是確信國內親人對他們的惡行不知道。在給你們寫信的同時，我也給一些有能力的朋友們寫了信。我提議讓更多的人想更多的辦法將南京大屠殺傳播出去，尤其要讓日本各階層知道實際情況。我相信日本有許多有頭腦和有良心的人，他們完全能夠對日本軍事當局產生一些影響。我甚至還設想弄一架快速郵政飛機，連夜飛到日本本土，撒下成千上萬的小冊子和宣傳單。我們可以把斯坦利·鍾斯（Stanley Jones）的信投給你們，告訴你們通州屠殺和上海事件的真相——這兩個事件被官方用來煽動日本人民的憤怒情緒。也許，朋友們會認為這是一個瘋狂的設想。但在我看來，這個設想並不比轟炸醫院和難民火車更缺乏理智。這一設想很可能意味著損失一架飛機，犧牲飛行員及其他一些人，但是為了和平，這一犧牲難道不值得嗎？

好吧，就算我上述想法有些瘋狂，我們還可以在其他方面進行努力。比如，如果一個國家的婦女不支持戰爭，一旦這個國家的男人想打仗時，婦女們就停止縫補、編織和做飯，這樣我們就有可能阻止戰爭；如果一個國家的基督徒不支持戰爭，當其他人群嚷嚷著武力解決時，基督徒可以通過影響家人、鄰居、朋友進而影響全社會；如果一個國家的老人和孩子不支持戰爭，他們不想因為戰爭失去家中最重要的親人，那麼他們可以向自己的兒子、自己的父親表達內心的不安，要求成年男子承擔起家族責任，鼓足勇氣對國家機器說「不」——如果大家真有這樣的願望和信心，什麼樣的事情不可以去做呢？我就不信！

親愛的兄弟姐妹，我不願意在中國的戰場上與你們相遇，我不願意你們充當政治和權力的炮灰，我不願意你們放下《聖經》拿起武器。戰爭是人類罪惡的集中體現，是我們基督徒的第一勁敵，我們必須攜手捍衛和平。日本正在讓中國人比以往任何時候都團結得更緊密，日本軍方要是明白這一點就好了！以前我從未見過中國人的這種勇氣、信心和決心，我不知道激發中國人的民族自覺性，對日本一些人士想稱霸亞洲又有什麼好處呢？

讓我們切實行動起來爭取和平吧！

阿門！

金陵女子大學戰時留守負責人　明妮・魏特琳

## D、神啊，請聆聽我的祈禱！——致我唯一的愛我的真神我的父

我的主啊我的父，請您聆聽我的祈禱！請您重視我的聲音！

這是槍膛迸發的吶喊！

這是死神作出的請求！

這是地獄洩漏的呼號：

——救救他們啊！救救他們!!

哦，我的神啊！您見過那麼多的鮮血嗎？您能夠想像和理解那麼多的鮮血如污水般恣意縱橫嗎？它們從一根根血管裡流淌出來，帶著各自的溫度，各自的色彩，各自的氣味，各自的性格。或一絲絲，或一縷縷，或一淙淙，或一汩汩。時而哀婉可人，時而驚心動魄，時而壯懷激烈，由不得人不一掬同情之淚。然後，它們匯集到一起，它們平

靜冷卻下來，它們變成濁濁的一股暗流，發黑，腐臭，醜陋，骯髒，令人厭惡，令人憎恨……

哦，我的神啊！

您是那麼地慈愛悲憫，那麼地無所不能，您怎麼能不憐惜他們呢？也許他們暫時還沒有歸順於您，可他們也是您的羊群不是嗎？他們沒有歸順，是因為他們不曉得。在您充滿憐愛的瞳仁裡，他們無非就是一群迷途的羔羊啊，您怎麼忍心手無寸鐵的他們血流成河、屍橫遍野呢？如果您向他們顯示您超凡的神力，他們一定會像當年以色列人一樣歸順於您。啊！他們一定會的，我的父！中國人向來樸實溫厚，您得給他們機會！而現在，機會就在眼前。只要您讓日本人放下屠刀，只要中國人不再面臨死亡的威脅，我敢肯定，南京將立刻成為基督之城，「哈里路亞」的歌聲將迅速由此傳遍華夏大地。

哦，這個要求過分嗎，我的父？我知道，在歷史上，您曾容許一些城市和人群消亡，那是因為人們罪惡滔天，對您的苦心救贖置若罔聞。可現在南京發生的這一切完全不是南京人的錯不是嗎？事實上，稍有能力的人都已在破城前早早逃亡，眼下滯留南京的大多是老弱病殘和一貧如洗的可憐人。當然，還有成千上萬繳械投降的青壯士兵，日本人該把他們送進戰俘營而不是屠宰場！這樣的屠殺天理難容啊，我的父！

請原諒我的愚鈍，天父啊，我實在無法理解眼前的這一切。啊，當我寫到這裡時我不禁抬頭望瞭望窗外。看著那一個個淒苦無助的難民，想起她們的一個個慘絕人寰的故事，我便又控制不住自己了。是啊，天父，我又亂想了。我想什麼呢？我想：就算南京人不是您的子民吧，難道您就可以對他們的災難視而不見嗎？殺人、強姦、搶劫、焚燒，您對這麼多可怕至極的罪惡默不作聲，這是否意味著您對罪惡的縱容呢？如果日本士兵犯下如此滔天大罪您卻不及時制止，您是否有失職之嫌？如果我們因此動搖了對您的正信，那該怪誰呢？……哦，我知道這樣的想法實在是大不敬，但非常抱歉，我必須誠實坦蕩。當下我的確是這麼想的，我不能騙您。況且您無所不知無所不能，我也騙不了您。

我希望通過一切途徑向世界傳遞這裡的聲音，我希望更多的人能明白這裡發生了什麼，希望方方面面的人能採取方方面面的辦法：趕快停止這場可恥的戰爭吧，趕快讓無辜的百姓免遭塗炭！毫無疑問，我當然不相信這些努力當真起作用，事實上我對人類這個物種就充滿懷疑。所以，我把最後的希望仍然寄託到您身上。除了每天的祈禱，隨時隨地的祈禱，我再虔誠恭敬地給您寫下這篇祈禱文。我不想動搖自己，我要堅定自己的信念，但無論如何，您也得救我一把，賜予我力量吧，求您了！

阿門！阿門！

愛您的明妮・魏特琳

# 7、怒放的菊花

時間變成了魔鬼的幫兇，每一秒鐘都在增加罪惡。

屠城已經五天了。每晚從日曆上劃去一日，我都會心痛地想：不知今天又多了多少冤魂野鬼？五天了，這個城市不僅沒有任何生機，反而越發令人絕望，這樣的日子哪天是個頭？

昨夜，一九三七年的第一股寒潮不期而至，南京越發讓人冷徹心肺。大概日本人也被這酷冷嚇住了吧，大概他們也需要躲在屋子裡喝酒作樂暖暖身子，昨夜全城居然不可思議地分外寧靜。沒有槍聲，沒有哭喊，沒有莫名的爆炸和坍塌聲，更不必說那張揚的市井喧嘩。是啊，昨夜的南京寧靜得彷彿一座空城。

連續多日和衣而眠，連續多日只能見縫插針零零碎碎地休息，我累得眼圈發黑、眼神發直，可昨夜難得幸福地躺在床上，卻輾轉反側大半夜沒睡著。我還是放不下那些難民，擔心貧病交加的人們會挨不下去。明天能從哪兒多弄到一些禦寒用品呢？哪怕是幾筐煤球也好啊，甚至就是幾捆柴禾呢。有能力回家取衣物的，不妨動員他們權且回去。可沒准一出校門就遇見虎視眈眈的日本兵呢，誰敢冒這個險啊！唉，還是明早先把粥煮稠些吧，至少這樣子能幫他們抵禦抵禦嚴寒。不過這會讓大米消耗得太快，現在糧食補給困難，這又是一個可怕的問題……

迷迷糊糊睡去，迷迷糊糊伴著雞鳴醒來。

清晨推開屋門，驀然發現窗下的菊花開了。

自從定居南京，菊花就成了我的最愛。中國人習慣把自己的道德情感寄託於植物，什麼松竹梅「歲寒三友」，什麼梅蘭竹菊「花中四君子」，說起來一套一套的，還創作出數量可觀的文學、美術、音樂作品演繹附會著。吳貽芳校長曾經解釋說，中國知識份子把品德高尚、清潔自守的人稱為「君子」，君子是每個讀書人的道德楷模。松竹梅蘭菊荷這幾種植物之所以為中國知識份子鍾愛，乃是因為它們耐寒、挺拔、潔淨、幽香的獨特習性，與君子應該具備的操守一一契合。吳貽芳最愛竹子，她說竹子不僅修長清麗、四季常青，而且還有很多實用價值，像竹竿、竹椅、竹簍、竹笛什麼的，總之是家家戶戶、老老幼幼都離不開。吳貽芳認為，竹子是「厚生」精神的典型代表。於是在她的倡議下，金女大多了好幾片竹林，那裡成了女學生們晨讀晚省的絕佳去處。衛士禮喜愛梅花，閒來無事就用古琴操練《梅花三弄》，墨梅圖也描摹得越來越有意趣。恩師吳梅先生曾親筆饋贈《老梅圖》一幅，衛士禮如獲至寶，恭敬地懸掛在書房，焚香供果，經常在畫前一坐就是半天。他笑道，難怪中國古人情願梅妻鶴子逍遙一生呢，他這個洋鬼子對梅研究得儘管半生不熟，卻已經不可一日無此君了。

我則對菊花情有獨鍾，我喜歡菊花的絢爛多姿、凌霜爭豔。中國有那麼多菊花品種，古往今來人們對菊花又有那麼多說法，這實在太有趣了。巧的是花匠老王正是種菊的老把式，他自告奮勇當了我的師傅。每年初秋，他倆都要在花圃裡一身泥一身汗地忙活好幾天。老王擅長嫁接，他對培育出一鳴驚人的新品菊充滿渴望，比如只聞其名不見其形的「綠菊」、「墨菊」，這是在顏色上做文章。還有在花型、花韻上下功夫的，不管花瓣是長是短、是粗是細、是直是卷，都得有名頭、有說法、有品位，如絲如縷也好，如泣如訴也好，如夢如幻也好——只要驚豔，都好！每年十二月，老王都要得意地安排賞菊會。他委託我邀請各路神仙來校品評，菊花數量雖然不多，但必有一盆當年的「花王」讓人歎為觀止。去年，蔣夫人宋美齡對那盆半綠半白的菊花讚不絕口，親自命名曰：一代雙嬌。老王因此名噪京華，前來求菊求藝的人踏破了金女大的門檻。

如果說老王愛菊走的是高端、精英路線，那麼我愛菊則特別平民化。我覺得名花名品一枝獨秀誠然不錯，但花團錦簇、群芳齊喧的場面顯然更有氣勢。我忘不了普羅旺斯的薰衣草，荷蘭的鬱金香，伊利諾州的向日葵。那一望無垠的紫色、紅色和黃色啊，飽和！豐滿！鋪陳！誇張！大美如斯，讓人無以言說！我請老王在校園的角角落落種上最普通不過的雛菊，不同顏色的雛菊經過精心搭配，一開花就是意識流就是印象派。「華小姐的菊畫」不脛而走，新學期由老生帶著新生品評艾氏「畫展」，遂成為金女大的保留活動。

可是今年秋天，我完全忘了這件事。從推遲開學到學校西遷，從留守南京到成立安全區，從保護校產到保護生命，從有限收留到全力拯救……我身不由己越陷越深，這時才發現偏離正常生活軌道已經很遠很遠了。啊，此時此刻驀然面對盛開的菊花，怎會有隔世之感？

「古德貓今，密絲華！」

從恍惚中驚醒，抬頭一看，卻見花匠老王正在不遠處向我打招呼。老王憔悴地穿著一身黑棉襖，臉上鬍子拉碴的，懷裡抱著一大捧嬌嫩的白菊。中國人向來忌諱黑白搭配，認為那是死亡組合，極不吉利。可眼下我卻覺得，老王如此打扮實在再合適不過。南京城陷之前，我提醒老王抓緊避亂，老王不肯，他說跑遍天下也沒有金女大安全，況且他的家鄉早已被小日本蹂躪得不像樣子，親人們生死未卜，他一個半截入土的糟老頭子還有什麼逃亡的必要呢？老王不知道華群其實並不姓華，他洋涇浜地這麼叫了好些年，也沒人跟他較個真。

「早安，老王。菊花開了。」我指著盛開的菊花用生硬的漢語道。

也許因為缺乏語言天賦，我在中國生活了二十多年，卻仍然是能聽不能說。要不是跟老王相處久了，是斷不敢貿然開口的。也難怪，金女大的通用語言是英語，連老王這樣的花匠也能蹦出幾句日常寒暄來，更不用說登堂入室的師生們了。衛士禮一度取笑，這樣的環境把我寵壞了。呵，衛士禮說得沒錯，可像他那樣的語言天才也著實罕見。

「是啊，菊花早開了，只是您沒注意。唉，這年頭，誰還有心思注意花開花落啊……」老王說著說著忍不住老淚縱橫，他抬起胳膊忙不迭地用衣袖擦拭著。

「早開了嗎？啊，我怎麼連這個也沒注意？」

「這些菊花是我自作主張為您種下的，黃色和紅色，都十分喜氣。我想您工作那麼辛苦，閑下來看看喜氣的花兒，心情也許會好些。唉，我就喜歡喜氣的花，沒想到今年卻是白菊供不應求。瞧，我正打算把這白菊給街坊鄰居送去，家家死人，家家死人啊……」

「謝謝你，老王。我很喜歡這菊花，我們也需要喜氣，現在大家缺的就是喜氣。」

「其實我今年也是四下裡種了很多雛菊的。這玩意兒不比那名貴品種，插插枝就能發芽，特別好種。原以為這學期沒學生，園子裡清靜，花兒會開得更旺，誰曾想……您看這整天人踩馬踏的，草皮子都給掀翻了，還說什麼花啊。也虧得日本人還顧忌您是藍眼珠子，您門前的這塊地盤還紋絲未動。唉，趕明兒吳校長回來，這園子還不知給毀成什麼樣子……」

我雖然很同意老王的話，但仍然不得不安慰老王道：「恢復校園容易，最多一兩年，草坪、竹林就會跟以前一樣。放心吧，明天秋天咱們的菊花肯定會更美。」

「唉，託您吉言，託您吉言……」老王說著，步履沉重地告了別。

匆匆吃完早飯，我到校園各處進行了簡單的巡視：吩咐伙夫往大鍋裡多加點米，分餐時老弱病殘可多加一勺；叮囑保安緊鎖校門，人員進出務必嚴格登記、注明情況；要求大家各盡職守，遇事要沉著冷靜、機智應對，實在不行就給拉貝公館打電話……交待完這些，我立刻前往位於小桃園的拉貝公館，上午九點，國際安全區委員會將在那兒召開緊急會議。

拉貝先生是德國西門子公司的駐華代表，也是德國納粹黨在南京地區的負責人。考慮到德國與日本的友盟關係，且拉貝先生在南京數十年口碑甚好，所以當初成立南京國際安全區時，金陵大學的史邁士教授和鼓樓醫院的威爾遜大夫等人，一致推舉拉貝先生擔任國際委員會主席。事實證明，他們的確很有眼光：拉貝先生最大限度地利用了他的德國人身份，一邊與日本政軍兩方據理力爭、巧妙斡旋，一邊積極爭取德國大使館甚至德國本土的支持，將國際委員會的作用發揮到了極致。我之前對拉貝先生半信半疑，聞聽此言不由對他暗豎大拇指。

小桃園距離金女大不過一兩公里之遙，毗鄰金陵大學，原本是一個鬧中取靜的所在。眼下，金陵大學和金女大這片地區都在國際安全區範圍內，相互往來還算便利。儘管如此，我還是一路高舉著星條旗，以免哪個視力不好的日本兵亂槍襲擊。我平時常穿中式旗袍，開始只是為了親近中國學生，後來竟慢慢成了生活習慣。我喜歡與中國人不分彼此的感覺，無論是外表還是內心，最好都沒有距離，因為我堅信所有人都是上帝的子民。然而最近這段時間，我不得不將箱底的西式大衣翻撿出來，還特意搭配了一頂中國人很少會戴的大沿呢帽，腳上則是一雙巴黎最新款的粗跟皮鞋。這樣一來，我高大的、西方的身影便越發醒目，容不得日本人認不出來。如此這般地利用和強調自己的種族、國籍優勢實在讓我難堪，可這畢竟是保護中國難民的原始資本，當我將中國婦孺佑護在身後時，我是多麼感謝上帝賜予自己一副白種人的相貌啊！

還沒到小桃園，已遠遠看到一面鮮豔的納粹黨旗。在一片灰黑的屋頂中，那個「卐」字型的納粹標誌格外搶眼。因為聽說過希特勒的種種「壯舉」，我本來對這個標誌十分感冒，可此時此刻看到它，一時間卻忽然平生幾分親切：呵，想必那就是拉貝公館吧。果然不出所料，那就是。走到近前，我更樂了：拉貝先生的房前屋後，納粹標誌無處不在。正門甚至還張貼了一張希特勒的肖像，那威風凜凜的架式，彷彿中國人的門神一樣。推開門，瓦格納的交響樂撲面而來，讓人似乎步入萊茵河畔的德國人家——瓦格納是希特勒最欣賞的音樂家，拉貝先生簡直無所不用其極了！

「啊！沒有用的，日本人完全瘋了！就算是我們元首本人在，也肯定阻止不了他們的暴行！我這麼做也就是嚇唬嚇唬日本老實人，同時也是為了給中國人壯壯膽子罷了！」拉貝先生無奈地聳聳肩，隨手給大家斟上紅酒。

「當真？他們連偉大的德國也不放在眼裡？」

拉貝疲倦地歎息道：「告訴你們吧，就在昨天晚上，還有兩個日本兵翻過牆頭想爬到我院子裡來。等我聽見聲音從床上爬起來衝到院子裡，兩個日本兵已經用槍托把管家打翻在地。我舉著電筒照著自己，讓他們看清楚我是西方人，然後還拿出蓋有日本領事館和日本司令部大印的公告跟他們吼了半天，他們才老大不情願地離開。他們目前雖然還不敢公然傷害西方人，但也僅此而已。除非我在現場，否則根本無法保護中國人，而且有時候就算我在現場也沒用。」

拉貝先生的公館是一幢磚木結構的樓房，上下兩層，七八個房間。院子不算大，長著幾棵枝杆粗壯的樹。太太撤離南京後，拉貝先生一度擔心自己會寂寞，畢竟一個人住這麼大房子，上下樓梯都會被空曠的回聲嚇著。這個擔心很快就變得多餘，現在除了拉貝先生的主臥室以及外面的大露臺，整個公館都塞滿了難民，拉貝公館已經掛牌成為「西門子難民收容所」。

「諸位，今天請大家聚集在這裡，是為了商討最近的形勢和我們的對策。」拉貝先生環視著與會的諸位委員，除了他和潘廷是德國人，還有威爾遜、福爾、希爾茲、麥凱這四個英國人，史邁士、馬吉、貝茲、華群、特里默、里格斯這六個美國人，以及丹麥人漢森和中國人沈傳音。這麼多國家，這麼多身份，真相當於一個小型國聯了。

「昨天我到了鼓樓醫院，威爾遜大夫給我看了他的幾個病人。」拉貝先生接著說，「那個臉上有好幾處刺刀傷、懷孕小產被送到醫院的婦女的情況現在好一些了。一個漁民的下額被子彈擊中，全身被燒傷。日本人把汽油澆在他的身上，然後點燃了汽油。他全身的皮膚有三分之二被燒傷，他當時還能說幾句話，但是估計肯定活不過今天。」

「算他走運，今天黎明他總算一聲不吭了！」威爾遜大夫道。

拉貝先生喝了口紅酒，讓自己鎮靜了一下又道：「我還進了停屍房，讓人把昨天夜裡送進來的屍體的裹屍布打開。其中有一個平民，眼睛被燒掉，頭顱全部被燒焦，日本士兵也同樣把汽油澆到了他的頭上。一個大約七歲的小男孩的屍體上有四處刺刀傷口，其中一處在胃部，傷口有手指那麼長。他是送到醫院兩天後死去的，死的時候甚至沒有發出一聲呻吟……」

「那孩子是連呻吟的力氣都沒有了！」威爾遜大夫又道，他全身上下掩飾不住的疲憊，臉色極其灰暗。

拉貝先生一口乾掉紅酒，放下酒杯大聲道：「過去幾天我不得不看很多屍體，儘管這樣，我在昨天目睹這些慘烈情景時仍然必須控制自己的神經。但是我還要親眼目睹這些殘暴行徑，以便我將來能作為目擊證人把這些說出來，對這種殘酷的暴行不能沉默！最近這些天我經常祈禱仁慈的上帝，請他保佑所有的人免遭災難，也請他保佑所有像我們這樣已經身陷災難中的人！我絲毫不後悔留了下來，因為我的存在拯救了許多人的性命——不過，我真的感到極度的難受！」

「如果我們不留下來，南京恐怕會被他們殺成一座空城。」馬吉牧師道，「幸好我手頭存留了一些電影膠片，這些天我悄悄在街頭、在我家視窗進行了拍攝。我想我會製作一部舉世無雙的電影，這部電影將顛覆人類對自身文明的驕傲，我想將它命名為《撒旦在人間》！」

拉貝先生忽然淚流滿面地說：「親愛的朋友，我不清楚你們是如何來到這個國家、這個城市的，我要告訴你們，我一生中最美好的時光都在這個國家愉快度過，我的兒孫出生在這裡，我的事業在這裡獲得了成功，我得到了中國人的厚待。現在這個國家、這個城市遭遇如此劫難，我，我……我……」

一時間大家都沉默了。

看到大家頗有心灰意冷之意，我起身提議道：「我們明天就去拜見那個南京地區職位最高的日本人，不管他是大使還是元帥，只要他能說了算。我們必須當面向他報告這一切，給他施加壓力，讓他作出承諾：必須有效管制日本軍隊！我就不信日方高層也像遍佈街頭的兵匪一樣無恥！」

「聽說目前南京地區的軍政權力都歸朝香宮鳩彥王統領。」貝茲先生道，「這位王爺是日本現任天皇的叔父，位高權重。如果他肯點頭發話，我想一切矛盾都可迎刃而解。問題是你我皆平民，一點頭銜沒有，我們如何能面見這位日本王爺呢？」

沈牧師皺著眉頭想了想道：「最近，有一個日本大佐經常參與我們的活動，他英語很好。他說他全家都是基督徒，他在日本上的一直都是教會學校，甚至還在神學院進修過一斷時間。他說他很虔誠，即便投身戰場，也沒忘每天早祈晚禱，希望自己的靈魂得救。我目前還沒有與他有過深入交流，但初步判斷這是一個可以信賴的日本人，也許他能幫助我們接近日本高層？」

「沒有時間了！」威爾遜大夫嚷嚷道，「等你們曲折迂迴終於見到那個王爺，等你們搖尾乞憐地懇求他行行好吧、不要再殺中國人了——等到那個時候，南京城恐怕已經沒救了！」

漢森先生道：「我同意威爾遜大夫的意見，我們的確不能再拖延時間，多耽誤一分鐘就會多喪失一些生命。我建議大家制定目標、分工協作，既要走外交途徑對他們進行正面施壓，也要盡可能利用東方人習慣的人情世故，努力從側面進行努力。條條道路通羅馬，不管哪條路，只要走得通就行！」

拉貝先生點點頭。於是大家重新圍坐下來，認真商討下一步行動的方案和細節：誰負責起草書面聲明？誰擅長與大使館正面交涉？誰去打聽朝香宮鳩彥王的行蹤？誰去籌集更多的大米和禦寒物資？……最後，大家一致同意各人各顯神通，繼續大聲向世界求救。考慮到耶誕節即將來臨，這是一個難得的緩和關係的機會，拉貝先生希望舉辦一個小型酒會，邀請日本領事館成員和軍方人士參加。

「就安排在你們金女大怎麼樣，魏特琳女士？」拉貝先生忽然靈機一動道，「你們那幢面對草坪的建築很美！到時可以請一些女學生負責招待，聽說你們不少人鋼琴彈得不錯？」

我吼道：「別忘了，拉貝先生，金女大現在是難民營！那裡只有女難民，沒有女學生，更沒有女招待！」

我氣鼓鼓地離開拉貝公館。可當我出門看到遍地瓦礫時，又不由得仰天長歎。唉，拉貝先生的一片苦心自己怎會不理解呢？可是，與虎謀皮，勝算幾何？現如今偌大的南京城哪裡能放得下一張平靜的餐桌？還有，哪裡能找到像樣的食物和足夠的美酒？金女大的雞蛋已屈指可數，黃油也所剩無幾了……

匆匆回到學校，剛進校門就聽到女人尖銳的哭喊。

我正準備尋聲而去，忽見程夫人帶著她形影不離的小孫子，一邊跑一邊上氣不接下氣地喊道：「華小姐——華小姐——大事不好了——大事不好了——」程夫人身後還跟著一群男人，領頭的正是花匠老王和阿菊的男人。

程夫人是學校的老舍監，六十出頭了。因為心臟不好、害怕顛簸，且年幼的孫子乏人照顧，學校西遷時她猶豫再三，最終決定留在南京。程夫人經驗豐富，辦事沉穩，為人忠厚可靠，吳校長和大家討論來討論去，都覺得「華程組合」是黃金搭檔，因此離南京前正式委任程夫人擔任我的襄理。程夫人也果然不負眾望，日軍進城後，她佈置房舍、安排難民、管理校產，完全成了我的左膀右臂。只不過因為她是中國人，根本不被日本人放在眼裡，所以一旦日軍進校，還得我親自趕過去救火。

我發現程夫人臉色灰暗，眼神十分焦慮，當即安慰道：「別著急，程夫人，您心臟不好，千萬別著急上火。」

程夫人定下步，氣喘吁吁地撫著自己的胸口。還沒等她開口，小孫子已經搶先喊起來：「小菊死了！被鬼子摔死了！」

孩子方言太重，兩句話我只聽懂一句。

但就這一句，已經足夠了，我覺得全身一陣發涼。

「死不死還不知道呢，你這孩子淨瞎說。」程夫人嗔怪地拍打了孫子一下，「您趕緊救救阿菊吧，他們還扣著她呢……」

「乾媽，您可得給咱做主啊！」阿菊男人泣不成聲跪倒在我面前。

「華小姐，下面怎麼辦，咱們聽您一句話！」老王緊緊握著拳頭。

阿菊一家自安全區成立就搬進了校園。阿菊帶著小菊給我和程夫人打打下手，男人負責安全護衛，婆婆則在廚房幫忙。因為人手奇缺，而每天還有大量新難民湧來，阿菊一家的作用越發重要。我對他們極其依賴，可以說一天也離不開他們。要是金女大連阿菊的安全也保護不了，那金女大就根本保護不了任何人，包括我華群在內！

「在哪兒？」

「二百號樓。」

我向一百號樓飛跑，完全顧不得老邁的程夫人是否跟得上。老王帶領眾人緊跟其後。一百號樓門前站著一排荷槍實彈的日本士兵，他們嘻嘻哈哈的，興奮至極的樣子。我衝到跟前，他們立刻放下笑容惡狠狠地舉槍攔住。女人的哀號從他們身後半掩的大門裡清晰傳出，簡直刺耳極了！

我指著他們的鼻子，又指著一旁醒目的美國國旗，大聲用英語道：「這裡是美國校產！請你們滾出去！立刻滾出去！」

沒人理會我的憤怒。矮我一頭的日本士兵獰笑著攔住我，並不多說一句話。

我上前一步，一個士兵將我毫不客氣地往後推了兩步。

「野獸！你們這是犯罪！讓我進去！讓我進去！」

我試圖將他往邊上拉，士兵急了，抬手給我一巴掌。「啪」的一聲脆響，我臉上辣辣地疼。我趔趄著倒在地上，牙齒滲出鮮血。

「華小姐！」跟在後面的程夫人驚叫著衝上來。

「狗日的竟敢打華小姐！」

還沒等我反應過來，老王已咆哮著與那個打人的士兵扭打在一起。老王一拳擊中士兵的下巴，士兵「啊」了一聲，一顆牙齒飛將出去。混亂間，槍響了，我看到老王栽倒在我面前！人群騷亂起來，鮮血沒有嚇住中國男人，反而把他們激怒了！我眼瞅著阿菊的男人也衝了上來，所有的日本士兵都舉起了槍！

「不——！不——！」我搶上一步護住阿菊男人，日本士兵的槍口對準了我的胸膛。

就在這千鈞一髮之際，一名戴著白手套的日本軍官風度翩翩地從樓裡走了出來。在軍官的喝令下，日本士兵迅速退後站成一排，槍也收回去了。

軍官逕自走到我面前，禮貌地行了個軍禮，優雅地用英語道：「我是山田毅夫大尉。非常抱歉，尊敬的美國女士，我的士兵讓您受驚了！」

我的聲音十分顫抖：「我是金女大南京留守負責人明妮．魏特琳。山田先生，金女大是美國校產，這裡屬於美國管轄。我要告訴你，你的士兵不僅在美國的領地槍殺中國難民，還公然毆打美國公民，這是極其嚴重的外交事件。你們的番號是什麼？我要向你們的大使控告！也要向美國總統控告！」

山田大尉驚訝地揚揚眉毛道：「是嗎？居然發生了這樣的事，太不像話了！」

他隨即轉頭用日語厲聲喝斥那個打人的士兵。士兵俯首貼耳，「嗨嗨」連聲，在軍官的指示下小跑幾步來到我面前，向我深深鞠躬、大聲道歉，並左右開弓，連續狠打著自己的耳光。

「他不會停下來的，除非您接受他的道歉。」山田微笑道。

我簡直要崩潰了：「夠了！夠了！請你們離開吧……拜託！」

山田嚴肅地道：「我們馬上就會離開，只要我們完成了任務。今天我們奉命來到貴校，主要有兩個任務。首先，有人舉報貴校暗藏了中國軍事人員，甚至還有大量槍支彈藥。因此我們不得不突擊進行一些必要的搜查，不到之處請您包涵！其次，為了更好地維護南京秩序，確保真正的南京市民能夠早日擺脫戰亂之苦安居樂業，大日本皇軍準備建立一些軍院校，徵集願意合作的姑娘去工作……」

「這是不可能的！」我打斷山田的話，「金女大有責任保護自己的難民。這裡不是妓院，前來避難的姑娘，你們一個也不能帶走！」

「噢？是嗎？」山田笑道，「可要是姑娘們願意跟我們走怎麼辦？」

山田一揮手，我吃驚地看到一個衣冠楚楚的中國男人不知從哪裡忽然鑽了出來：啊，居然是紅十字會的杜先生！

杜先生一溜小跑來到我面前，笑容可掬地脫帽行禮道：「華小姐一向可好！我現在被抽調進臨時秩序維持會效力，大家都是為了和平不是嗎？殊途同歸！殊途同歸！呵呵！」

這杜先生平時為人十分謹慎乖巧。因為早年在日本混過，一口東洋話說得很溜。後來又經常穿梭於南京的西洋人圈子，裡裡外外臉熟，英語也不在話下。我以前倒欣賞他的玲瓏可喜，壓根沒想到此人竟是個徹頭徹尾的利益之徒。亡國滅種之際賣身投靠，中國人會把這種人叫什麼來著？是「漢奸」吧！

我皺著眉頭道：「你在這兒做什麼？」

「呵呵，剛才山田大尉好像已經跟您介紹過了。」杜先生繼續笑容可掬地道，「他們要招募軍院校的女學生，我來幫他們做點宣傳工作。日本人的心思，中國老百姓不明白，雙方誤解太深誤解太深！我一來就不一樣了，畢竟都是中國人嘛，好說話。大部分老百姓還是通情達理的！大家有商有量，事情就好辦啦！」

「好辦？」我滿腹狐疑，「你指什麼？」

杜先生一扭身，指著正從一百號樓列隊而出的一排姑娘道：「您瞧，她們都是聽了宣傳後主動報名的。我對她們說，到了軍院校全家都能立馬得到『良民證』，每天好吃好喝，衣食無憂，不僅自己不再擔驚受怕，還能確保一家老小平安，而且只要服從管理、認真工作，約定的時間一到，不僅可以全身走人，還能得到皇軍的嘉獎，何樂而不為呢？非得死扛硬頂，最後弄得生不如死甚至死無全屍，那又何必……」

我揮手止住杜先生的絮叨，衝到姑娘們面前，努力大聲用漢語道：「你們，是否，真的想明白？不用害怕，不想走的，可以留下來！」

姑娘們惶恐地望著我，沒有一個敢停步，沒有一個敢搭話。我眼睜睜看著她們魚貫爬進一輛大大的軍用汽車，然後日本士兵們訓練有素地接踵而上。

這時，山田踱到我身邊，他斜視著地下的老王不屑一故地道：「至於這個人……他是否係脫下軍裝的職業軍人，我們很快便能查個水落石出。不管怎樣，他膽敢在光天化日之下襲擊大日本皇軍，實在是死有餘辜！好，尊敬的女士，第六師團谷壽夫中將的部下山田毅夫大尉向您告辭，咱們後會有期！」

「啊——」

日軍剎那間消失了，連同他們的車隊，連同他們的氣息。

一聲撕心裂肺的呼號將我們從恍惚中喚醒，我這才發現阿菊男人已經進屋去了。跨進一百號樓大廳，我驀然看見阿菊一絲不掛地仰面躺在廳堂中央，不僅胸口插著一把尖刀，下身也插著一把尖刀……她的一雙眼睛似乎還在噴射著怒火，嘴裡卻緊緊咬著一隻殘破的耳朵……她的孩子，那個穿著黃色雛菊棉襖的小丫頭，腦漿崩裂地躺在媽媽旁邊，彷彿是睡著了……

從那天起，我開始失眠。

怎麼努力也睡不了一整夜，往往睡著睡著，就夢見血淋淋的阿菊。眼前還時常晃動著那件黃色的雛菊棉襖。然後小菊那丫頭又浮現出來，白胖的臉蛋，甜甜的笑臉，紅頭繩紮著的兩根辮子翹得像羊角……

阿菊男人失蹤了，他沒有跟任何人打招呼，包括他的母親。阿菊婆婆本來就半明不白的眼睛，這次徹底哭瞎了。程夫人起初親自去安慰她，後來自己分身無術，又安排其他女人陪伴左右。然而，所有的安慰都顯得那麼蒼白，人們在發現回天無力之後，都只得任由老人一天天在悲傷中萎縮下去。沒過多久，程夫人便認定她活不過這個冬天了。

阿菊男人在事發三天後回來過，這事只有我一個人知道。那天深夜他悄悄潛回金女大，給我連磕三個響頭，留下一個小布包就走了。臨走前他對我說：「我已經為她娘倆報了仇了！這輩子不殺盡日本鬼子我誓不為人！」

我打開那個小布包，裡面有一把精緻的小手槍！

從那天起，這把槍成為我的隨身之物。

## 8、該叫他弟兄？

沈傳音牧師的教堂位於莫愁路，距離金女大三五公里路程。我很喜愛這座哥特式建築，規模不大，清靜優雅。

戰爭爆發前，沈牧師與衛士禮隔三差五會來金女大做客，吳貽芳和我也經常前往莫愁路堂做禮拜。差不多每個星期，我們都要聚一起喝一回下午茶，地點則有時在金女大，有時在莫愁路堂。無論在哪兒，我焙製的茶點都是大家的最愛，而沈牧師的精湛茶藝當然是不可或缺的風景。衛士禮從政後分身乏術，沈牧師一度還獨自保持著定時拜訪的習慣，但沒過多久他也堅持不下去了。隨著戰爭形勢的變化，按部就班的佈道越發滿足不了人們的需要，沈牧師不得不從早到晚忙個不歇，努力用福音慰藉一顆顆焦灼、絕望的心靈。他已經很久沒去金女大，我也很久沒來莫愁路堂了。

我做夢也沒有想到會與那個叫山田毅夫的大尉再見，更沒有想到第二天就在莫愁路堂狹路相逢。

金女大血案發生後，我急於找人商量對策。我想瞭解除了金女大，是否還有其他美國資產受到日軍衝擊。如果金女大血案不是孤例，那麼美國政府務必更加重視。思前想後，我決定搜集更多證據並聯合更多的人。毫無疑問，沈牧師永遠都是我的重要盟友。

沈牧師佈道結束，當人們陸續離座漸次散去時，我注意到有兩位西裝革履的中國紳士留了下來。這兩位紳士顯然不同凡響，因為沈牧師才剛發現他們，便立刻放下手中的《聖經》一臉客氣地迎上前來。而兩位紳士也並不拘謹，他們雙雙微笑著走向沈牧師，得體地向他鞠躬致意。

個子較矮、年紀較長的紳士率先開口：「牧師先生，您今天講得太好了！我在東京也難得聽到這麼精彩的佈道，真是辛苦您了！」

雖然他們說的是漢語，我還是驀然警醒：他們不是中國人！他們是日本人！是啊，此時此刻的南京，哪裡還會有如此體面、如此從容的中國紳士？只有日本人，只有日本軍人，才可能放下屠刀立變紳士！

寒暄兩句後，只見矮個男人又向沈牧師介紹旁邊的高個男人道：「我的老鄉山田君今天可是慕名而來。聆聽了您的教誨，山田君已經動了信主的念頭，他剛才對我說要認真考慮這件事！」

高個男人再次鞠躬，也用漢語道：「在下山田毅夫。初次見面，請多關照！」

沈牧師微微頷首：「天堂的大門永遠向您打開，願您早日成為我們的弟兄，阿門！」

「不！天堂的大門不能向劊子手打開！我們基督徒不能與嗜殺成性者稱兄道弟！」我怒吼道。

一隊日本兵聞聲而入。他們荷槍實彈闖入教堂，刺刀明晃晃地對著我。

我激動得渾身發抖：「強盜！暴徒！沒有誰可以攜帶武器闖入教堂聖地！出去!!出去!!!」

我歇斯底里的咆哮震住了日本兵，他們沒有一個人敢主動挑釁。

兩個日本軍官一併轉過頭來，他們撞上了一雙正在噴射怒火的碧藍眼睛。

「你，是什麼人？」矮個男人傲慢地發出低聲的質問。

這時，高個男人認出了我。他微笑著上前，一邊鞠躬一邊改用英語道：「尊敬的美國女士，沒想到這麼快就能與您再會，山田真是三生有幸！」

「啊，沒想到你們已經是熟人了啊！」

沈牧師回過神來了，他迅速上前挽住我的胳膊，將我引領到矮個男人身邊為我們做了介紹。我這才知道，矮個男人是日軍第十六師團中島今朝吾中將的部下田中一男大佐。「啊！大家本來就是不分你我的一家人，今天蒙主召喚在此相遇，我不能不說，這一切都是出於主的精心安排！」

沈牧師語畢，我和田中的臉色都有了微妙的變化。我已經明白，這位田中就是沈牧師新近結識的日本高級軍官。短短幾秒鐘，田中的腦子已經轉了好幾圈。當他梳理出輕重緩急、子丑寅卯來，便立刻換上了一副極其外交的面孔。

「你們的，通通退下！」

田中一聲令下，蠢蠢欲動的士兵立馬消失得無影無蹤。

「誤會！小小的誤會！我們士兵向來警惕性很高，因為保衛長官是他們的職責所在，誰讓我們身處戰亂的南京呢？這一點還請牧師先生和魏特琳教授多多包涵！」田中抱歉道。

我主動與田中握了握手，大聲道：「田中先生，如果您知道您的部下昨天在金女大犯下了什麼罪行，您就不會怪我剛才出言不遜了！……這個彬彬有禮的人，這個風度翩翩的人，這個會說多國語言顯然受過高等教育的人，就是他，昨天帶兵血洗了金女大……」

說著說著，我全身戰慄，眼淚毫無徵兆地奪眶而出。我不想失態，我想努力控制情緒，可我顯然已經無能為力。我無法再說一個字，只能張著嘴巴大口喘息。

山田大尉的微笑僵硬了，他的臉紅一陣白一陣，我注意到他把眼神變成尖刀，毫不留情地向我刺來！

田中大佐認真聽完，他說：「啊，這裡面一定也有誤會。戰爭嘛，總有不為人欣喜的流血和犧牲，所以我們才需要建立亞洲新秩序，希望天下蒼生能早日共用太平盛世。魏特琳教授，我們會有機會充分瞭解彼此的角度和立場的，請您暫且息怒。這樣吧，山田君公務纏身，我們就不耽誤他了。現在請山田君先歸隊，我留下來繼續與牧師先生和魏特琳教授切磋——OK？」

「嗨！」山田大尉立正退下，教堂外迅速響起日軍整隊集合的號令。

山田一離開，田中立馬像換了個人，他誰也沒招呼，自己先隨意地坐了下來，然後笑著用英語道：「好啦！現在都是自己人啦！儘管魏特琳教授是美國人，沈牧師是中國人，我是日本人，但我們都是基督徒，天下基督徒是一家！」

這話說到了我心坎上，我以為田中正是我想尋找的日本弟兄，立刻準備把心裡話全掏出來。田中卻做了個暫停的手勢：「魏特琳教授，我知道您想對我說什麼。」

沈牧師把這一切看在眼裡，他給我們倒了咖啡，然後似乎自言自語地道：「那位山田君要是真能信主就好了，我真想親自給他洗禮……」

田中忽然說要給我們講個故事，一個完全真實的故事。他說日本京都有個姑娘叫千代子，出身正經人家，長得眉清目秀，為人賢淑大方。這一年，千代子姑娘十八歲了，經父母之命、媒妁之言，許配了一個從小青梅竹馬的如意郎君。此君英俊瀟灑，受過良好的教育。與千代子訂婚時，他正在軍中服役，因各方面表現優異備受長官青睞。兩家於去年冬天訂婚，約定婚禮在今年秋天舉行。然而到了今年夏天，情況突變，日本與中國打了起來！為履行諾言、不留遺憾，千代子姑娘決定將婚禮提前，於是兩人在今年九月完婚。

戰事一天一個樣，千代子的丈夫很快就接到命令：必須立刻奔赴前線！不用說，這位丈夫頗有些牽掛，捨不得嬌妻。千代子覺察到了丈夫的心思，一天晚上，她精心打扮、刻意侍奉，讓丈夫神魂顛倒、意亂情迷，只覺春宵一刻千金不換。最後，丈夫心滿意足倒頭睡去，千代子卻悄悄起身濃妝豔抹。第二天清晨，當丈夫睡眼惺松地醒來，吃驚地發現妻子盛妝躺在自己身邊，看上去無比嬌美，然而卻早已冰冷僵硬。後來，他在枕邊找到一封妻子的遺書，妻子深情款款地叮囑他：大丈夫應該以國家為重，以為天皇效力為榮，決不能因家室拖累放棄建功立業的雄心。為此，她決心成全丈夫，做一個生死相隨的好女人，同時也懇求丈夫將來在戰場上一定要有出色的表現，務必不使家族和自己蒙羞。千代子的故事很快傳遍日本四島，連天皇聽了也深為感動。為表彰千代子的貞烈，天皇特意下詔封千代子為公主，並特許她葬於皇家陵墓。千代子的丈夫也一夜成名，天皇將他由軍曹提拔為大尉。

沈牧師感慨道：「看來日本男人的武士道精神是日本女人培養出來的！啊，真是太匪夷所思了，我想她丈夫也只有死路一條了！」

我搖搖頭：「千代子這樣的女人，美國人是無法理解的，還有什麼比生命更重要呢？為什麼非要把國家利益置於個人利益之上？你們日本人實在是太瘋狂了！」

田中狡黠地道：「如果你們知道千代子的丈夫是誰，你們會驚得眼珠子掉下來的！哈哈，他就是剛剛離開這裡的山田毅夫！軍方對山田君寄予厚望，他飛黃騰達只是遲早的事……魏特琳教授希望我遏制甚至處置山田嗎？是的，我毫不懷疑您的控訴。即便沒有您的控訴，我也完全想像得出山田對中國人會如何殘酷無情。可聽了這個故事，你們認為我能如何呢？」

我和沈牧師不知道說什麼好。

田中說，他家從爺爺輩開始接受西方文化，他自己從小到大結交了許多西方朋友，他對東西方文化都有充分的理解。「魏特琳教授，你們美國只有兩百年歷史，你們有民選總統無世襲君主，你們相信人生而平等、有天賦人權，每個人都是獨立自由的，但任何人不能凌駕於法律之上。」田中侃侃而談道，「可我們大和民族綿延上千年，天皇自古以來就是我們的領袖，我們相信君權神授、上下尊卑，我們相信因果報應、死生由命，我們還相信物競天擇、適者生存。在我們眼裡，只有當一個人服從於家族、階層或國家的利益時，他的榮譽、尊嚴、價值才有意義，純粹個人的自由是不存在的。」

田中舉例說，螞蟻和蜜蜂是兩種非常神奇的小動物，它們選擇成群結隊共同生活，大家在一個王后的率領下分工明確、井然有序。沒有人會在意一隻螞蟻、一隻蜜蜂，因為它們實在太微不足道，但一群螞蟻、一群蜜蜂卻是讓任何對手都膽戰心驚的力量。日本人是不是有點像螞蟻和蜜蜂呢？日本人有強烈的榮譽感和紀律性，其武士精神世代相傳，已成為民族的血液。日本人不怕死亡，對一個武士來說，死得其所甚至是巨大的獎賞。

為了恭維田中，沈牧師似乎不惜血本，他說：「田中先生，您這一番話的確說得十分公允。記得衛士禮先生曾對我說，日本和中國，是一塊硬幣的正反兩面，要想處理好兩國關係，就必須跳出雙方世代的恩怨，用第三種思維、第三種力量來化解。田中先生在這個問題上似乎與衛士禮先生不謀而合！」

我對他們實在忍無可忍：「先生們，這裡不是巴黎的沙龍，也不是倫敦的茶座，這裡是南京的安全區！看吧！窗外到處是瓦礫廢墟，強姦和屠殺隨時在發生，請問什麼樣的民族性可以允許甚至縱容這樣的罪行？當一個孩子腦漿崩裂地躺在我們面前，當一名孕婦為抗拒強姦身中數十刀生命垂危，當放下武器的俘虜被成群結隊地活埋焚屍……這時候，世襲的天皇也好，民選的總統也罷，難道我們的審判標準會有所不同嗎？」

田中卻道：「教授，沒有人喜歡殺戮。即便您不齒的山田君，難道他不想與千代子唱著田園牧歌終老此生？是戰爭讓我們遠離家鄉和親人來到這裡，戰爭讓我們做了許多不想做、不該做的事，戰爭讓我們命若遊絲、朝不保夕。所謂『人在江湖，身不由己』，中國古話早已闡明了真理。而且據我所知，中國人自相殘殺也毫不遜色，遠的如戰國時的『長平之役』，趙國四十萬降卒全被秦將白起活埋，幾乎讓趙國人斷子絕孫；近的如滿清入關時的『揚州十日』，八十萬漢人死於屠殺，繁華揚州城一夜間成為廢墟；緊接著『嘉定三屠』，留頭不留髮，留髮不留頭，死傷亦在數萬以上……」

「哈，一切都是『戰爭』的錯？那麼，誰是『戰爭』的罪魁禍首？好吧好吧，既然你們殺了人還覺得自己無辜，那麼，總有人要對此負責吧？請問他是誰，是你們的王爺，還是你們的天皇？啊，難不成是中國人請求你們入侵他們的國家的？或者是平民百姓前世作孽死有餘辜？——天哪天哪！這還有天理沒有？」

我的咄咄逼人顯然把沈牧師唬住了，他眼光複雜地注視著我，話中有話地道：「華小姐，在龐大的時代車輪前，我們每個人都是如此弱小無助。我們被裹挾著，身不由己陷入戰爭的泥潭，這實在是我們莫大的悲哀！只有清醒地認識現實，我們才可能更好地找出對策。好在我們有田中先生這樣的兄弟，他將和我們一起認識罪惡、對抗罪惡，他會的，一定會的！」

田中望瞭望沈牧師，不置可否。他忽然像想起什麼，從口袋裡摸出一份《朝日新聞》給我們看。我看到報上有一組溫馨的照片：日本士兵抱著中國兒童，給他們吃糖，逗他們開心；日本士兵為中國老人免費刮鬚剃頭；日本軍醫義務幫中國婦女看病……

田中道：「怎麼樣，這些照片看上去夠和平吧？要知道，日本民眾看到的都是這樣的新聞，他們相信蔣介石政府腐敗無能，養了一群貪官污吏，日本皇軍捨生取義，是為了構建『亞洲新秩序』，救中國百姓於水火。再說，亞洲是亞洲人的亞洲，與你們白種人無關。日中兩國好比兄弟，中國這個老大哥過去也沒少欺侮各國小弟，現在也該輪到咱們教訓教訓目中無人的大哥了。」

我氣道：「豈有此理！這簡直是顛倒黑白！」

田中笑道：「真相到底是什麼，誰知道呢？也許只有上帝知道！況且，真相真的那麼重要嗎？人類真的那麼在乎真相嗎？在乎了又怎樣呢？魏特琳教授，世事皆有因緣，您同情中國人，覺得是我們日本人侵略了他們。假如有一天真相大白於天下，證明是中國人首先襲擊了我們，逼得我們日本人一步步打到南京，您又該作何感想呢？」

這時，沈牧師終於爆發了：「先生，因為上帝賜予我牧師的道袍，囑咐我代他看護世間的羔羊，所以我一直對您寵愛有加，希望您須臾不離主的懷抱，一心向善毫不動搖。萬沒想到，您根本不配這樣的看護！您和您的同伴不僅燒殺淫掠無惡不作，還對我的祖國極盡攻擊、污辱和誹謗之能事。是可忍，孰不可忍！好，現在請您馬上離開。從今往後，我的教堂不歡迎您！」沈牧師說完，用手直直地指著敞開的大門。

田中愣了愣，隨即自我解嘲地笑了：「哈哈哈，有意思！太有意思了！魏特琳教授，牧師先生的表現正好成為我最後一個觀點的鮮活注腳。我認為屠殺是一種病毒性感染，它的發作自有其前提，而且縱橫交錯、互相影響。此話怎講？請允許我進一步解釋。之前日本早已佔領了上海、蘇州等城市，為什麼大屠殺沒有發生在這些地方而僅僅發生在南京？啊，只要和我們一路打過來你們就明白了。」

田中道：「不管是根據軍事常識還是外交常識，中國都不應該在南京設防，不料中國居然派下重兵嚴防死守！上海南京三百公里，屍橫遍野，血流成河！結果是什麼？結果只能是人人紅了眼，個個想殺人！當日本士兵千辛萬苦攻進南京城，當大量中國守軍與老百姓混雜在一起，當太多的中國人絞盡腦汁或明或暗地反抗我們……不來一場嚴厲的『膺懲』，怎麼可能！」說到這裡，田中又笑了：「就像親愛的牧師先生一樣。本來我們很理性地在這兒探討問題，他非要把氣氛弄緊張了，好像點個火苗就能爆炸似的。如果任其發展，結果會怎樣呢？哈哈……」

田中眉毛一揚，又透露了一個細節：十二月九日，松井石根大將派人空投了《和平開城勸告文》。松井大將不忍生靈塗炭，於破城前仍懷惻隱之心，命令各路日軍暫停攻擊，給中國守軍最後機會，籲請他們於十二月十日中午前派代表前往中山門外句容道的警戒線談判投降。第二天一大早，松井大將的特派代表塚田參謀長即從蘇州司令部出發，他於十日中午十一時四十分抵達約定地點，足足空等了近一個小時，最後只能失望地無功而返。其實田中說的這事我也有所耳聞，我聽說城破之前在拉貝等先生的勸誡下，唐生智將軍的確曾致電蔣介石將軍希望和平交城，結果被斷然拒絕。最讓我們難以接受的是，田中還言之鑿鑿地說：南京安全區始終存在成系列的軍事設置、軍事人員，這是日軍必須清剿安全區的根本原因！

「是啊，唐生智將軍一直向拉貝先生信誓旦旦來著，一定會撤清安全區的一兵一卒，一定會！可是他做到了嗎？他做不到！因為出爾反爾向來是中國人的習性！唐生智當初立了軍令狀，要與南京共存亡，最後關頭他卻把部隊扔了，自己乘著小船溜之大吉，哈哈哈，這就是中國的將軍！好吧，還是讓我禮貌地與你們告別吧。不管你們是否認同，我現在還把自己當成你們的弟兄。可一旦我走出這個教堂，那就對你們不住了！我將馬上恢復成日軍大佐，不折不扣地履行天皇賦予我的神聖職責。敬禮！」

田中走了。莫愁路堂恢復了寧靜。

我忽然覺得疲憊不堪，全身像散了架似的。扶持著走到聖壇前，我一下子跌跪在耶穌基督腳下。沈牧師見狀也走過來，輕輕跪在我旁邊。

「啊，上帝為什麼不管呢？」

「這不是上帝的錯，是人的錯。」

「他該管的不是嗎？他不能無所作為。」

「他在管。」

「不，我覺得上帝已經放棄我們了，他似乎已經屈服於撒旦。」

「上帝不會放棄我們的，除非我們自己放棄自己。撒旦自創世以來就一直試圖取代上帝成為唯一的主宰，有時候他的確很強勢，看上去像是離成功很近了，可他永遠不會成功！永遠不會！」

「你憑什麼這麼肯定？」

「因為事實如此。」

「哦，牧師，你的話我並不相信。」

「呵，你說人的語言能充分描述上帝嗎？人的語言恐怕連一杯茶的香味都描述不清，又怎麼能指望它能描述上帝呢？我努力想讓你明白，努力讓你相信。」

「牧師，人怎麼可以如此墮落？日本人的罪行實在讓人無法容忍！」

「有罪的並不只有日本人，我們人人有罪。人的墮落從人選擇與上帝對抗開始，夏娃在蛇的誘惑下吃了果子，人便覺得自己不再是一個有限的受造物，而渴望將自身作為價值的唯一基礎。這是我們無法擺脫原罪的根本。」

「可是，是他們在殺人……」

「姊妹，你不必如此困擾，且讓我們一起忍耐，眼前的這些都是暫時的。」

「牧師，我覺得自己很苦，我快撐不住了……」

「上帝比我們還苦，我們所有的苦難他都感同身受。」

「可是，我最近經常無法感受上帝……」

「姊妹，要有信心。事實上，我已經從你身上看到上帝的身影。如果沒有上帝，你不可能如此堅強、如此勇敢、如此讓人敬畏。要知道，當你大聲呵斥山田、嘲諷田中時，我是多麼震撼啊！那時候，你簡直像神一樣光芒四射，甚至把我黑暗的心靈也照亮了。我就是從你那兒得到力量，否則我大概仍然不敢頂撞田中。姊妹，你做得夠好了！中國百姓都叫你『活菩薩』

不是嗎？有太多人告訴我：『金女大有個金髮碧眼的觀世音！』呵，這是中國平民能給予人的最高榮譽！他們一無所有，只能五體投地地感激你、讚美你，這是中國人表達情感的最樸實方式！」

「謝謝你，謝謝……」

「唉，我也許比你還痛苦還困惑。受洗歸主後，我以為自己從今往後將首先是一名基督徒，然後才是一個人、一個男人、一個中國人……可今天我意識到，我首先是一個中國人，至於其他屬性，其實並不重要……」

「我理解。沒辦法，我們的血液決定了我們的屬性。」

「我好想殺了他們！」

「我理解，我理解……」

我們在庭院裡散了會步，商討下一步的對策。儘管心裡一百二十個不情願，我們還是決定全力支持拉貝先生。在這個特別背景下舉辦一個迎新聖誕酒會，也許是與日本人緩和的唯一機會了。暮色蒼茫，寒氣襲人，曾經繁華的莫愁路如今了無人煙。高擎著美國國旗，我高一腳矮一腳地踏著殘磚亂瓦回金女大。

隔了一天，我收到一份貴重的禮物：田中派人送來一籃雞蛋、一大塊新鮮黃油、一瓶上等葡萄酒以及一隻肥美的江寧老鵝。

# 9、質疑祈禱

我的天父，今天是你的生日。全世界都在為你慶祝生日，你高興嗎？

為了這一天，我們早就進行了準備。先是程夫人鑽進堆滿了雜物的儲藏室，費了九牛二虎之力，翻找出往年使用過的彩燈、彩帶、掛籃等飾物。她請姑娘們清理了這些玩意兒，把我們的禮拜堂裝點得頗有些喜慶的氣氛。程夫人還看中了小池塘邊正對著中大樓的一棵雪松，她說這棵雪松高大完美，簡直是天賜神樹。她安排耶誕節晚上在這棵聖誕樹下舉行祈禱儀式，願美麗的雪松能把平安和幸福帶給苦難深重的南京人。程夫人甚至還組織了一個頗具規模的唱詩班，她將一些願意參與的姑娘召集起來，挑選出班長、副班長，要求她們天天排練，務必在聖誕前夜公開亮相。難民中那些上過初小、高小的女生相當能幹，匯文女子中學的李淑琴既會彈琴又會唱詩，她理所當然成為程夫人的幫手。

然後是工友老張請人抬出了落滿灰塵的鋼琴。他將鋼琴安放進一百號樓大廳，興高采烈地找到我向我邀功，我不能不對他的熱忱報以微笑。可是，當我的手指「叮叮咚咚」地撫響琴鍵，當我想起物是人非、今非昔比時，我又禁不住悲從中來。是啊，今年的情況與以往這時的校園生活是多麼的不同啊！那時一切都很美好：可愛的姑娘們忙忙碌碌，人人都在進行節前的準備，人人對節日充滿期待，臉上掛著歡樂的笑容，而現在擁有的只是恐懼和悲哀，不知下一刻會發生什麼事情。過去校園裡的姑娘全都穿著素淨的旗袍，她們或是剪著齊耳的短髮，或是盤著烏黑的髮髻，或是梳著長長的辮子。可現在呢，現在這些姑娘惟恐自己看上去不像男人，她們將秀髮剃成刺蝟頭就不用說了，還往臉上這裡那裡地抹著黑灰。為了免遭日軍的蹂躪，她們乾脆拒絕刷牙洗臉，千方百計要讓自己散發出令人作嘔的味道……

至於我，這些天最重要的工作是籌備食物。拉貝先生說，由於安全區的人口是當初預計的好幾倍，原來儲藏的糧食根本不夠應付。為此，安委會正在加緊努力，請求日軍允許我們尋糧的汽車自由出入南京城，或者請日軍調拔一些軍糧以補缺漏。在所有這些努力湊效之前，我能做的只有一件事：那就是限制眾人的口腹之欲，以維持生存為第一要務。可是，我的神，在您的生日來到之際，我總得讓大家有額外的驚喜才好，可驚喜從何而來呢？

後來，我想到了德夫人託付的一些細軟。德夫人曾囑咐我說，如何處置全憑我的需要，我想現在正是這些寶貝發揮作用的時候。遺憾的是，眼下街上根本買不到任何東西，一兩黃金也換不來一隻雞蛋。幸運的是，金陵大學有一個商販出身的難民悄悄藏匿著一箱肉罐頭。我與他協商了很久，他總算同意讓出部分罐頭供營養不良的孩子們分享。為了報答他的無私，我將德夫人的一枚紅寶石胸針送給了他。

生物系鄔小姐研究的一群良種雞起了決定性作用，她在關鍵時刻貢獻出一批，讓所有人喜笑顏開。這群雞是鄔小姐的研究課題，她一直視如珍寶，但與其讓日本人搶得一根雞毛不剩，還不如自己人打打「牙祭」——看來鄔小姐總算想明白了。此外，我還在金女大各處搜羅到一些殘存食物：一聽巧克力、一盒糖果、一包肉鬆、三隻皮蛋、幾塊餅乾、半把芝麻、一口芝士……令人驚歎的是，程夫人得知我愁眉不展的原因後，居然像變魔術般從自己屋裡捧出一袋黃豆和一袋花生！當然，田中的禮物也是驚喜，這時候的一籃雞蛋也許能救許多生命，真是比什麼都珍貴，我因此對田中的感情變得十分複雜。有了這些食材，我們總算過了一個不那麼寒酸的耶誕節。

昨天聖誕平安夜，我讓食堂做了幾個很大很大的改良蛋糕。儘管由於原料不足，此蛋糕與平日的蛋糕差別很大，但所有人臉上都露出了久違的笑容。孩子們尤其高興，陳先生裝扮成聖誕老人，給他們每人分發了糖果，並送上了甜蜜的親吻和熱烈的祝福。當晚，程夫人組織的唱詩班在大雪松下完美演出。難民們裡三層外三層地安靜圍繞著，當美好的歌聲在校園裡迴盪時，很多人眼睛裡都沁出了淚花。裝飾著彩燈、絲帶、賀卡、玩具的大雪松是南京城一九三七年碩果僅存的聖誕樹，不少人慕名前來觀看，它讓人們對美好生活再度充滿強烈的渴望……

昨天，我們有二十五名憲兵在大門外、在寧海路和漢口路巡邏。幾個星期以來，我第一次安穩地睡了一夜。

——噢，這可真是個難忘的耶誕節！

今晨七時三十分，在南面的音樂教室，沈牧師為我們主持了一次非常好的祈禱。我們唱的每一首讚美詩，現在對我們都有著特別的意義，我們非常熱切地接受它給我們的安慰和力量。

這些天來，沒有人想到事先準備禱文，我們都是發自內心的祈禱。中午在吃聖誕午餐時，瑟爾・貝茨說他一直準備寫一篇題為《地獄裡的聖誕》的文章，我期待他儘快完成這篇文章。不過我也對他說，我們金女大還沒有那麼糟，我們校園裡多少還有一點天堂的味道。當然，這些氛圍是大家努力營造出來的。

呀，拉貝先生就要來了，我得去操持那個針對日本人的聖誕迎新酒會了。回頭再向您報告，我的天父！

天父，我回來了。

現在是十二月二十六日清晨，我剛剛起床不久。昨晚我支撐不住，終於被威爾遜先生打了一針鎮定劑，早早送上床休息了，以至我向您的匯報沒有結束。

還是從昨天下午說起吧。拉貝先生是昨天下午四點鐘左右到校的，一見面他就笑著打趣說，從未見過金女大是如此絢麗多彩。原來他是指校園裡到處都掛著各種顏色的尿布、褲子等東西，樹上、灌木上、籬笆上、圍欄上……我很抱歉地告訴他，起先只有四百名難民時，我們設想過每天打掃房間與大廳，隨時撿起廢紙。現在有一萬名或更多的難民在這兒，除了勸說難民們不要把校園當做廁所外，我們什麼也做不了。嚴禁踐踏草坪的規矩早已無人遵守，甚至各地已不再有任何草坪，許多地方——尤其是打飯的地方——則是泥土和卵石。樹木和灌木叢也嚴重毀壞，有些灌木被踩沒了。一百號樓後面的小池塘，成為人們洗衣、洗碗甚至刷馬桶的場所。優美的竹林臭氣熏天，「地雷」四伏——我指的是屎尿。到目前為止，難民所裡共出生了十四名嬰兒，死亡四人，程夫人是唯一的護士，她每天超負荷地工作……拉貝先生笑著表示理解，他甚至說這裡比金陵大學還好得多，畢竟女人還是要比男人更講究秩序和衛生。

拉貝先生告訴我：「今天早晨，我將紅色聖誕小星星連同西門子日曆記事簿一起，作為聖誕禮物送給了鼓樓醫院的女士們，她們最近這段時間實在太辛苦太辛苦！現在我每日的晨禱和晚禱的祈禱詞是這樣的：『親愛的上帝，請你保佑我的家人和我的幽默，剩下來的小事情就由我自己去保佑了。』上帝還真的眷顧我，昨天，我得到了一份再好不過的聖誕禮物，是六百多人的性命。」

原來，新成立的日本人的委員會來到拉貝公館，要求對拉貝先生登記的難民進行調查。每名男子都被一個個叫到，登記按嚴格的順序進行，婦女兒童站左邊，男人站右邊。現場非常擁擠，但是進展順利，沒有人被拉出去。而距離拉貝公館不遠的金陵中學，今天卻不得不交出了二十多名男子，因為懷疑他們曾經是中國士兵，這些人都必須被槍決。拉貝先生的難民們都很高興，拉貝也從心眼裡感謝主。

「昨天有四名日本兵在院子裡開具身份證，忙活了一整天。」拉貝先生接著說，「就在我拿雪茄和西門子記事簿招待日本軍官的時候，上海商業儲蓄銀行的後面升起了一團濃煙，煙灰雨一般地飄落到我的院子裡。當時，那個日本軍官若有所思地看著我的難民們，說了一句真心話：『日本士兵中也有壞人。』」

「哦，他們也會說這樣的話嗎？」我聳聳肩。事實上我至今也從未遇到過一個日本人對自己的行為有所懺悔，即便田中這樣的基督徒，也是一副振振有詞的樣子。拉貝先生認為，日本人是被眼前的勝利充昏了頭腦，因為他們誇口三個月結束戰事。拉貝先生還說他今天扮演了一次聖誕老人，給院子裡的一百二十六個孩子每人送二角錢，結果他差點被撕爛了。看見抱著小孩的父親們在擁擠的人群中有生命危險，他不得不停止發放活動。大約只有八十個到九十個孩子領到了禮物，剩下的孩子他必須抽空找出來。

哦，天父啊，拉貝先生帶來多少豐富的食物，這真令人高興啊，我簡直要因此崇拜他了！呵，有雞肉、牛肉、麻鴨、江魚、雞蛋、土豆、捲心菜、花耶菜，飲料則有紅茶、咖啡、葡萄酒和白蘭地這好幾種。我問拉貝先生如何搜羅這許多美味？他神秘地表示：「這是個秘密。」他的司機兼廚師老韓透露，這些東西都是大家分頭拼湊起來的。有一天，老韓開車帶著拉貝先生跑遍了南京，也不過碰巧買到四隻雞、一籮魚和一筐土豆。老韓說，南京城差不多都被日本人搶光了，連最普通的麻雀也見不到了。

老韓將食物帶到我們的廚房加工去了，我引領拉貝先生參觀了今晚即將舉行酒會的場地：一百號樓。按照拉貝先生的要求，我事先已經安排人手將一百號樓的廳堂進行了清理和佈置，現在展現在他面前的正是一副窗明几淨、溫暖祥和的場面：左側，長長一條案几，鋪著白色繡花亞麻桌布。這些桌布是周邊婦女們的傑作。戰爭爆發前，金女大常年組織她們做些手工藝品貼補家用，這些織物在美國很受歡迎，現在我從倉庫裡找出了一些存貨用上。過一會兒，老韓他們燒製的美味將用銀盤盛放著排列在這裡，屆時長案將成為一個漂亮的自助餐台。右側，一架黑色的三角鋼琴居中而立，幽幽地閃著寒光。這架鋼琴是蔣夫人宋美齡撤退時送給金女大的，沒想到現在要用它歡迎日軍高官了。哦，蔣夫人如若獲悉，不會氣得吐血吧？中間，猩紅的椅子繞場排列，鬆鬆散散地圍成一圈。兩隻取暖的煤爐安裝完畢，兩根排氣管通向窗外，不會讓屋內有窒息的危險。我吩咐老張點燃它們，大廳的溫度會在半小時內迅速上升。一架留聲機也支了起來，我為拉貝先生試放了約翰．施特勞斯的《藍色多瑙河》，絕對的雅俗共賞、老少咸宜。

「好極了！好極了！」拉貝先生讚不絕口，臉上露出欣喜的神色。

不過我沒有忘記再次警告他：我這麼做完全是為了配合他的工作，我對日本人已不抱任何希望。拉貝先生認為對話比不對話好，日本人接受了我們的邀請，這算得上是重大外交勝利，萬一今晚就發生轉機呢，也許明天便不會有屠殺了。「要知道我們全都是西方平民，日本貴族根本不把我們放在眼裡。」拉貝先生感慨日本人實在是過於傲慢了，而且自尊心強烈得幾乎病態。

我問今晚有哪些日方人員，拉貝先生回答，日本華中方面軍司令官松井石根大將十七日特意從上海趕到南京，參加了入城儀式、升旗儀式和祭奠儀式，二十一日就乘鴻號魚雷艇返回上海了，根本沒機會約請他。而那個朝香宮王根本請不動，日本參贊連向這個親王開口都不敢，因為在他們看來，讓日本親王出席西方平民酒會的想法荒唐透頂！好在第六師團的谷壽夫中將和第十六師團的中島今朝吾中將願意光臨，他倆將是今晚的貴賓。

「谷壽夫！」我一聽這名字就跳起來了，「不就是那個進城後命令屬下狂擲手榴彈、用機槍掃射平民的瘋子嗎？南京百姓對他聞風喪膽，有人說他還親自參與了屠殺和姦淫，死在他第六師團手下的無辜百姓數以萬計！」

拉貝先生點點頭：「是啊！因其兇悍，他還得了個綽號叫『九州虎』。據說他經常在軍中散佈名言：作戰時的掠奪、強盜、強姦是保持士氣的重要手段！」

「那個中島今朝吾也不是什麼好東西！我聽說他縱容部下殺害了數量驚人的戰俘！」我很驚訝自己忽然如此出言粗俗，唉，也顧不了這許多了，都是給日本人氣的。我質問拉貝先生：「您怎麼能允許這樣的惡魔成為我們的座上客？」

拉貝先生求我不要用這樣的語氣，而且他也受不了我的眼神。他說他與日本人打交道也並不是沒有心理障礙，明知谷壽夫是個魔王還得硬著頭皮周旋，他真是啞巴吃黃連有苦說不出。拉貝先生問我是否聽過韓信胯下受辱的故事？然後他告訴我說，中國古代有個叫韓信的大將軍，年輕時在街頭被潑皮無賴糾纏。潑皮無賴一身彪悍，韓信明顯不是其對手。為避免不必要的傷害，韓信沒有糾結於一時的榮辱，而是按無賴的要求從其胯下爬了過去。話已至此，我還能說什麼呢？我只能咬牙忍住吧！可是天父啊，這樣的隱忍真讓人痛苦啊！

這時候，威爾遜大夫、馬吉牧師、漢森先生和沈牧師陸續到了。先生們西裝革履，全都一副節日盛裝的打扮，但情緒不高。威爾遜大夫平日牢騷怪話最多，今晚卻出奇地沉默。問他為什麼，他卻反問：「還有什麼好說的？我今晚是來喝酒的！」威爾遜大夫是明智的，儘管事先沒有特別約定，大家卻都心知肚明：今晚將由兩位德國先生承擔外交重任，我們英美人只是陪襯。

酒會的正式時間是晚上六點。五點五十分，我們一齊在金女大大門口恭候。五點五十五分，幾輛軍車由遠到近呼嘯而來，一路揚起高高的灰塵。這樣的呼嘯足以讓每一個中國人膽戰心驚。果然，我注意到我們的守衛老張和老高下意識地握緊了拳頭，連沈牧師的臉色也陰沉得能擰出水來——天父啊！

兩個小個子老頭在眾人的前呼後擁下向我們走來，拉貝先生率領眾人迎了上去。谷壽夫其貌不揚地戴著一副黑框眼鏡，表情沉悶，不苟言笑。中島今朝吾則皮笑肉不笑，看上去十分虛偽。不過讓我驚訝的不是他們，而是田中一男和山田毅夫。天哪，不想見面還要見面，真是冤家路窄啊！這一次山田沒有像以前那樣假裝紳士，他面無表情、目不斜視地跟在谷壽夫後面亦步亦趨，對我們不屑一顧。倒是田中，客套地行了禮、問了好，好像什麼事都沒有發生過似的。不過也僅止於此，整個晚上田中都非常嚴肅，一句多餘的話沒有。我看到他與沈牧師相遇時，兩人互相對視了好半天，似乎在用眼神較量。

拉貝先生先向谷壽夫和中島今朝吾高呼一聲「哈，希特勒」，敬了個標準的納粹式舉手禮，然後極其鄭重地奉上特殊禮物：英文版《我的奮鬥》，接下來才一一介紹起我們幾個。得知威爾遜大夫是英國人，谷壽夫特別高興，握著威爾遜大夫的手半天不放。谷壽夫說自己一九一一年十一月畢業於日本陸軍大學第二十四期，因成績優異，名列該期第三名，被天皇派往英國留學，那段英倫時光給他留下了難以磨滅的印記。「後來天皇又委派我在參謀本部及駐外使館任職，所以我對西方生活並不陌生，並且喜歡與你們西方人打交道。」他這麼說，似乎是想和我們套近乎。

中島今朝吾的經歷與谷壽夫十分相似，他們都是日俄戰爭中的戰鬥英雄，在本國表現優異，然後前往歐洲學習。中島今朝吾的英語有很重的日本口音，他的法語比英語要好些，因為他當年是在法國留學的。他頗有幾分外交家氣度地對我們說：「諸位能在如此危難之秋留守南京，幫我們維持秩序，真是精神可嘉！今天我要借花獻佛，好好敬諸位一杯！」

他們的表演並沒有起到多少效果，畢竟我們都深知他們做了些什麼。威爾遜大夫在握手後冷冷地折到一邊，用手帕把右手狠狠擦著，馬吉牧師則忍不住當面諷刺道：「如果我們不留守南京，恐怕閣下進城連個歡迎的人也難找一個了。」我沒想到久聞大名的谷壽夫和中島今朝吾也是逢場作戲的高手，如果不是聽過太多有關他們的可怕故事，我肯定會上當受騙的。唉，真想不明白，這些日本高級軍官個個會講英語，綜合素質的確不低，可為什麼恰恰是這一幫精英一個賽一個地犯下可怕罪行呢？

啊，程夫人派人來叫我，說又有日本人來了。

天父，請您稍候。

抱歉，天父，我才回來。還好，今天到目前為止只來了一批日本兵，前幾天經常是一天三四批的。今天上午八時，一位日本高級軍事顧問和三位軍官來了，他們想視察難民住的房子。我們反覆說一旦城市恢復和平，我們就敦促難民回家。他們說城裡的情況好多了，難民很快就能回家。下午，美國教會團的歐尼斯特・福斯特先生來了，他講述了一個悲慘的故事：日本使館想把電廠修好，以便恢復供電。於是，拉貝先生找了五十名雇員，把他們帶到電廠。今天下午，他們中的四十三人被日本兵槍殺了，理由是他們過去是政府雇員。福斯特還想知道，我們星期天能否在金女大舉行英語聖誕禮拜。瑪麗和我認為，把所有的外國人聚在一起是不明智的，這會引起太大的注意。

聽說今天日本人對住在金陵大學校園裡的難民進行了登記，一兩天後，我們或許也要這樣做，因此今晚我讓陳先生開始準備花名冊。今天白天天氣晴朗、溫暖，除了日本的《讀賣新聞》提供的一些情況外，我們還沒有外界的消息，外界也沒有我們的消息。即將到來的將是一個奇異的新年，甚至沒有時間來想念朋友。今天下午，我又一次覺得沒有力氣，我休息了。這兩天經常頭暈目眩，因此朋友們堅持要我儘量躺在床上。有瑪麗・特威納姆和大王在這兒幫忙，真是天父您的恩賜！程夫人許多意見都非常有價值，但她也是疲勞至極！當然，我不會忘記與天父的約定，所以我稍稍恢復精神，就又回來和您說話了。

其實不用我多說，您想必都已經知道了。二十五日晚的酒會算得上是成功，有拉貝先生和漢森先生小心翼翼侍奉，谷壽夫和中島今朝吾一行越喝興致越高。我不得不為他們彈奏了幾曲，沈牧師也配合著唱了聖歌。威爾遜大夫左一杯右一杯地灌著自己。眼看帶來的酒有些捉襟見肘，拉貝先生急了，悄悄讓馬吉牧師看著威爾遜大夫，不讓他放開喝。誰也沒想到，田中居然在這關鍵時刻「變」出了兩箱葡萄酒！這個驚喜令現場的氣氛達到了高潮，谷壽夫為此哈哈大笑，還主動敬了拉貝先生一杯，他說自己馬上就要率部離開南京了，希望今晚喝個一醉方休。威爾遜大夫也破天荒地敬了田中，田中則不以為然地解釋：手下無意間發現一個廢棄的酒窯，估計今晚大家會不夠喝，就自作主張帶來助興了。田中的不動聲色卻又恰到好處不由人暗暗嘆服，今晚他想必在中島今朝吾面前為自己加足了分。相比之下，山田似乎乏善可陳，這也難怪山田總要用嫉妒的目光盯著田中。

當晚出席酒會的，還有現駐上海的日本駐華大使館南京特派員福井先生和他的助手。不過毫無疑問，戰爭一旦打響，文官的地位立馬一落千丈。酒會上所有人都唯谷壽夫和中島今朝吾馬首是瞻，連福井先生也不例外。尤其是中島今朝吾，自從被松井石根大將任命為南京地區警備司令官之後，便儼然成了南京的「太上皇」，他甚至對即將開拔的谷壽夫也常懷著主人似的寬容微笑。看著福井一行唯唯諾諾的樣子，沈牧師氣憤地嘀咕：「難怪我們以前向日本領事館遞交的一系列指控狀沒有用呢，大概是都打了水漂了。」

拉貝先生起先沒意識到這問題的嚴重性，他藉著酒興向福井先生抱怨軍隊把我們的生活攪得不得安寧，希望大使館承擔起必要的職責讓軍隊受到制約。福井先生聽了分外緊張和尷尬，他時不時瞥著中島今朝吾，表情閃閃爍爍。當拉貝先生請求福井在向安全區運送糧食方面提供幫助時，福井吞吞吐吐地表示要和軍方商量，拉貝這才幡然醒悟：原來一切盡在軍方掌握之中，日本領事館不過是蛋糕上的櫻桃——點綴而已。

於是，拉貝先生一邊敬酒一邊試圖向中島今朝吾申訴安全區的困難。可是中島今朝吾根本就聽不進這些，他揮手止住拉貝先生的話頭，忽然擎著酒杯逕自走向大廳正中。田中見狀緊緊跟隨在他身後。眾人見他似乎要發表什麼重要講話，當即安靜了下來。

中島今朝吾清了清嗓子道：「女士們先生們，由於中國高層的不理智，一再侵犯天皇的尊嚴，致使我們不得不借用武力來聲張正義！隨著衝突的升級，大家的日常生活受到影響，這實在是難以避免的憾事。不過我相信，皇軍的節節勝利將讓新秩序的建立指日可待！諸位不是職業軍人，現在突然面對一些慘痛事件，難免會有手足無措的感覺，這我非常非常理解。如果沒有經過系統軍事訓練，本人恐怕也會和諸位一樣軟弱無力。好在一九三八年很快就要到來，一切都會改變！我們正在進行人員登記，確保將平民百姓與軍事人員區分開來；我們正在整修癱瘓的電力系統，希望新年有電燈為我們照明；我們知道諸位十分在意郵路和電話是否暢通，在此我保證，用不了一周時間，你們就將和柏林的、漢堡的、倫敦的、休斯頓的親人通上話……女士們先生們，讓我們舉杯歡慶，為了我主天皇陛下！為了一九三八年！」

中島今朝吾仰頭喝下一整杯葡萄酒，然後高高舉起空杯子。

「為天皇陛下——！」

現場所有日本人都歡呼雀躍，手中酒一飲而盡。

隨後，中島今朝吾帶頭起調，谷壽夫應和，所有日本人忽然一起手舞足蹈地唱起歌來。那是一首曲調悠揚的日本民歌，我不懂他們唱了些什麼，只覺得歌聲既激昂又壓抑，不由得我聯想起那個自殺的千代子，我彷彿看到濃裝豔抹的她伴著歌聲舞著寒光閃閃的利劍，一身素白的和服上星星點點灑落著斑斑血跡……

好半天，日本人才結束了歌詠，個個興奮得眼睛發紅。也許是因為酒精的作用，中島今朝吾和谷壽夫忽然神采飛揚地誇耀起自己的戰功來。

神啊，您能想像一個人居然以血腥和殘忍為榮嗎？我簡直無法描述他們那一副嘴臉！人怎麼可以這樣！

谷壽夫先趾高氣昂地說：「女士們先生們，我們第六師團也曾遭遇很大的困難，正因為我們憑藉頑強的毅力、卓越的勇氣克服了這些困難，才有今天舉杯痛飲的自豪和快樂！事實一再證明，第六師團是日本的王牌軍隊——過去是，現在是，將來也是！」

谷壽夫喋喋不休地告訴我們，第六師團自登陸中國以來所向披靡。作為這支隊伍的統帥和靈魂，他不遺餘力地將自己的軍事思想灌輸給士兵，努力將培養他們成新時代的新武士。「我們軍人存在的意義，就是要盡可能地打擊對手，竭盡全力摧毀對手的有生力量，不管是軍事工事還是精神支撐，都要讓對手無力還擊、束手就擒，所以我向來鼓勵士兵下手要快、準、狠！」

中島今朝吾笑道：「谷壽夫將軍的驍勇善戰向來為松井大將讚歎，所以松井大將近日又對第六師團委以重任，谷壽夫將軍稍事休整將繼續奔赴前線。今天本人也藉此良機為谷壽夫將軍送行！祝第六師團出師大吉、馬到成功！」

現場所有日本人都舉杯為谷壽夫歡呼！

中島今朝吾接著宣佈了一個消息：在他的激勵和訓練下，最近第十六師團湧現出兩位年輕的勇士：向井敏夫和野田毅。二位勇士在上海時約定一決高下，從上海到南京三百公里，看誰一路消滅的敵人多，誰就是最後的勝利者，以割下的敵人右耳為證。「到達南京時，他們一個消滅了一百〇八人，一個消滅了一百一十人，而且大多是以手中的戰刀取得勝利的！這樣的勇士是我們第十六師團的驕傲，我給他們兩人都頒發了勳章！」

「哈哈，中島先生不知受教於法國哪位將軍門下？我敢打賭，法國將軍聞聽此言一定自愧不如，您是青出於藍而勝於藍了！威爾遜見識短淺，殺人比賽的故事以前還沒聽過，現在真是大開眼界！威爾遜要向世界宣佈，日本軍隊是名符其實的世界第一！乾杯！乾杯！」威爾遜大夫大聲嚷嚷著，又灌了自己一杯。

中島的話聽得我毛骨悚然。哦，天父，我不能假裝沒有聽見，我不能假裝無動於衷！於是，我打破了和拉貝先生的約定，我說：「中島先生，您手下的士兵公然比賽殺人，這已經超出了戰爭的範疇！他們變態地把殺人當作樂趣，而且他們習慣於虐殺，變著花樣地虐殺，用繩索，用麻袋，用刺刀，用手榴彈，甚至直接活埋！這是什麼行為？這是魔鬼的行為！他們一定是被撒旦纏身了！這樣的行為不僅會受良心的譴責，也一定會受國際法的處罰。我提請您注意，既然您擔任了南京警備司令官，您就有責任立刻制止這樣的野蠻暴力，否則您早晚會後悔的！沒有任何人可以為所欲為，任何人都不可以，永遠不可以！」

中島笑道：「啊，魏特琳女士，請您放鬆，放鬆！我剛才說過，你們不是軍人，根本不懂打仗是怎麼回事。如果我像你們一樣，喝著咖啡、品著紅酒坐而論道，我也可以指責這個不仁道、那個不仗義。要知道，貪生怕死乃人之本性，沒有誰甘願冒著槍林彈雨浴血奮戰，天皇之所以命令我們這麼做，正是為了和平、和平！」

隨後，他向我們闡釋了用兵之道，認為中國古代軍事家孫子說得好：「凡用兵之法，全國為上，破國次之；全旅為上，破旅次之；全卒為上，破卒次之；全伍為上，破伍次之。是故百戰百勝，非善之善者也；不戰而屈人之兵，善之善者也。」中島指出，中國無論就綜合國力還是民眾素質，都不是日本的對手，根本不應該不自量力地與日本比拼。他洋洋灑灑講了一大堆，無非是進一步把責任推到中國身上，再次強調日本是多麼珍惜熱愛和平——由此看來，混淆視聽、顛倒是非已成了日本的大政方針。

可笑的是，就在中島今朝吾熱情洋溢地發表他的「和平演講」之際，突然，一陣劇烈的機關槍和步槍聲遠遠傳來。由於此時已是入夜時分，南京城分外寧靜，這突如其來的槍聲越發顯得清脆和刺耳。又有一批無辜者被亂槍打死嗎？我們豎起了耳朵，臉上的表情豐富多彩。只有中島今朝夫和谷壽夫似乎完全充耳不聞，仍然繼續著他的誇誇其談，征服者的得意和霸道溢於言表。

天父啊，就在那一剎那，我被遠方的槍聲擊中了！我彷彿看到阿菊，就在這個大廳，就在中島站立的地方，阿菊怒目圓睜，嘴裡咬著一隻耳朵，下身插著一把尖刀……谷壽夫的腳邊躺著可愛的小菊，小菊悄無聲息的，乖極了，雪白的腦漿灑了一地……我突然全身癱軟。這些天來積累的憤怒、緊張、疲憊、悲傷耗盡了我的全部精力，我眼前發黑，不由自主慢慢滑倒下去。多虧威爾遜大夫就在身旁，他迅速對我進行了必要的救護。後來聽說，威爾遜大夫想給我注射一針鎮靜劑，卻苦於沒有存貨，結果還得仰仗谷壽夫臨時調來一支。

事後，我很抱歉自己給大家製造了麻煩，威爾遜大夫卻說：「要不是你及時倒下，這令人作嘔的酒會沒准會拖到下半夜呢！」拉貝先生認為酒會起到了很好的效果，中島第二天就同意給安全區調拔一批大米來。

天父，請原諒我這次給您的信沒有一次完成——呀，前前後後耽誤了有四天了！不管怎樣，今天一定要寫完！我下決心了！

天父，您不知道我有多累啊。別說沒有時間，就算日本人不來騷擾，我也很難集中精神與您對話。事實上我最近總覺得腦子一片空白，全身上下每一個毛孔都散發著失敗的氣息。和以前完全不一樣，最近我時常感覺不到您的存在，我覺得自己既孤獨又疲憊。這就好比一個人，原來只能扛五十公斤，現在卻被迫扛了一百公斤或者更多。我不知道這樣的重量是否會把我壓跨，但真的感覺我已經變形了。天父，以前因為有您分擔，我扛再重的擔子也不覺得吃力，這次卻不行了。您在哪裡呢，我的天父？我想依靠您啊，我快撐不住了！

不過話說回來，您到底存不存在呢，最近我對此越來越疑惑了——啊，我知道這話說出來就是罪孽深重。一個基督徒怎麼可以質疑上帝的存在呢？有這個想法就遭天譴吧，說出這話是不是就該把我逐出教門呢？可是天父啊，我這些天早已犯下重重大罪，我還在乎什麼，我還顧惜什麼？既然我已經罪不可恕，那麼再多一宗又何妨——啊，天父，請原諒我如此無禮！您的明妮不是原來的明妮啦，她已經不再純潔、不再正直、不再值得信賴，她被這重重疊疊的罪惡扭曲了，她成了一個自己陌生的人！

我犯下的第一宗罪是撒謊。天父啊，在我的記憶裡，從小到大我似乎從未說過一句謊話。我喜歡自己的心靈簡單透明，我喜歡自己的眼神清澈自然，我喜歡自己的語言真實親切。哦，在過去的五十年裡，我一直在努力呈現那個本真的自我，實實在在地呈現，既不太多也不太少。天父啊，您該知我，我無意成為聖徒，卻有意成為一個坦蕩無畏、問心無愧的人！可這些天都發生了什麼？這些天欺騙已成為家常便飯，我天天都希望自己謊話能說得更順溜些，行騙時心情更放鬆些、臉色更平和些、表達更順暢些。當我成功地騙走一隊日本兵時，那心中的狂喜簡直難以形容！為什麼？因為我的一句謊言能挽救很多生命，我的一句謊言能使很多姑娘逃離被姦污的命運。一邊是欺騙，一邊是救贖，天父您說我該何去何從？噢，我別無選擇。我寧願滿嘴謊言被打入十八層地獄，只要我的謊言能幫助中國人再生。是的，哪怕只能救一條生命，我也寧願犯下巧舌如簧的重罪。天父，對不起了！

我犯下的第二宗罪是憤怒。啊，我近來的怒火簡直像噴發的火山了，完全處於失控狀態，隨時隨地都會爆發。我知道一個基督徒必須以寬容之心對人對事，可是天父啊，我真的難以對日本人的暴行心平氣和！且別說親眼看到他們製造的血案我會氣得發抖，就算是輾轉聽說這樣那樣的悲慘故事，我也會激動得徹夜難眠！啊，我知道我近來的情緒非常糟糕，常常會莫名其妙地悲傷流淚。稍有風吹草動，一股無名之火便會湧上心頭。每晚臨睡前禱告，面對《聖經》，面對十字架，面對主耶穌的受難圖，一想起當天的所作所為，我都會慚愧萬分，一邊為修煉不足、自控太差百般自責，一邊痛下決心第二天必須「洗心革面」。可是第二天，只要有日本人耀武揚威地闖入金女大，我便立馬火冒三丈！啊，天父，憤怒之火快把我燒化了，我是那麼地難以遏制，恨不得赤手空拳衝上去與他們搏鬥！曾經有好幾次，當一名日本軍官與我說話時，我表面上與他一問一答並無障礙，可實際上我已經與他在腦海裡拼殺起來。我想像自己越戰戰勇，一遍遍徒手擊打著他的各個軟肋。他被我打得全無還手之力，一點點潰敗著，最終徒然倒在我的腳下……啊，只有這種擊敗他們的快感才能化解我心中的憤怒啊！我恨不得所有中國人都與他們拼殺，把他們全都變成戰俘！

我犯下的第三宗罪最為嚴重，那就是我忽然對天父大不敬起來。是啊，以前我哪怕有一點不遵從您教導的念頭，我都會覺得那是對您的褻瀆，現在我卻動不動就問自己：上帝真的存在嗎？如果存在，他為什麼對這樣的屠殺不聞不問？難道上帝只約束他的信徒，卻對非信徒毫無辦法嗎？《聖經》裡記載著那麼多的奇跡，上帝也反覆承諾將有求必應，以此增強我們對他的信心，可是時至今日，我絲毫沒發現有任何奇跡能將我帶出絕望。哦，難道我祈禱得還不夠頻繁和虔誠嗎？難道此時此刻不是我最該籲求幫助的時候嗎？難道南京的淒慘還不足以撼動您的鐵石心腸嗎？……天哪天哪，我不能再說了，我又說錯話了。可是可是，我真的不想自欺欺人。您不是洞察一切、全知全能嗎？我沒必要在您面前做任何隱瞞不是嗎？就算我不說不寫，您也一定完全明瞭我之所想我之所念吧！啊，那也沒辦法了！

既然這樣，只好隨它去了。

我將不再向誰乞求。一切我自己來吧，按照我的良心來就是。

人是多愚蠢啊，幹嘛要組織國家？我是指那些人，他們慣於訴諸武力，動輒發動戰爭，而且總有理由去幹這些事。

# 10、劫後餘生

伴隨著一場大雪，一九三八年悄然來臨。

潔白的雪花覆蓋了高低起伏的山巒，覆蓋了千瘡百孔的城市，覆蓋了成千上萬的屍體，也覆蓋了罄竹難書的罪惡。一時間南京銀裝素裹，竟顯得分外妖嬈。

我對清涼山的雪景充滿嚮往，若在平時，說什麼也得踏雪登山訪訪清涼寺的。然而現在，我顯然不可能離開金女大半步。尤其糟糕的是，我和程夫人元旦前後相繼得了重感冒，高燒三十八度五，虛弱得連路都走不動。這個時候哪能安心躺在床上休息？日本兵仍然來來往往、橫衝直撞呢！與其躺在床上焦慮得睡不著覺，還不如和難民們堅守在一起，這樣我心裡才踏實。為此，工友老張想了個兩全其美的辦法，他找到一輛黃包車，鋪上厚厚的毯子請我入坐。東南西北，只要哪兒有日本人，他立刻拉著我飛奔過去。而一旦偶爾金女大沒有訪客，我便忙裡偷閒回宿舍打打盹，養養精神。

雪後的天氣分外寒冷，程夫人為照顧我，吩咐李淑琴每天送柴燒火，確保我屋裡的溫度。由於煤炭和柴禾都十分緊缺，整個金女大只有我一人用上了取暖爐。我對此頗覺抱歉，但考慮到自己的身體的確抗不住嚴寒，而且自己的確任重道遠，也只得接受了這特殊的照顧。李淑琴這丫頭還真是乖巧，沒人叮囑什麼，她主動守護在我左右，承擔起看護、秘書、學生、女兒等多重角色。我看在眼裡喜在心裡，也不禁隨著程夫人稱呼她「丫頭」了。這丫頭過完年才十六歲，英文非常棒。她本來夢寐以求的就是升入金女大繼續深造，沒想到戰爭讓她的夢想擱淺。李淑琴父親早亡，她自幼與寡居的母親相依為命。李太太在小學教國文，用微薄的薪水將李淑琴撫養成人。李太太是一個溫文爾雅、知書達理的中年女人，白淨的臉龐，漆黑的髮髻，穿著藏青色的竹布旗袍，帶著淡淡的憂傷和婉約的堅定。現在，李太太是程夫人的助手，負責管理第四難民區的衛生和飲食。

李淑琴隨著大家稱呼我為「華小姐」，有一天她問：「華小姐，金女大什麼時候能復校復課呢？我還有機會成為金女大的學生嗎？」李淑琴這樣問，是以為金女大已經停辦了。

「金女大一直在上課吧。以吳校長的頑強、剛毅，她是不可能停課的，她決不會允許這樣的事情發生。」想起吳校長、德夫人她們，我不禁一聲歎息，「只是，我也不知道她們在哪兒上課。在上海？在武漢？在長沙？還是在重慶？……哦，我已經很久沒有她們的消息了，她們聯繫不上我們，也已經很久很久了……」

「金女大還在？那太好了，我做夢都想成為金女大的學生呢！我想讀教育學，以後像華小姐和媽媽一樣教書育人。只是，我還能在南京讀金女大嗎？華小姐，我不想離開南京，我要是離開南京，我媽媽就太孤單了。華小姐，吳校長她們什麼時候才能回來呢？」

我笑了：「丫頭，你比我還性急嗎？我多想她們馬上就回來啊！可是時局真的不容樂觀，真不知道中日雙方何時停戰？唉，戰爭對老百姓是多大的災難！」

李淑琴失望了：「那我得等到哪一天呢！這樣的日子哪天是個頭啊？」是啊，這樣的日子哪天是個頭呢？我說：「丫頭啊，也許你仍然有機會成為金女大的學生甚至老師，哪怕就是現在，就在此地……事實上，我一直在琢磨恢復辦學的事，也許等我身體康復了我們就可以嘗試……」

儘管「病來如山倒，病去如抽絲」，隨著雪過天晴，我總算還是一天天找到了康復的感覺。一天早上醒來時神清氣爽，我輕快地起了身，興奮地攬鏡自照準備梳妝。這時，我驚駭地發現鏡子裡的自己又老又瘦，枯黃憔悴得不像樣子。原來衰老就這樣不期而至！我忽然感到驚心動魄，內心充滿了悲涼。這樣的心情自然不能向程夫人透露半點。程夫人現在經常會無端落淚，對日本人的仇恨溢於言表。程夫人總勸我不要將日本人的暴行向日本領事館反映，她的理由是：「沒用的，你越說他們越記恨，越記恨就越下手狠。我們是他們的敵人，他們就是想讓我們亡國滅種！這沒有二話！」程夫人在金女大幹了十幾年舍監，我還是頭一回見她如此怒火中燒，真擔心她的心臟病隨時會惡性發作。唉，衛士禮不在，吳校長不在，德夫人不在，現在華群你一無所依，你只能依靠你自己！對著鏡子，我努力作出微笑。將一頭夾雜著銀絲的金髮梳理整齊，戴上一副紅寶石耳環，輕抹了點口紅，又特意找出一件絳紅色的呢大衣穿了，這才強打精神離開宿舍。

好久沒有各處巡視了，我決定趁身體恢復到處走走看看。雪後初晴，落難的女人們雖然已有太多的痛苦和創傷，還是前腳擦乾淚水，後腳又接著忙碌起來。她們有的扶著老人、抱著孩子出來曬太陽，有的抓緊清洗衣物找地方晾掛，還有的三三兩兩結伴著打掃衛生：將屎尿、痰跡清理乾淨，將垃圾集中起來，或掩埋，或焚燒……她們看見我，紛紛停下手中的活計向我微笑行禮。有些膽大的、熟稔的大嫂、大媽，索性圍上前來直接問候：

「華小姐，您大安啦？前一陣子我們可為您擔心啦，天天求佛菩薩保佑您噢！」

「華小姐，您能歇就再歇歇吧，不要把自己累壞咯！」

「華小姐，您可要保重身子骨噢，這成千上萬號人都眼巴巴地指望您哪！」

「華小姐，新年平安吉祥！好人有好報，玉皇大帝、佛祖觀音、太上老君都會報答您的！」

「華小姐，您今天打扮得可真漂亮！這件紅大衣可真喜慶，看著就讓人高興！」

「華小姐，謝謝您給我們的新年禮物，日本兵有兩天沒來胡鬧了，真是意外啊！」

我並不能完全聽懂她們的南京土話，但我喜歡聽這種方言，發音短促而直接，表達親切而生動，象聲詞不少，說話語氣裡往往帶著點自嘲的幽默。南京方言就像當地特產的大蘿蔔，水嫩嫩，嘎嘣脆，怎麼吃怎麼爽，一點都不嗆人。我十分理解女人們的情感，她們對她的關切、感激、牽掛、祝福明明白白地寫在臉上，簡簡單單地通過每一個表情、每一個動作自然流露著，不由我的心不柔軟、不溫暖。啊，半個月前，她們成群結隊跪倒在我面前祈求保護的情景還歷歷在目，她們無比絕望又滿懷希望地向我磕頭：「活菩薩！大慈大悲的活菩薩啊！可憐可憐我們吧，救救我們的孩子吧……」成千上萬個聲音，成千上萬雙眼睛，成千上萬次跪拜……哦，當時我的心靈是如何地震撼啊！當時我就立志保護她們。

我笑著任憑她們七嘴八舌地圍繞在自己身邊。等她們差不多說完了，才努力用中文回覆她們的問候：「謝謝你們，你們也都好嗎？新年來到了，你們馬上就可以回家了。」女人們一聽這話，臉色立馬灰暗起來。有人搭訕著說：「托您的福，還算過得去。」也有人當即掩面抽泣，悲聲難抑。這時，正好李淑琴聞訊趕到。通過李淑琴的翻譯，我才明白一九三八年對她們來說，不僅與一九三七年沒有區別，而且很可能更糟，因為日本人正在催逼大家離開難民營……

二百號樓的情況與三百號差不多，因為人員過於擁護，室內已沒有落腳之地，不少後來的難民只能住在走廊裡。和其他難民營不同，金女大孕產婦集中，三天兩頭會有新生命降臨。一天兩頓稀粥根本不能滿足產婦和嬰兒的營養需要，所以產婦大多沒有奶水，嬰兒大多面黃肌瘦，連哭聲都嚶嚶的，顯得有氣無力。聽說大雪過後又有一批老弱病殘死去，他們有的蜷縮在角落裡一點點僵硬，有的一夜睡過去再沒有醒來，有的在媽媽懷抱裡哭聲漸稀，還有的心比身涼得更快，人沒走魂已沒了……阿菊的婆婆也死了，人們都為她感到慶幸，因為死亡實在是這個苦命老太的最好解脫。

面對那些屍體，我頻頻在胸前劃著十字。棺材是不可能有的，連草席也越發稀罕。我們唯一能做的就是及時發現他們，為他們做最後的清理，祈求上帝寬恕其罪過，祝福他們的靈魂早入天堂，剩下來的事便只能委託陶錫三先生的紅卐字會和馬吉牧師的紅十字會了。至於紅卐字會和紅十字會把他們運到哪裡？如何處置？我絲毫沒有打聽的興趣。程夫人有一次多事地問了，然後她情緒激動地告訴我：南京近郊現在簡直到處都是墳場，紅卐字會和紅十字會雖然臨時雇傭了好些人手，仍然個個忙得不可開交。為了震懾中國人，日本軍方嚴禁紅卐字會和紅十字會隨意清理街頭屍體。即便如此，那些必須運送出城的屍體仍讓他們應接不暇。他們沒辦法一一收殮死人，只能挖一個極大極大的坑，將屍體成批成批地扔進去，一層一層覆蓋石灰作為消毒劑和隔離劑，僅此而已。中國人掩埋中國人，最後往往會樹個石塊、木牌什麼的作為標記，這麼做是為了將來後人們好歹還知道個地方能祭鬼燒紙。日本人處理屍體可沒那麼複雜，據紅卐字會和紅十字會的人透露，日本人在草鞋峽槍斃了上萬中國俘虜，隨後便在屍山上淋澆了汽油，任其燒得火光沖天！紅卐字會和紅十字會的人抱怨說，石灰馬上就快用完了，向日本人申請調撥，卻毫無回音，他們現在已沒法繼續掩埋屍體了。幸虧大雪天寒，否則瘟疫一定會橫行。真要是那樣，整個南京城乃至周邊地區，必將一片死寂！

難民們本來都很害怕迎接一九三八年，因為他們對未來缺乏信心，而且擔心日本兵會藉辭舊迎新的機會酗酒作惡，一旦喝得爛醉再胡作非為，可不知又得有多少人遭殃。人們提心吊膽地迎來元旦，又提心吊膽地送走元旦，好在一九三八年默然拉開自己的大幕，沒有更多的災難，也沒有更多的欣喜。這樣的平靜讓大家在忐忑中有些許意外和驚喜，好像憑白無故天上掉下什麼寶貝似的。很多女人在議論回家過年的事，她們問我：是不是一離開難民營就不能回來了？要是過完年還想回金女大怎麼辦？我這才意識到，元旦過後中國人最重視的春節將接踵而至，一股躁動的氣息正在安全區悄然瀰漫。「有錢沒錢，回家過年」，是啊，難民們想家了，他們多想回到自己的茅屋，老老小小聚在一起，擦乾眼淚，洗淨傷口，過一個有餃子、有鞭炮熱熱乎乎的團圓年啊！可是，他們能嗎？

一九三八年一月六日，星期四。上午十一時，三名美國外交官率先回到南京，回到與金陵大學一牆之隔的美國駐華大使館駐地——平倉巷三號院落。聽說德國外交官也將很快抵達，拉貝先生高興得不得了。

直到與外交官們見了面，我才得知他們此番登陸南京並不容易。因為日本人始終拒絕答覆，他們返回南京的計畫不得不一推再推。後來他們發電報給上海的日本駐華大使館，將行程告知日方，然後不管日方是否應允，就搭乘軍艦來到下關。元旦前一天抵達後，日方不給他們上岸。他們前往安徽蕪湖調查被日方炸壞的美國船隻情況，來回又耽誤了一個星期，然後才踏上南京的土地。

「南京的情景真讓人吃驚啊！我們從下關上岸，汽車一路幾乎是碾著屍體過來的。長江水面現在還是紅殷殷的，漂浮著大量屍體⋯⋯」在平倉巷三號的獨幢洋房裡，阿利森先生抽著大大的煙斗臨窗站著，落地窗外是滿目瘡痍的南京街景，那傾斜的房屋、烏黑的斷牆以及人跡全無的街道，與洋房內的精緻陳設、溫馨氛圍形成強烈反差。

阿利森先生道：「日本人在《申報》發表聲明說，南京城秩序井然，他們十二月十三日進城，大商小販十五日起就陸陸續續恢復生意了。還說什麼南京百姓開始對日軍尚有疑慮，但很快日軍就用他們的真誠贏得了南京人的歡心——正因為有如此這般明目張膽的欺騙，所以即便僅隔三百公里，上海也沒人知道南京發生了什麼。至於身在武漢的我們，雖然資訊來源比較廣泛，不過說實話，如果不是身臨其境，我仍然無法想像他們竟把可愛的南京弄成了這樣……」

我忽然心頭一酸、眼睛一紅，彷彿遭遇委屈的孩子見到了家長，以前對美國的種種不滿和抱怨煙消雲散：「他們是一群不折不扣的魔鬼，阿利森先生！這大半個月，我們簡直度日如年，沒有電，沒有水，沒有足夠的食物……有的只是無盡的痛苦！你們要是再不來，我們大概都得瘋了……我們沒辦法與外界聯繫，他們把南京變成了與世隔絕的孤島，他們把握生殺予奪大權，為所欲為，無惡不作，我們只能任其宰割……」

「哦，魏特琳教授，我知道你們受苦了。您的所作所為，我在武漢時已有耳聞，我對您的英勇無畏深表敬意！」阿利森先生嚴肅地道，「美利堅合眾國不會忘記它的公民，不管他是因為什麼原因不能與我們在一起，我們都必須確保他的安全，這是我們外交官的首要職責。所以，大使先生一直催促我們儘快回來。非常遺憾，我們還是來遲了。雖然我們有很多不可抗拒的遲到理由，但當您眼含熱淚來到我面前，我忽然覺得我們的理由微不足道。魏特琳教授，我必須向您鄭重道歉！」

阿利森先生說著，認真地向我深鞠一躬。

我控制不住地大聲哭泣起來。假如眼淚能夠把這大半個月累積起來的恐懼、憤怒、屈辱、絕望、緊張、疲憊等等統統帶走，我好想就這麼一直把眼淚流下去，一直流到海枯石爛！這是我南京淪陷以來的第一次情緒釋放，阿利森先生對此非常理解和尊重，他沒有試圖勸止，而是任由我的情感之洪一洩千里……好一會兒，我才漸漸平靜下來，阿利森先生為我斟上一杯紅酒。

接過酒杯一飲而盡，我對阿利森先生道：「……非常感謝，阿利森先生……請您原諒我的失態，我實在是……唉……其實留在南京，完全是我個人的決定，你們都盡力了，誰能想到會是這樣呢？……為什麼沒人能阻止戰爭？為什麼美國不能發揮大國作用？為什麼我們面對罪惡總是無能為力？……」

「啊，魏特琳教授，您大概有所不知，世界對中國並非漠不關心，善良的人們對阻止日本侵華，一直在進行著各種各樣的努力。」阿利森先生解釋，早在去年九月份，華盛頓即聯合英、法敦促國際聯盟大會通過了《譴責日本在華暴行案》；十月份，華盛頓發表正式宣言，斥責日本侵華破壞《九國公約》與《非戰公約》；十一月份，《九國公約》參加國會議又通過了譴責日本侵華的宣言。後來，羅斯福總統還專門在國會發表演說，對遠東形勢進行評價的同時，嚴正警告日本不要得隴望蜀。至於民間的聲音，那就更豐富了，日本攻佔南京的那天，美國哲學家杜威、德國物理學家愛因斯坦、法國文學家羅曼・羅蘭聯名發表宣言，譴責日本侵華，呼籲世界各國援助中國。

「既然正義的力量如此強大，為什麼戰爭還是不可逆轉地往血腥和殘酷的方向發展呢？」我很疑惑。

「誰正義，誰不正義？日本報紙還公然把『侵略』說成『解放』呢！他們動員中國人反白種人，口口聲聲要建立『新東亞』，把英美勢力徹底趕出亞洲。對此，很多沒腦子的中國人竟然十分贊同！」阿利森先生說著說著竟氣憤起來，他快速地在屋裡走來走去，不停地揮動著胳膊。

「日本一門心思誘惑甚至逼迫蔣介石承認滿洲國，然而滿洲國恰恰是蔣最不能觸摸的敏感區。日本人說，滿洲是滿洲人的滿洲，這話聽起來有什麼錯呢？除了中國，誰又會對滿洲獨立那麼心痛呢？……是啊是啊，我們可以譴責日本侵華，我們可以拒不承認滿洲國，我們也可以對中國人的遭遇深表同情，可是，我們卻無法阻止義大利承認滿洲國，無法阻止日本與德國、義大利結成『鐵三角』……世人皆知德國駐華大使陶德曼一直在忙於調停中日戰事，可陶德曼能無視希特勒的命令嗎？當然不能！希特勒是站在蔣介石一邊，還是站在近衛文麿一邊呢？我且預言在先：希特勒拋棄蔣介石是遲早的事，德國用不了多久就會正式承認滿國洲了……面對如此紛紜複雜的世界政治風雲，魏特琳教授，我想華盛頓只會比我們更加謹慎。」

我沉默了。留守南京的這大半個月，已更改了我積累五十年而形成的價值觀，我現在對一切都沒有信心。「阿利森先生，這個世界會好嗎？」

「這個世界會好嗎？我也想知道呢，魏特琳教授，等您找到答案，務必記得告訴我噢！」阿利森先生幽默地打趣道，「明天會怎樣，我不知道，但我知道『否極泰來』。好啦，惡夢已經過去，畢竟我們又回來了。對了，也許看到這個您心情會好些，瞧我給您帶來了什麼禮物？」阿利森先生說著，從抽屜裡變出幾封信來。有衛士禮的信，吳校長的信，德夫人的信，還有上海幾位師生的信！阿利森先生笑道：「以後你們可以同外界聯繫了。在郵路恢復之前，儘管把信件交給我們好了，我們的軍艦會定期往返滬寧之間的。」

我首先拆開衛士禮的信。衛士禮的信寫於去年十二月十九日，當時輾轉逃出南京的五位英美記者剛把大屠殺的新聞向世界發佈，衛士禮震驚之餘對我的安危十分擔心。他在信裡簡單介紹了自己的工作，表示只要有機會，就一定會儘快回南京。「請務必相信上帝與我們同在，千萬不要喪失對主的信心。這正是考驗我們的時候，我們不能辜負主的重託。我會為你祈禱！我們都會為你祈禱！」這的確是衛士禮的語言風格。以前我很喜歡接受衛士禮的鼓勵和問候，可此時此刻竟覺得這些語言空洞無力，根本無法到達我的內心。唉，他到底沒有經歷過，他不懂得，現在還有什麼上帝呢？

我又拆開吳校長的信。吳校長的信實際內容比較多，她說西遷的金女大已經在重慶沙坪壩立足，暫時與中央大學、金陵大學等兄弟學校協作辦學，學生可以在幾個學校通讀，學分互認。考慮到戰爭可能會持久化、全面化，美國各大教會正在商討對策，準備讓在華所有教會學校資源分享、共度難關。「西部的條件雖然比較艱苦，但並不影響我們對學生的嚴格要求。即便是在馬背上、戰壕裡，我們的教學品質也絲毫不會降低，況且保家衛國、學以致用這些新內容，恰是以前的課堂無法傳授的，現在總算有了補課的機會。」讀著這樣的語句，我彷彿又看見吳貽芳的模樣。假如吳貽芳在南京，會怎樣呢？

阿利森先生說得沒錯，南京不再與世隔。沒多久，除了信件，我們又收到校友們從上海寄來的食物包裹。吃到久違的新鮮桔子，程夫人的眼淚「撲簌簌」往下直掉，她摟著小孫子不停地嘟囔著：「這桔子可真甜，真甜……」

供電恢復了，供水恢復了，街上的屍體也一天比一天少了。日本人在試圖恢復南京的秩序，他們要求所有安全區必須於二月十四日前關閉，提前回家的難民可獲一袋米作為獎勵。然而，沒人敢領這樣的獎賞，因為仍有新難民時不時地帶來消息：南京城四面八方無一處安寧。為迫使難民營按時解散，早在元旦前，日方已要求南京安全區對所有難民進行登記。於是，經歷過「燒殺淫掠」的第一階段後，南京又進入被日方「威逼恫嚇」的第二階段。

登記一般從早上八點開始，男性首當其衝，但女性也沒有豁免權。在金女大，日本人讓我把所有難民集中到一起，通過翻譯對他們進行訓話。沒有誰相信日本人的信誓旦旦，但也沒有誰敢於抗拒這樣的人口登記。毫無疑問，滯留南京的中國軍人命若懸絲，我聽說這樣的人至少還有成千上萬。有些光頭男子一身武氣，連我都能大概猜出其身份，然而我卻愛莫能助，因為我不得不顧及整個金女大的安全。

每天早上八九點鐘，難民們的登記隊伍排成長長一條，綿延到大門外很遠的地方。負責協助日本人登記的中國漢奸總是對天寒地凍抱怨連天，我們不得不準備充足的木材供他們取暖，稍有遲緩，他們便會立馬把桌椅板凳拆送進火爐。端茶送水、遞煙供飯也必不可少，程夫人和老張從早到晚小心陪著笑臉、說著好話。儘管如此，日本人還是一天比一天厲害：昨天，他們叫當過兵的人自己站出來承認，並許諾給他們工作和工資；今天，日本人檢查他們的手，並把他們認為可懷疑的人挑出來。當然，被挑出來的許多人從未當過兵。無數母親和妻子要我為她們的兒子或丈夫說情，他們是菜販、裁縫、鐵匠、鞋匠、打燒餅的夥計……不幸的是，我什麼忙也幫不上。

在安全區的其它地方，日本人把居民趕成數百人一群，然後帶他們到登記辦公室去。我得知頭一天清理出來的有兩萬人，一部分被送去做勞役，剩餘的全被槍決！也有一些女人非常勇敢。我就親眼看見李太太幾次挺身而出，先認一個男子作丈夫，再認一個男子作哥哥，又認一個男子作叔叔……為了不被日本人識破，李太太中間還悄悄溜回去更換了衣服和髮型！在她的帶動下，不少婆婆奶奶大媽大嬸也紛紛將一些男子認作「兒子」、「孫子」、「女婿」、「外甥」和「侄子」。看著這樣的場面，我每每激動得熱淚盈眶。只是這樣的精彩不可能天天發生，更多的時候我只能為那些可憐的生命掩面。

女難民不會被槍斃但可能被逼當妓女。我被叫到辦公室，與一名日本高級軍事顧問會晤。軍事顧問通過翻譯明白無誤地告訴她，他們必須通過登記從一萬名難民中挑選出一百名妓女。

「如果為日本兵安排一個合法的去處，這些士兵就不會再騷擾無辜的良家婦女了。」他這樣說。他認定金女大難民中混雜著很多秦淮妓女，讓她們重操舊業服務皇軍，只會對她們的將來有利，而且他承諾決不會抓走良家婦女。在軍事顧問的堅持下，我只得召集金女大年齡在十七至三十歲的約一千名女難民在一百號樓前聽訓話。

軍事顧問說：「你們在婚姻方面必須遵循風俗，讓父母作主，不要相信所謂的『愛情』，那是西方人自我放縱的藉口；你們不要上劇院，劇院只有男歡女愛的美國電影，那會教壞你們，讓你們忘記淑女的儀軌；你們不要學英語，東方女性就應該接受東方文化，學英語讓你們數典忘祖，最終淪為白種人的玩物！我們都是黃種人，我們有著共同的東方文化，中國和日本必須融為一體，這樣國家將會強大，我們將不受西方人的擺弄……」

訓話結束後，女難民單列排成兩隊，沿著賣飯處的欄杆，一隊向南、一隊向北走去。大多數婦女和姑娘一次就登記上了，大約有二十名婦女被挑選出來，因為她們看上去與眾不同：要麼燙髮，要麼穿得太好，要麼長得俏麗，要麼表現活潑……

登記接近尾聲時，田中一男帶著兩名女子驅車來到金女大。

「魏特琳教授，我是來向您告別的！」

田中穿著一身簇新的軍禮服，看上去年輕帥氣了很多。他輕快地跳上臺階，紳士般走上前來親吻我的右手。

自聖誕酒會後，田中再也沒有現身。但大概一周左右，我便會收到他的食品籃，這個食品籃幫助了很多老弱病殘。我一度擔心田中會報復沈牧師，沈牧師為此也做好了安排，隨時準備犧牲。然而事實上什麼也沒有發生。這個田中顯然是日本人中的異類，我不由得對他心生好感。我將田中請進辦公室落座，為他泡上新得到的英國紅茶。

「田中先生，您要離開南京了嗎？」

「是啊，山田君早就換防了，現在又輪到我們了。」

「你們第十六師團將前往哪裡呢？」

「哈，這可是軍事機密，恕我無可奉告。在南京休整的這段時間可真是美妙，我還捨不得走呢。可是，身為軍人，不得不服從命令啊！」

「你們會回國嗎？請您不要介意，田中先生，我並不關心你們的軍事機密，我只在乎一個問題：戰爭會變本加厲，還是有望緩和？」

「啊，到底是魏特琳教授，問題總是那麼尖銳！真要是能回國就好啦，可惜不是啊。據我所知，我們第十六師團將前往華北接受新任務，接替中島中將擔任南京警備司令官的是天谷直次郎少將。天谷少將也是日本軍隊大名鼎鼎的人物啊，他率領的第十一師團第十旅團可是著名的『天谷支隊』呢。」

「著名？哼，一個軍人他能以什麼著名，還不就是靠戰功靠殺人？我還以為日本政府真的幡然醒悟，能派一個像您這樣思維正常的人來收拾殘局呢，看來我實在高估貴天皇和貴首相了！送走一個瘟神中島今朝吾，南京迎來的不過是另一個瘟神，我能指望天谷真次郎放下屠刀立地成佛嗎？」

「呵呵，您就不要讓田中無地自容了。今朝分別，還不知能否再會。按目前的態勢，戰爭很可能會繼續蔓延，說不準哪一天田中就戰死疆場啦，到時候魏特琳教授可不要這麼刻薄地評論田中，怎麼著您也得為田中祈禱兩句吧！」

我無語。是啊，這戰爭機器一旦發起狂來，隨時都會把人碾成粉沫。假如田中不能倖免於難，那麼我們憑什麼就能倖免於難？誰能保證我們的安全？誰能阻止撒旦的橫行？

「不說這些叫人傷感的話了。我今天來此除了向您正式告別，其實還有一事相託，求您一定要幫助我。」田中說著站起身，指著窗外汽車裡的兩個身影道：「您看那兩個中國姑娘，穿紫綢旗袍的叫小黛，曾經為山田君服務，山田君離開南京時特意委託我代為照顧；穿綠綢旗袍的叫溫玉，我一到南京就認識了她，她會做一手好飯。她們倆為我們做工，為人很是溫順勤勉。聽說她們都已經無家可歸，現在到處兵荒馬亂的，我想在離開前應該將她們託付給可靠的人。想來想去只想到了您，所以就……」

我毫不猶豫地介面道：「田中先生，您能想到我真是太好了！把她們送到金女大是最好的選擇，您儘管放心吧，我會繼續保護她們的。真沒想到，您居然在那麼可怕的時刻雪藏了兩個中國姑娘！嘖嘖嘖，好傳奇、好偉大啊！我想這兩個姑娘一輩子也不會忘記您的大恩大德的！願主與您同在，哈利路亞！」

「啊呵呵，您言重了，言重了！」田中的臉稍稍有些發紅，他尷尬地清了清嗓子，立了一個正，然後微鞠一躬道：「但願早一天結束戰爭！我多希望將來有一天，我們能坐下來好好探討國家、民族、戰爭、宗教、人性等複雜問題，魏特琳教授您、沈牧師，還有那位學貫東西的衛先生，我們一起好好探討探討。環境決定意識，我們現在無法談，將來應該可以談。我相信我們能談得攏，畢竟我們都是基督徒。願主保佑您！阿門！」田中說著在胸前劃了個十字。

「請您在戰場上也不要遠離主！還有，謝謝您的食物，田中先生！」

田中走了，小黛和溫玉面無表情地抱著被褥站在路邊，望著他的汽車絕塵而去。早有一群女難民悄悄聚集在邊上圍觀著，她們交頭接耳、竊竊私語，一個個顯出鄙夷不屑的樣子。

我喚過小黛和溫玉，輕聲細語地安慰她們。然後，我請程夫人為她們安排住處，如果可能的話就安排進清靜的小房間。程夫人「嗯」了一聲，黑著臉，嘟著嘴，一副老大不情願的樣子。我注意到在安慰兩個姑娘時，程夫人一直斜眼藐視著她們，搞得兩個姑娘頭低了再低，恨不得找個地縫鑽進去。我好生奇怪，這程夫人今天是吃錯藥了還是怎的？

「帶她們安頓去吧！」我對程夫人說。

小黛和溫玉千恩萬謝。

「你帶她們去。」程夫人轉而指使李太太道。

李太太答應著領頭走在前面，兩個姑娘低眉順眼跟在後面。隔著窗戶，我看到女難民們一路上對她們指指戳戳、罵罵咧咧。

程夫人望著她們的背影破口大罵：「破鞋！真不要臉！還要我給她們安排小房間？門都沒有！華小姐，你還真相信她們是給日本人做工的？瞧她們那模樣、那打扮，哪像做工的樣兒？她們拿來的被子都是好的，哪個落難的有這麼新的被子？分明就是婊子！呸，在日本人那裡住了三十多天，一個長官一個！這個用完了那個接著用！真不知羞，還要坐汽車來！」

我大驚失色：「你怎麼這麼說？怎麼可能呢，人家田中先生明明是一番好意，兩個姑娘明明是清白的！程夫人你這話實在太噁心了！」

程夫人拍手跺腳地嚷嚷道：「噁心的是他們！一幫狗男女！華小姐，不要相信日本人能安什麼好心！他們是明擺著故意來氣你的。你不是專收女難民嗎？你不是總拼著命保護她們，不讓日本人欺侮她們嗎？好，那我就送兩個糟蹋過的中國姑娘給你，看你有何法子！唉，不能說，越說越要把我氣死！可憐南京明年不知會多出多少野種噢！都是日本鬼子造的孽！遭天殺的日本鬼子噢！」

田中離開不久，一九三八年一月二十六日，阿利森先生與金陵大學美籍教授林查理，為日軍強姦一名中國少女之事，去日軍憲兵司令部交涉，遭到日軍毆打。我在一月三十日的《字林西報》上讀到一則簡訊摘要：「美國駐東京大使提出更強烈的抗議／日本一名哨兵打了J．M．阿利森先生耳光，這一行為引發出新的外交交涉。美國官員的報告已發表（華盛頓，一九三八年一月二十八日）／國務院今天委託美國駐東京大使約瑟夫．格魯向日本政府提出強烈抗議，抗議在南京的一名日本哨兵動手毆打美國大使館三等秘書阿利森的行為……」

# 11、東方式虛偽

尊敬的拉貝先生：

請允許我通知您，為了歡送您，定於本周日下午四時在金女大一百號樓舉行告別茶會，敬請出席！我們大家十分希望您能放棄您的旅行計畫，在這個困難時刻不離開我們。南京還十分需要您。

致以最親切的問候！

簽名：明妮・魏特琳

拉貝先生將離開南京的消息早在元旦前就傳出來了。這不是拉貝先生本人的意願，而是日本人的要求。聽說由於拉貝先生對日軍不斷施壓，差不多每天都要向日本軍政當局抗議和交涉，最終就連最溫和的日本人也開始對他不厭其煩，準備強行驅逐他出南京。拉貝先生起初還對這些小道消息置若罔聞，然而當德國外交官羅森博士返回南京，當羅森博士親自將柏林的一逕電報交到他手上，拉貝先生也終於無法迴避：西門子公司總部要求他回國覆命，越快越好！

年輕的羅森博士有猶太血統，因受排擠才被派到中國，也因此又被派回戰火紛飛的南京。他對拉貝先生的遭遇十分同情，可卻毫無辦法。據羅森博士所知，陶德曼大使對拉貝先生的非凡表現也是暗豎大拇指，但即便陶德曼大使也對「西門子命令」無可奈何，畢竟這是人家西門子公司內部的事，大使館不好插手。只是大家都覺得西門子之前一切全憑拉貝作主，現在卻左一個電報右一個電報催他回國，這背後一定另有文章。

沒有人捨得拉貝先生離開，倒是拉貝先生自己，還是一如既往地輕鬆幽默，他笑著自我解嘲道：「看來還是日本朋友關心我的健康啊！猜到我胰島素快用光了，勸我前往上海就醫我又不識抬舉，於是輾轉用這個辦法強迫我卸下重擔，提醒我珍惜生命！唉，如此良苦用心，真讓我感動得熱淚盈眶！我能毛髮無損地回國與妻兒老小團聚，除了感謝上帝，還真該日本朋友對我的關照！」

我才知道拉貝是重度糖尿病患者！之前他竟然不曾透露半點，從來像健康人一樣承擔重負！不，比健康人承擔得還要多得多！哦，偉大的拉貝！於是，大家開始安排「告別拉貝」活動，因為他在南京的日子已屈指可數。我也給拉貝先生送去了請柬，我要送他一份別緻的禮物。

就在這當口，日本人的請柬不期而至：中國農曆的大年初一，日本大使館正式邀請拉貝先生暨國際安全委員會成員去聽音樂會，然後與日方軍政高官共進晚餐，同時受邀的還有在南京諸國外交官。我很意外阿利森先生竟接受了邀請，因為他剛被日本士兵打過。我也很意外羅森博士竟拒絕前往，他對拉貝先生說，他受夠了日本人的殘暴和無禮，實在不願意再配合他們演戲。羅森博士不久前剛被日本士兵搶了汽車，正在氣頭上。他說連德國大使館的一組鑲貝屏風也被搶了，看門人怎麼攔也攔不住。

拉貝先生懷疑日本人已獲悉他即將離開南京，此番宴請也許就是為了明正言順地驅逐他？事實上，日本人不僅視他拉貝為眼中釘，也視國際安全委員會為肉中刺，恨不得立馬解散它。拉貝先生當然明白，隨著日本人對南京佔領的日益穩固，國際安全委員會遲早將結束其特殊使命。只是眼下仍有太多難民依賴我們，他還不能將國際安全委員會的神聖職責拱手相讓。日本人巴不得拉貝早點走人，好讓馴服的漢奸另起爐灶。拉貝現在能做的就是拖一天算一天。

拉貝先生無奈地說：「我們上午還在四處查看被日軍殺害的中國人，下午卻要去欣賞日本軍隊舉行的音樂會……但是，在這充滿了欺騙的東方世界，一切都是可能的。為了給對方面子，一張早已丟盡的臉面，為了顧及聞名於世的東亞禮儀，我們委員會必須全體禮儀周全地盛裝出席！」

程夫人則勸我：「好歹有一頓大餐，您就只管悶頭吃吧，場面上的事自有拉貝他們應付。苦了這些日子，找機會改善一下伙食也不是壞事。」

說話至此，我也只有「捨命陪拉貝」一途了。

音樂會在日本大使館舉行。一路上，除了日本士兵幾乎不見其他閒人。到了大使館更是滿眼明晃晃的刺刀，到處凶巴巴的警衛。除了福井及個別外交人員穿著西式燕尾服，其他日本人一率戎裝在身。所以，儘管現場的音樂十分歡快，儘管日本人的招待十分熱情，我始終覺得芒刺在背，真是想樂也樂不起來！

節目單顯然是日本人精心準備的：

樂隊指揮：陸軍軍樂中尉大沼哲

1．序曲：輕騎兵（F．V．蘇佩／曲）

2．多瑙河之波圓舞曲（V．尹瓦諾夫斯基／曲）

3．一步舞：中國城，我的中國城（J．施瓦爾茨／曲）

4．長歌：老松（大沼哲／曲）

5．夢幻曲：阿依達（威爾第／曲）

6．序曲：威廉．退爾（G．羅西尼／曲）

7．進行曲：我們的軍隊（軍樂隊）

阿利森先生讀著節目單笑道：「啊，要不是樂手們依然穿著軍服，我真以為自己置身維也納金色大廳呢！」

我介面道：「可惜看著他們演奏單簧管、雙簧管、圓號、小號的手，不由人不心生聯想。儘管這一雙雙手戴著白手套，看上去既溫柔又優雅，但沒準它們在砍斷俘虜脖子時十分靈活，在強姦中國少女時十分孔武，在搶劫民間財物時十分有力……對它們來說，也許變著花樣殺人也像演奏音樂一樣具有挑戰和創新意味？」

英國的傑佛瑞先生道：「您說得沒錯，對日本人來說，死亡本身何嘗不是一種藝術？日本人可是要把各種藝術演繹到極致的！呵，大和民族在熱愛藝術方面可真讓人嘆服，我與他們打了十幾年交道，深知他們在表現自我、征服對手方面有著無窮的想像力！」

結束一曲，鼓掌一陣。再結束一曲，再鼓掌一陣。終於，七個樂曲全部演奏完畢，大家一起起身鼓掌致意，裝出很享受的樣子。我剛想鬆一口氣，就見幾個日本記者擁上前來。

一個矮胖的年輕人用蹩腳的英語道：「女士們先生們，我是日本《讀賣新聞》的記者，請問你們覺得我們軍樂隊的演奏水準如何？」

「啊，簡直妙不可言！」拉貝先生陶醉地抬起頭、眯起眼，「今天的音樂會喚起了我對往昔生活的美好記憶。啊，愛情！啊，自由！啊，生命！當阿依達的動人旋律響起時，我竟然感動得涕淚縱橫……哦，有音樂的生活才是生活啊。要不是貴國的軍樂隊，我幾乎想不起來我們還有音樂、還有生活……哦，太美了！」

拉貝先生的回答精彩極了，禮貌周到，綿裡藏針，而又無懈可擊！他真是天生的外交家！表面上他似乎極盡讚美之能事，實際上卻話裡有話地抨擊了日本人的野蠻和殘酷，因為正是他們毀滅了南京、毀滅了生活！我本來並不想多話，因為當他們演奏《輕騎兵進行曲》時，我卻想起去年十二月十四日路過金女大門口的那群隊伍：一百多位五花大綁的平民，被日本輕騎兵押解著，一去不復返；當他們演奏《我們的軍隊》時，被摧殘的城市、荒蕪的鄉村、遭強姦的婦女和小姑娘又一一展現在我眼前，當時我完全沒有聽到音樂。然而，拉貝先生的態度忽然激勵了我，我忍不住接過拉貝先生的話道：「哦，拉貝先生，我跟您的感受完全一樣！這真是一次難忘的體驗！不過今天不知怎麼了，我在欣賞音樂時總是開小差，腦海裡不住地盤旋著裴多菲的詩：『生命誠可貴，愛情價更高。若為自由故，二者皆可拋！』」

傑佛瑞先生又笑容可掬地補充道：「記者先生，我注意到貴軍樂隊特意選擇了一首與中國有關的樂曲，似乎想以此表達對我們所在國度的敬意。考慮到中日兩國的戰事仍在火熱進行，我不能不說，這樣的安排的確讓我們對貴國的善意印象深刻……此外，我還無法淡忘貴軍樂隊對羅西尼經典名典『威廉・退爾』的演繹。眾所周知，威廉・退爾在我們西方是反抗暴政、反抗異族壓迫的著名人物，他的象徵意義可謂家喻戶曉。今天聆聽貴軍樂隊對『威廉・退爾』的激情詮釋，讓我深感欣慰和振奮，看來東西方都會對暴政說『NO』！請諸位放心，我回去一定會把這些情況向倫敦報告的！」

因為最近的「阿利森事件」鬧得沸沸揚揚，為避免再生事端，阿利森先生今天一直手捧煙斗笑眯眯地謹慎旁觀，但這時他也不失時機地插話道：「我也會向華盛頓報告的！我很希望以後日本士兵也有機會多聽聽音樂，這樣也許可以說明他們清火，省得動不動就對人拳腳相加啊……」

福井先生撐不住了，他一臉尷尬地試圖阻止：「啊，一場音樂會而已，哪裡有這許多微言大義？諸位可真是聯想太多、聯想太多！下面還有豐盛的晚宴等待著大家，諸位這邊請！」

一中年記者似乎想挽回局面：「呃，拉貝先生，我是《朝日新聞》記者。作為南京國際安全委員會主席，您在南京管理真空的這一時期備受矚目，頗享受了一段一言九鼎、眾星捧月的時光，我想知道隨著南京的社會秩序回歸正常，您是否覺得很難割捨現有的權力？聽說您的妻兒都在德國，您有離開南京和他們團聚的打算嗎？」

拉貝先生哈哈大笑：「記者先生，非常歡迎您來南京採訪。趁我現在還沒卸任，我特別要以南京國際安全委員會主席的身份邀請您採訪我們的工作。我甚至還想邀請您加入我們，因為我們本來就是一個自發的、臨時性的國際民間組織，我很希望您能作為日本代表，與我們一起為一樁樁棘手的事情進行商議和表決。我們西方人習慣少數服從多數，票數決定一切，當初我是這麼當選的，將來也得這麼離任。如果大家選舉您繼任主席，我巴不得明天就飛回柏林親吻妻兒呢。只是我說了不算，您說了也不算，委員們說了算！」

福井先生又催促大家前去就餐，可記者們還是逮著拉貝先生不放，他們又問了好些具體問題，諸如對新成立的維持會有何建議，如何幫助難民早日回家，國際安全委員會對下一步工作有何安排等等，拉貝先生全都耐心周到地一一予以回答。為滿足記者們營造和諧場面的願望，拉貝先生還主動指揮我們，配合記者們左一張右一張地照相。「明天全世界都會看到我們在南京是多麼幸福！我們是最幸福的！」拉貝先生嚷嚷著。吃完自助餐，我們總算明白日本人請客的真正用意，新上任的天谷真次郎少將給我們下了任務：嚴禁煽動中國人的反日感情，所有對外洩露大屠殺資訊的行為都是對日本的敵意！

拉貝先生的隱瞞只是權宜之計。時隔兩天，當我在茶話會上再見拉貝先生時，得知他已被迫向日方申請前往上海，因為西門子總部的電報催逼甚急。

拉貝先生說：「福井先生約我昨天一早就去日本大使館。也許他想提醒我，讓我切切不可忘記，在上海只許說日本人的好話！啊，如果他認為我會不同意，那就大錯特錯了。當然，他對我已相當瞭解，他知道我會以同樣的『東方式虛偽』向他保證，說他想聽的話。據西門子總部的最後一封來信，我是決不可能再回到這裡了，但是，現在我還不能讓別人知道。」

我問：「西門子難道不知道您在這兒做了什麼嗎？也許我們應該聯名給你們的大老闆發一封電報，讓他明白您在南京的作用是多麼不可替代！至少他也該寬限一段時間，由您自己決定何時離開更合適。」

拉貝先生搖搖頭道：「總部大概是想放棄中國市場了。我看日本人也不會允許我們委員會維持太久，我想還是儘量把能做的事情做掉，不要節外生枝就好。所以，我向福井先生提出的是往返申請。我告訴他我的胰島素快用完了，必須到上海補藥，這個理由他沒法拒絕。我還告訴他必須到上海購買一批蠶豆，否則因缺乏維生素B1導致的腳氣病將在難民區蔓延，這個理由他也沒法拒絕。」

沈牧師問：「福井先生沒有生疑嗎？」

拉貝先生回答：「生疑？哈，他最不喜歡的就是往返申請，我要是黃鶴一去不復返，那才正中他的下懷呢！你們不知道日本人現在的心理，那可真是微妙有趣！他們一方面恨不得把所有西方人都趕出南京，另一方面又擔心西方人一到上海就把他們的罪行大白於天下，因為之前已經發生過這樣的事，國際社會輿論譁然，日本政府頗有些騎虎難下。福井先生想送瘟神一樣送我，我可偏要像人一樣來去自由呢！」

拉貝先生接著說起昨天去日本大使館的事。因為兩人沒遇上，當晚六點，福井先生轉而驅車來看拉貝先生。他說：「如果您在上海對報社記者說我們的壞話，您就是與日本軍隊為敵！」拉貝先生問什麼是可以說的，福井讓拉貝先生自己斟酌，於是拉貝先生道：「依我看，您期待著我對報界這樣說：南京的局勢日益好轉，你們不要再刊登有關日本士兵罪惡行徑的報導，這樣做等於是火上加油，使日本人和歐洲人之間更增添不和的氣氛。」福井對這樣的措辭十分滿意。

拉貝先生趁勢而進，希望與軍方再接觸一次，解決以下幾個問題：為鼓樓醫院爭取到的幾個外國醫生和護理人員，為什麼拒發他們來南京的通行證？為什麼不允許我們從上海船運糧食來南京？為什麼禁止我們進入外交部裡面的紅十字醫院？福井先生不接這個茬，他翻來覆去一句話：「如果您說日本的壞話，就要激怒日本軍方，這樣，您就回不了南京！」拉貝先生只好改問能否帶一個中國傭人同往上海？福井回答說：「可以，只是他決不能再回南京！」

程夫人好奇地打聽：「您要帶老韓去上海嗎？他幫您運行李？」

拉貝先生狡黠地眨眨眼睛道：「No，No，No，不是韓，不是韓。韓在南京是安全的，他可以保護自己。我的行李也不多，能留下的我都會留下，給更需要的人……」

這時，馬吉牧師說話了：「嗯，我認為拉貝先生迄今所做的一切都非常正確，尤其這往返申請，非常有意義。日本人既然同意拉貝先生自由往返，就沒有理由拒絕我們。要知道前兩天即便外交人員，他們也刁難來刁難去的，看來南京的黑暗真的要到頭了！我已經把我的電影拷貝了幾份，到時還請拉貝先生帶一份出去！我們不能把秘密埋藏在心裡！」

「日本人確實到現在還欲蓋彌彰。我給諸位讀一讀最近的《華盛頓郵報》吧，日本駐倫敦大使居然認為記者的報導是無中生有。」阿利森先生掏出一份英文報紙朗讀起來：「倫敦／一九三八年一月二十九日訊／駐倫敦的日本大使吉田茂先生今天在接受《每日雜談》代表的採訪中，對傳到歐洲的關於日本士兵在中國犯下殘酷暴行的報導表示遺憾。他補充說，簡直難以想像，我們的部隊竟然會如此放縱自己，會這樣違背悠久的傳統。大使接著又說，我已經電告東京，報導我們部隊殘酷暴行的消息已經傳到英國，我請求不要對我隱瞞真實情況。關於據說日本士兵虐待平民並當著父母的面殺戮孩子們的報導，使我感到異常震驚。這樣的行為與我們的傳統根本不相符，在我們國家全部歷史上沒有發生過這樣的事例。無論您到哪裡去進行調查，您都提供不出我們的軍隊曾經有過這類行為的證據。我們的軍隊有著良好的紀律，我再重複一下，這支軍隊會以這樣的方式違反傳統，是不能想像的。我作為我國的大使，對於出現這樣的報導，只能表示極為遺憾……」

拉貝先生歎息道：「所以，真相還有待我們進一步傳播，這是我們每一個見證者的責任。但願我能在上海、香港、柏林甚至東京放映馬吉的電影，但願這部片子能有無數的版本。唉，我真慚愧不能為難民做得更多！他們對我總有太多希望，而我的能力卻那樣有限！就像今天早上八點，所有婦女和姑娘一個緊挨著一個地站立在我們院子中央的小路上，我剛一出門，她們就雙膝下跪，跪在潮濕冰冷的水泥地上不起來……」

「不，拉貝先生，您已經做了很多很多！」我這麼說著，起身將一隻錦盒奉給拉貝，「親愛的約翰，我不會忘記在十二月最惡劣的那些日子裡，您將自己的家變成了難民營，您將納粹旗幟張設在屋頂上，您機智勇敢、沉著鎮定地與魔鬼打著交道，您身先士卒地維持幾乎失控的可怕秩序……我不會忘記您的幽默和微笑，您總在最困難的時候鼓勵大家，您總是想方設法調動大家的情緒，把我一次次從絕望的地獄口挽救回來，您還總是與我們分享那些極其珍貴的資源：食品、木材、煤炭、藥物……親愛的朋友，謝謝！這是我們的一份禮物，打開看看吧！」

掌聲如掙脫出囚籠的飛鳥，帶著翅膀撲扇著新鮮空氣的聲音。這聲音讓人想起了潮水，清晨的海浪拍擊著沙灘的可不就是這聲音？這聲音讓人想起了森林，雨後的風兒吹拂著樹葉的可不就是這聲音？阿利森先生、傑佛瑞先生、羅森博士、里奇先生、馬吉牧師、沈牧師、瑪麗小姐、程夫人、李太太和女兒淑琴，大家一邊鼓掌一邊微笑著凝望拉貝，拉貝先生十分激動。

「啊，這真是一個終生難忘的時刻！諸位對我的褒獎讓我深感自豪！」拉貝先生接過錦盒，他將錦盒放在桌上打開，驚喜地發現裡面有一冊精美的紀念簿。紀念簿是典型的中國風格，錦緞的封皮，青銅的底色，織金的花紋，厚厚的內頁全由質地優良的宣紙構成。翻開紀念簿，拉貝先生看到人們留給他的各式題詞和簽名，除了少量英文、德文和中文的祝福和感謝，大部分只有簡單的中文簽名，有的甚至只是塗鴉似的圖畫，還有更多的竟是紅色的手印！至少有幾百上千個手印！我說很多難民不會寫字，他們又不想錯過表達心意的機會，於是只能這樣了。

拉貝先生笑道：「啊，這真是太好了！我太喜歡這份禮物了！華小姐，我也不會忘記在十二月最惡劣的那些日子裡，您率領四百名逃難的婦女和少女穿過城市，將她們安置到安全的金女大難民收容所；當日本人舉槍逼迫您交出『花姑娘』時，您張開雙臂像母雞護小雞一樣將她們保護在身後；您不僅保全這些可憐婦女的生命，還為她們組織很多活動，說明她們學習謀生的技能……是的，我忘不了這些，您由此贏得了我的特別尊敬。還有，我忘不了在食物緊缺的今天，您居然為我們這麼多人準備了沙拉、巧克力糖、桔子和肉糜蛋糕！尤其這獨具匠心的肉糜蛋糕，真是太美味了！」

「哈哈哈……」一百號樓頓時笑語喧天。

阿利森先生因為是美國外交人員，所以到哪兒都擺脫不了日本衛兵。茶話會一結束，他就匆匆先走了。拉貝先生留到天黑才起身，沒想到當我陪同拉貝先生經過科學樓時，竟發現有兩三千婦女在那兒等候著。一見拉貝，女人們齊刷刷地跪下了，她們哭泣著懇求拉貝不要拋棄難民。拉貝勸慰、解釋無效，最後只能無奈地跟著瑪麗小姐從小路走開去。我又努力請女人們讓出一條道，這樣羅森博士和里奇先生才能夠離開，但沒人聽指揮。後來，我分散了女人們的注意力，把她們領到操場的另一邊，瑪麗才帶著羅森博士步行離開了。過了很長時間，才又把他們的汽車弄出了校園。

春節前後，有不少難民在日方的威逼利誘下回家過年，可沒兩天就又回來了。他們反映南京城並沒有安寧，每天仍在發生很多事件。

為便於向日方反映情況，我安排李太太帶著淑琴及時搜集難民們的最新遭遇，於是我天天都看到這樣的悲慘記錄：「……二月二日早上，王玉林（音譯）正和妻子一起返回住所，路遇一輛載有三個日本士兵的卡車，卡車猛然剎住，士兵們縱身躍下，搶走了王先生的提箱，逼迫其妻登上汽車。幸好王太太掙扎著從卡車上跳了下來，才免受其難。然而，行李丟了……二月二日，王楊氏回到她和平門外蟠龍山的家中。當天上午十一時，四個日本士兵闖入她家要強暴她，她即下跪求饒。他們狠狠打了她一頓，搶走了十元錢才放手。王太太害怕日本士兵再次侵擾，帶著孩子回到了難民收容所……二月二日，二十四歲的謝錢氏在返回下關住所的途中遭到日本士兵的襲擊，他們把她拖進一間屋子進行強姦。獲釋後，她在城門外又遭到三四個日本士兵的騷擾，巧遇一個日本海軍軍官解救了她。在紅卍字會的幫助下，她又返回了難民收容所……二月三日早晨，杜先生攜帶全家回到他在龍蟠裡的家中，一個日本士兵兩次闖進他家，幾乎掠走了他的全部行李。後來，這個日本兵又來了，把男人們都趕到屋外，扒光一個已婚婦女的衣服，強姦了她……二月三日下午五時，三個日本士兵闖入大中橋附近尚書巷某家，把女主人懷抱的嬰兒甩在一旁，把她強姦後，狂笑著離去……二月三日下午一時，剛回到家中的二十三歲的姚羅氏就遭到日本士兵的強姦……二月五日上午八時，二個日本士兵闖入夫子廟附近瞻園路的艾李氏家，她是二月三日回到家中的。此時，酒店裡的男人們都被拉去做工去了，於是，日本人把艾太太拖進屋裡，房門反鎖長達十分鐘，他們逼迫她脫光衣服，她可是十天前才分娩，孩子天折了。屋裡的另一個名叫馮何氏的婦女故意撒謊說，她四天前才生了孩子，孩子一出生就死了，這才未遭蹂躪。日本士兵臨走時威脅說，他們還要再來，看看她是否說的是實話……」

因為松井石根大將第三次「視察」南京，日方將解散安全區的最終期限從二月四日推遲到二月八日，接著又推遲到二月中旬。我猜松井石根一定會給南京日軍加壓，安全區肯定不會存活到三月份。二月十一日，一百噸蠶豆裝船由上海發往南京，難民營的腳氣病得到了控制，一首《南京難民合唱曲》也在難民中流傳：「我們要蠶豆做早飯，我們要蠶豆做午飯……」二月十八日，「南京安全區國際委員會」結束工作，宣佈自此日起更名「南京國際救濟委員會」，作為一個純粹的非官方救濟組織，依靠捐款進行人道主義工作。救濟委員會主席拉貝，副主席米爾斯。從這天起，「南京安全區」（即難民區）不復存在，只有少量難民因各種原因滯留少數幾個難民收容所中。二月二十日，希特勒在德國議會演講中宣佈即將承認滿洲國，中國政府表示遺憾。二月二十一日，南京國際救濟委員會舉行集會為拉貝送行，送給拉貝用中、英文兩種文字寫成的正式感謝信。二月二十三日上午九時，拉貝先生乘英國炮艇「蜜蜂」號離開南京前往上海，他同時帶走了一個中國男傭。男傭名叫王光漢，其真實身份是中國空軍機長，因作戰負傷，王光漢藏身拉貝公館休養了一個多月。

早春二月，乍暖還寒。一夜春風吹醒了昏睡的植物，一場春雨澆綠了枯竭的心靈。池塘邊，樹梢上，竹林間……春的消息通過柳芽，通過草尖，通過鬆土，通過鳥羽，通過人們的表情，在隨園隱隱約約地傳遞著。

金女大忽然空曠了起來。人們雖然對前途憂心忡忡，但面對日方的「最後通牒」，揮淚離開只能是唯一的選擇。她們成群結隊地與我告別，有的磕頭，有的鞠躬，有的親吻我的雙手或衣袖。由於兩個月聚集了上萬難民，金女大校園現在已經面目全非：垃圾遍地，塵土飛揚，屎尿痰漬臭不可聞，殘花敗柳灼人眼目……可我卻覺得，金女大現在更配得上「東方最美麗校園」的稱號了，因為這裡的一草一木都為拯救生靈貢獻過力量，這裡的一磚一瓦都見證過世間最悲壯的抗爭！

李太太也得帶著淑琴回家去了。與她們告別我最不傷感，因為她們已經說好回家收拾收拾再來，不影響學校新開設的培訓班開課。這些培訓班都是為附近貧困婦女開設的，李太太和淑琴分別擔任兩個班的任課老師，同時還要為程夫人分擔一些管理工作。像李家母女這樣的高素質難民十分難得，我很高興能與她們結下友誼，更高興她們願意參與「戰後恢復工程」。沒有她們，我什麼事也做不了。

「你們住在哪裡呢？」我問李太太。

「我們以前住在玄武湖邊上的百子亭。房子是她爺爺留下來的，三間茅屋，一個小院子。

前兩天我回去看了看，還好，也就是門板什麼的被撬光了，養的幾隻雞沒了，家裡被翻得亂了些，家倒是還在的。」李太太似乎並不覺得重建家園有多麼困難。

「華小姐，到我們家玩吧！等我們收拾好了就來請您！」李淑琴發出了邀請。

「好啊，丫頭，趕緊再養幾隻雞，這樣到你家就有新鮮雞蛋吃了。」我笑道。

「一言為定！」李淑琴開心極了。

沒幾天，李淑琴就真的來接我們了。她們雇了兩輛黃包車，李淑琴請我與她合乘一輛，程夫人帶著她的小孫子乘坐另一輛，大家說說笑笑不一會兒就來到李家。百子亭離金女大並不遠，要是騎自行車的話，大概二三十分鐘足夠了。李家受損的情況遠比李太太透露的嚴重，家裡幾乎被洗劫一空了。儘管如此，李太太還是張羅了一桌好菜。她說劫後餘生能在家請恩人吃飯，簡直跟做夢一樣，自己和淑琴都不缺胳膊不少腿地活著，還有什麼不知足呢？

「我們必須重新開始。我們只能重新開始。」李太太說。

生活似乎真的就這麼回來了。隨著天氣一天天轉暖，局勢一天天穩定，街上的行人越來越多，店鋪越來越多，車輛越來越多……金女大培訓班如期開課，婦女們認字的認字，唱歌的唱歌，誦經的誦經，編織的紡織，籠罩在她們心頭的陰霾似乎正在一點點消散。

我逐步恢復了騎自行車車外出郊遊的習慣。以前我經常與朋友們結伴騎車到東郊的靈穀寺、中山陵、明孝陵，騎車是我最喜歡的鍛煉身體的方式。可是現在我覺得騎不動了，我騎不了那麼遠的路程，也沒有那麼多的時間，只能抽空在附近轉轉。我有時候會到李太太家，有時候會到雞鳴寺、玄武湖，但更多的時候我喜歡獨自前往距離金女大不遠的清涼山。

在鬼臉城上眺望秦淮河，我常有放聲大哭的衝動，可是我哭不出來，心裡的鬱積似乎沒有辦法一吐而出，我只能呆呆地坐在鬼臉城上看夕陽西下。拉貝先生、威爾遜先生、馬吉牧師等陸續離開了南京，我是多麼想念他們啊，為什麼我現在忽然特別孤單呢？阿菊男人留下的手槍成了我的最佳伴侶，到哪兒都帶著它，沒事就拿出來把玩。初春的夕陽下，精美的手槍閃爍著冷豔、孤傲的光芒，讓我怦然心動。只要將它對準腦袋扣動扳機，鮮活的生命便會戛然而止。一想起這個念頭我立刻全身戰慄，可這個念頭卻時常糾纏著我，才下眉頭又上心頭。於是我想，手槍是魔鬼的化身嗎？為什麼讓人又恨又愛割捨不下呢？

清涼寺的鐘聲悠悠傳來，我不再感到寒冷。

啊，春天真的來了……

## 12、救贖祈禱

親愛的天父，我們已經很久沒有對話了，您還記得我這隻迷途的羔羊嗎？

呵，天父，我真不知道該和您說什麼好。事實上，我還有什麼好說的呢？是啊，我已經對您失去信心，我不再相信任何絕對存在，我甚至覺得這個「我」也是虛幻的。我不知道除了虛無，這個「我」還有其他歸宿嗎？如果沒有歸宿，我又何必如此動情如此捨不得呢？

我當然知道自己罪孽深重，我是沒有資格向您祈禱了。正像拉貝先生對「東方式虛偽」有著精準把握一樣，我現在不僅是說謊高手、欺騙行家，而且還遠勝拉貝一籌，是個雙手沾滿鮮血的殺人犯呢！但我並不在乎，我的天父。是啊，我一點也不在乎！哈哈，有資格怎樣，沒資格又怎樣？我不需要他人的評判！死後靈魂進不了天堂？噢，那就讓我下地獄吧！難道我們現在不正身處地獄嗎？真正的地獄也不過如此吧！況且我不入地獄誰入地獄？哈，那就入吧！如果一條罪責入地獄，兩條罪責也是入地獄，那麼再多一條罪責又何妨？

只是，多年的習慣讓我必須定期向您祈禱。我必須為我的思緒找個出口不是嗎？此其一。其二是我不向您祈禱向誰祈禱呢？難道學童話裡的剃頭匠，挖個洞，把「國王長了驢耳朵」的秘密埋進土裡？哈，隔天這些話生根發芽長出嘴巴怎麼辦？……呃，也許用「祈禱」這個詞已經不合適了，因為我並不指望從您那兒獲得力量，我只是想把心裡的鬱結和盤托出。那就換一個詞，用「傾訴」如何？實在不行，就算我「自言自語」！這總可以了吧！

讓我從李氏母女說起吧……哦，天父，我知道您全知全能。可我還得從頭說起，不從頭說起，我真梳理不清這段時間發生的一切。唉，頭緒太亂了！太亂了！……您知道的，李太太和女兒李淑琴是去年十二月來安全區避難的，這期間我們相處得很好。今年二月安全區解散後，她們不得不回家了。李家位於玄武湖邊，是一所樸素的小院落。儘管現在籬笆七零八落、傢俱破爛不堪，但仍然看得出這個家過去很溫馨。

李太太是個很自尊要強的女人，而且非常能幹。回家不多時間，她已經重新豎起籬笆種起花草，屋裡也收拾得乾乾淨淨。李太太說用不了幾個月，小院子就會恢復鳥語花香，我對此當然深信不疑。因為淑琴英語很好，而李太太又長期在小學教授國文，都是我們求之不得的人才，於是我聘請母女倆為金女大新設的培訓班授課。淑琴最大的夢想是成為金女大的學生，她想學教育，以後到美國留學，我正考慮今年秋天幫助她前往重慶入學……

啊，如果時間就這麼平靜地流淌該多好，如果我能順利地敘述到今年夏天，如果我能用喜悅的筆觸細細描述李家的蝶兒、蜂兒、花兒、草兒和貓兒狗兒，是啊，如果……

雖說大屠殺的發生迫使我重新審視人性，雖說我已不憚以最大的惡意揣測人心之惡，然而，最近發生的事情還是再度挑戰了我的極限，讓我震驚！憤怒！絕望！天父啊，我怎麼也不會想到我竟然也會成為兇手！是的是的，我現在是個不折不扣的殺人犯！我手上的鮮血怎麼也擦不淨！那個死去的日本士兵總在我眼前搖晃，他在向我索命嗎？但是，這是我的錯嗎？我難道不是見義勇為或至少是正當防衛嗎？可我畢竟殺了人，是我親手扣動了扳機，是我親手將沉重的屍體沉入玄武湖——如果這不是我的錯又是誰的錯？噢，我要瘋了！我無法接受自己犯罪的事實！我怎麼會是犯人呢？在這件事發生之前，我堅信只有日本軍隊才是罪犯，現在我忽然意識到：環境決定一切！一旦身陷罪惡，沒有人可以保持純潔！是的是的，既然我們已經置身地獄，我們不得遵循地獄弱肉強食的規則嗎？不是你死，就是我活，哪裡還有什麼道統可言！

回到我犯罪的源起吧。那是一個禮拜天，培訓班放假休息，校園裡異常安靜。我因為恢復了騎車鍛煉的習慣，休息日總閒不住，於是下午三點來鐘就出門轉悠了。往南往清涼山方向的那條線路已經走得太多，那天我突發其想轉而往北。往北往哪兒去呢？騎著騎著，我想不如到玄武湖邊的李淑琴家坐坐，看看湖光山色，給她們母女一個驚喜。

百子亭一帶人煙並不稠密，加上很多人家外出逃難沒有歸來，更顯得巷陌冷清寂寞。我第一次到李家作客時，覺得這一帶過於荒涼不夠安全，曾建議李太太暫時不要回家。可李太太認為繼續滯留金女大會讓我們為難，而且她們家距離日軍駐南京司令部不遠，日方早已委託自治會將安民告示張貼得到處都是。「日本人也想長治久安，他們要是再這樣折騰下去，對他們有什麼好處呢？」李太太笑道，「再說家裡要是沒有人，這個家就廢掉了。我們在家裡還供著淑琴爸爸的靈位呢，我們不回家，誰給他敬香奉茶啊，他不成了孤魂野鬼了嗎？」李太太這麼一說，我就不好再勸了。好在她們回家後還算平安，據說自治會帶著日本人上門查看過，他們留下一小袋大米，誇獎她們能夠響應號召、服從大局，鼓勵她們今後要配合新政權的管理。

那天我才進百子亭，老遠就聽到一陣淒厲呼號：「媽媽——媽媽——救我啊！——救我！——媽媽——」我從自行車上跳下來，正準備駐足聽個清楚。忽然，呼號聲戛然而止，四周一片死寂。我搖搖頭，揉揉眼，拍拍耳朵。我東張西望，試圖尋覓那呼號留下的蛛絲馬跡。可我什麼都沒發現，彷彿剛才的一切只是幻聽，彷彿短路的只是我的神經。哈，當時我還在心裡自嘲：看來這孱弱的神經報廢了，因為沒通過一九三七年十二月由日本人組織的嚴格考試，便自暴自棄不求上進，不僅經常失眠、心悸、情緒低落，還動不動像個搗蛋鬼似的來點惡作劇。好，這次玩出幻聽遊戲了，下次再幻影，省得買票看演出了！

這麼想著，我重新騎上自行車向李家進發。來到李家，我驚訝地發現院門大開，堂屋也沒遮沒攔地洞敞著。「丫頭！丫頭！」我一邊叫著，一邊將自行車停進院子。沒人答應我的呼喚，我狐疑地往屋裡看了看，隨手握住包裡的那把小手槍。正打算再大聲喊喊李太太，只見李太太踉踉蹌蹌衝了出來，她伸出左手指放在嘴上不住地對我：「噓——！噓——！」右手卻明晃晃地握著一把菜刀！天哪，一向整潔清爽的李太太此時頭髮蓬亂、嘴角掛血，眼眶也烏青發黑！我驚駭地發現她儘管神經高度緊張，表情和舉止卻要比平時更加鎮定自若，似乎一切已盡在她掌控之中。

「出什麼事了？」我壓低聲音問道。

李太太的眼睛熠熠閃光，她指了指裡屋悄悄回答：「噓！日本人正在強姦淑琴！等這個狗雜種出來，我就殺了他！」說著，她揚了揚手中的菜刀。

我被震住了！震撼我的除了淑琴遭受暴力的事實，還有李太太說話時的語氣和表情，她是那麼平靜、自然甚至得意！啊，作為一個母親，此時此刻她一定心如刀絞！因為無力保護女兒，她索性讓復仇的火焰吞沒了自己。在熾熱的燃燒中，她反而變得純淨單一，她現在已經不是她，而是復仇女神本身！

李太太望著我，笑意更深了：「您來真是天助我也！您正好可以幫幫我，我們一起把鬼子幹掉！上帝會保佑我們的！來，跟我一起到裡面守著，只要他一開門我就揮刀撲上去！您可以拿凳子猛砸！」

我似乎清醒過來：「不！不能這樣！我們必須拯救淑琴，必須把這畜生交給日本憲兵隊！剛才我聽到的是淑琴的呼喊嗎？她現在為什麼沒聲音了？」

李太太道：「哦，恐怕被他堵住嘴巴了吧，他不喜歡這麼吵鬧……或者被他打昏了？掐暈了？……或者是淑琴自己喊不出來了……」

李太太忽然眼圈一紅淚如泉湧：「他已經不是第一次欺侮我們了……前幾次我求他放過淑琴，我情願陪他，他同意了……沒想到折騰過我幾次後，他還惦記著淑琴……今天他指名非淑琴不可，我怎麼求也沒有用，一拳差點把我眼睛打瞎……他說我就算舉報，他也最多被上司罵兩句就完了，可我要真那麼做，他就把我們母女全殺了……」

這時，裡屋傳來門栓響動的聲音。「啊！他出來了！」李太太全身一機伶，提刀就衝了進去，我趕緊跟隨其後。我看見東屋的門「吱呀呀」地開了，一個日本兵正心滿意足地拎槍而出。還沒等他反應過來，李太太已厲聲咆哮著揮刀迎上，狀若一頭兇猛的母獅！日本兵下意識地慌亂躲閃，李太太因用力過猛，一刀砍在門框上，虎口被震得開裂出血！李太太準備拔刀再砍，可刀卻深陷其中拔不出來。李太太迅速放棄了菜刀，轉而用頭頂向日本兵。日本兵顯然訓練有素，他大吼一聲：「八個牙路！」一邊側身讓過李太太，一邊揮舞槍支主動攻擊。只聽「啊」的一聲慘叫，李太太已被槍托打翻在地，額頭在牆上撞出一個血洞……日本兵惡狠狠地盯著地上的李太太，獰笑著走上前……

「砰！——」

槍響了。我的槍響了。

日本兵驀然僵硬在那裡，他的程式似乎被我的槍擊打斷。然後，他驚訝地向我扭轉身。他看到了我，臉上現出更加驚訝的神情，他大概做夢也想不到會有一個西方女人舉著手槍從天而降。我也看到了他，看到他那張極其年輕的臉，看到他胸口的那個黑色槍眼，很小，幾乎可以忽略不計。我看到他一臉驚訝地向我邁出腳步，一步，兩步，三步。我不由分說讓手槍發射了第二顆子彈。他的身體再一次僵硬了，他的眼睛直勾勾地望著我，似乎怎麼也理解不了。隨即，他矮小結實的身軀重重地迎面倒下，泛起一點塵埃……

這一切瞬息完成，前後不過幾分鐘。

啊，天父，這不是正當防衛！絕對不是！雖然我蠻可以這麼著在法庭上為自己辯護，我相信不會有人產生一絲一毫的懷疑。但您知道的，當時我並不存在危險，如果我不是成心想殺他，情況可能會完全不同。比如我可以舉槍威脅他，衝他大吼：「住手！滾出去！你必須立刻給我滾出去！」由於情況緊急，我的聲音也許會因為過於緊張而十分顫抖，而且對方也許會聽不懂我脫口而出的英語——當然，他不會不懂手槍的命令！他對我的出現顯得極其震驚，張口結舌想說什麼，我看見他粗大的喉結上上下下蠕動。他做著各種手勢示意我不要開槍，我一邊繼續用英語警告著「你要是不滾，我馬上就開槍了」，一邊靠近他幾步，雙手進一步扣緊了扳機。他頻頻點頭，向大門挪動著腳步。剛走到門邊，便一溜煙跑出去，很快就跑得無影無蹤……

天父啊，按道理我應該這麼做不是嗎？我應該趕他，而不應該殺他；我應該先給予警告，而不應該連聲招呼也不打就發送子彈；我應該嚴格中立，確保李氏母女的安全就行了，而不應該怒火中燒、情感氾濫，不幫李太太成功復仇便誓不甘休……可是我做不到怎麼辦？事實上當時哪裡有什麼應該不應該啊，有的只是必須！必須！還是必須！唉，我得承認，殺了他之後我不僅沒有一點點後悔，反而頗覺暢快！啊，總算可以告慰阿菊和小菊的冤魂了，總算可以拯救危在旦夕的李家母女了！踢著那具屍體，我覺得狠狠出了一口惡氣！我對自己說：「幸虧我出手及時！當斷不斷反受其亂，我要是跟他多糾纏一會兒，沒準會搭上咱們三條命！第一次動槍就這樣乾淨俐落，華群你真是太棒了！」

李太太掙扎著支起身，她惶恐地爬到日本兵面前，伸出手小心試探了一下他的呼吸。當確認敵人的確已經死亡，李太太忽然悲喜交加地嚎啕大哭起來：「您可真是菩薩轉世啊！……我做牛做馬也無法報答您啊！……」李太太神經質地向我磕頭如搗蒜，白皙的臉上血痕、淚痕、泥痕縱橫交錯，看了讓人心酸。這是李太太第一次給我下跪。以前我對中國人動輒下跪磕頭難以理解，李太太笑著反問我：「您覺得一個一無所有的人該如何表達感激呢？引車賣漿者流，也只能如此吧。」以前的李太太當然不會下跪，她是知識婦女，知識婦女怎麼著也得有知識婦女的端莊持重啊。但現在呢，現在她真的一無所有了！我在李太太身邊跪下，將她一把摟在懷裡，她立刻像個孩子似的抱緊了我，嗚咽不止……啊，可憐的女人，平時她是那麼自尊自愛，從來也不會失態的，現在她什麼也不顧了！天父啊，看到這樣的場面您情何以堪？您還怪我殺了那個日本兵嗎？

不管您說什麼，我是不會認罪的！

毫無疑問，如果事件重新發生，我還會再次殺他！

非殺不可！

好半天，李太太才平靜下來。神啊，您知道當她恢復神智時說了什麼嗎？啊，我真沒想到，當她洗淨臉梳好頭換完衣服喝了茶之後，她竟長歎一聲，幽幽地道：「唉，其實這個日本鬼子還算好的……他畢竟沒有當著我的面蹂躪淑琴，否則我恐怕當時就得吐血而亡……聽鄰居說，有鬼子在強姦中國女人時，會逼迫丈夫、父親甚至兒子在一旁觀看……還有鬼子要求兒子強姦母親、父親強姦女兒，不從就亂刀捅死……在中華門外，有人親眼看到鬼子攔住一個路過的和尚，要和尚與一位大嫂當眾苟合。和尚寧死不肯，結果被鬼子捆住手腳扔進了秦淮河……相比之下，這個鬼子還算是人啦……」

天父啊，您覺得這話荒唐嗎？一點都不！

這就是我們面臨的現實！這就是一九三八年的南京！

當天晚上，我與李太太將屍體用床單捆紮起來，趁著夜幕用自行車馱到玄武湖邊。在一座深水區的木橋上，李太太把步槍、子彈等雜物使勁扔向湖中心，然後我們合力幫他進行了水葬。為了讓他長眠湖底，我們將好幾塊大石頭綁到他身上，於是白色的包裹就像一條白色的江豚，一入水就沒了蹤影……整個過程中我們一句話都沒說，卻相互配合默契，好像我們經常幹這事，已經配合了多少年似的。他消失了，我們對視著，默默相擁。

這一瞬間，我們都覺察到有深刻的變化正在發生。

到底發生了什麼？我也說不清，我彷彿看見另一個「我」正尾隨著那條江豚游向湖心，它越遊越遠，越游越不知道游向哪裡去了……

送葬前，我沒忘給他做最後的禱告，求主寬恕他的罪惡，願他誤入歧途的靈魂早日得救。

我勸李太太一同禱告，李太太斷然拒絕，她說她要生生死死詛咒他，哪怕自己折上幾輩子陽壽，也要咒他永世不得翻身！啊，李太太的情感恐怕沒有切身體會的人很難理解，聽了這話我是多麼為她心痛，這不是她的錯啊！

哦，我還翻撿了他身上的東西。他右胸貼身口袋裡有一張全家福和一封拆過的信，都浸了血，濕乎乎的。我把照片和信件收藏了起來，現在它們已經乾了，就在我桌上，我正又一次忍不住拿起它們仔細端詳。他的日文信我看不懂，但那顯然是一封家書，不用看也猜得到內容。信件浸過血，聞起來有點甜、有點腥、又有點酸。我喜歡嗅著他的信看他的照片，他的照片上老老小小有十口人，除他之外都穿著日本和服。前排正中端著的可能是他的爺爺奶奶，而旁邊一臉嚴肅的中年人應該是他的父親母親，後面懷抱孩子的不是嫂子就是姐姐，俊俏羞澀的百分百是待嫁的妹妹，然後還有尚未成年的弟弟們躲在中間。

那個一身戎裝的小夥子就是我們的敵人，照片上他滿臉陽光地咧嘴大笑，似乎正為自己的光榮使命驕傲呢！這是全家為他送行特意拍攝的照片嗎？現在它因為浸透了血，看起來霧濛濛的。我不知道我為什麼要收藏它並時不時拿出來把玩，但通過與他長時間的對視和對話，我覺得我們從陌生人變成了熟人，又從熟人變成了朋友。我對著照片追問：「你恨我嗎？」他仍然咧嘴大笑，一副滿不在乎的樣子。我說我是被你逼急了，沒有辦法，才不得不殺你。他的嘴咧得更開了，簡直像嘲笑我的樣子！我繼續對他喋喋不休地說著說著，直說得自己淚流滿面不能自已。他還是那麼嘻嘻哈哈地笑著，笑得乾坤震顫、陰陽顛倒，那爽朗的笑聲在我耳邊陣陣回蕩，讓我整夜整夜難以入睡……

對了，他叫橋本幸太郎。這個名字是在他軍服上發現的。

淑琴被折磨得很慘，她的嘴被橋本龍太用衣服強行塞堵，嘴角開裂出血，臉腫漲得厲害，身上青一塊紫一塊，床上則紅紅一片……她怔怔地躺在床上，好半天一動不動。李太太扶著灌了一杯糖水，她才回過神來，喊了一聲「媽媽」、一聲「華小姐」。我指望她會哭，能哭出來就好了，然而她卻不哭，一滴眼睛也沒有。李太太心疼地抱著她流淚，她卻像個木偶似的無動於衷。好長時間，她下不了床。

這件事情發生後，我堅持讓李家母女搬回金女大。日本軍隊一定會瘋狂尋找失蹤人員，為安全起見，我與她們約法三章：不能對任何人提起這件事，哪怕對程夫人也不能提，以免節外生枝；必須儘快調整各自的情緒，最好把這件事忘掉，好像什麼都沒發生一樣；做最壞的打算，坦然應對，獨自承擔，切忌牽牽扯扯傷及無辜。

我得說，李太太真是個了不起的女性！她竟然迅速恢復了常態，比我希望的還要平靜自然！程夫人驚訝地追問她臉上怎多出這許多傷痕？她輕描淡寫地說，在街頭被惡人偷襲了，損失了一點錢財。她表示既然程夫人忙得不可開交，她和淑琴決定還是搬回學校住宿，這樣可以幫程夫人分擔更多的雜務。程夫人當然求之不得，她樂呵呵地給母女倆分派了任務，根本沒有多想李太太的話。於是，李家母女立刻像陀螺一樣忙開了：要給大人打預防猩紅熱的針劑，要給孩子喂對付流行感冒的糖丸；要教掃盲班的姑娘大嫂學唱讚美詩，要為上門求助的難民提供諮詢和說明……現在南京的情況比去年十二月份並沒有本質改變，日本人還是隨心所欲地使用暴力。屠殺案件可能相對有所減少，但強徵民工的數量卻在成倍增加。據求助者說，日本人在老虎橋監獄關押了不少無辜百姓，他們曾守在監獄門口，親眼看見丈夫、兒子或哥哥出現在監獄出工的隊伍裡。拉貝先生不在，他們以為只要求我，就一定能救出親人。其實日本人對我們西方人格外反感，我們想辦的事情他們往往更加刁難，我尤其被他們視為敵人，我能做的也無非是寫申訴信和抗議書。日本人扶持的由南京士紳組成的自治會似乎起不了什麼作用，聽說他們自顧不暇，被日本兵欺侮得夠嗆。

好了，還是說說李太太她們吧。李太太母女回到金女大後，程夫人頓時解脫了很多。不用程夫人交待，她們主動承擔了很多繁瑣事務，每天把時間填得滿滿當當，唯恐有一秒鐘空閒。程夫人過意不去，幾次不准她們搶活幹，要她們保重身體，細水長流。李太太淡淡一笑，推說越忙越舒服，越忙越踏實，請程夫人放一千個心。我懂她們的意思，她們是想用工作填滿自己的心靈，省得一閒下來就惡夢纏身。這種方式是有效的，李太太就不用說了，她似乎早已把惡夢埋進了玄武湖，現在臉上總是掛著微笑，服務起他人來極其耐心周到。

淑琴的問題大些，但也在好轉中。起初她只是按部就班地該幹什麼幹什麼，有一天在與學生一起唱讚美詩時，淑琴忽然毫無預兆地大放悲聲，而且誰也勸不住，她只是完全失控地哭個沒完！在座的姑娘大嫂各有各的悲慘經歷，在淑琴的感染下，聯想到自己的不幸，她們也一個接一個地嗚咽起來。很快，悲鳴聲便遠播全校，我和程夫人在辦公室都聽得真真的。等我趕到時，我看到淑琴正伏在案几上痛哭，李太太焦急地責罵她：「你怎麼這麼不知輕重？你是老師啊，怎麼帶頭破壞課堂紀律？……」李太太很想恢復秩序，可沒人聽她的。我知道淑琴心裡是太苦了，她一直硬憋著硬撐著，即便對母親也不肯敞開心扉。現在她之所以如此，一定是觸景生情無法自已，要不是神的安撫融化了她心靈外面的堅硬冰霜，她哪裡會這樣排遣自己的情感啊！

我制止了李太太的責罵，我說：「她能哭，她就有救了。」李太太一聽這話眼睛就濕了。我將淑琴抱在懷裡。程夫人和李太太們也走上前去，一一撫慰其他學生。一直等到大家的情感漸漸趨於平靜，我才領頭唱起了讚美詩。程夫人、李太太率先加入，隨後，其他人也漸次加入。淑琴感激地望了望我，堅定地站起身大聲唱著，她的臉上掛著淚痕，眼睛閃著聖潔的光芒。一曲終了，我對大家說：「姐妹們，當你覺得痛苦時，請不要以為自己是孤獨的。要知道你不僅有願為你分擔痛苦的弟兄姐妹，還有仁慈的上帝與你同在！哈利路亞！」

時間匆忙流逝，夾雜著淚水和希望。如果生活能允許我們呵護著傷口勉力前行就好了，生活往往不是這樣，它總要帶給我們不想承受的，總要在我們的傷口上再加一把鹽。五月的一天，李太太給淑琴、程夫人和我分別留下一封書信就消失了。門衛說李太太出門時仍像平時一樣親切和藹、端莊恬靜，她穿著平素常穿的藍竹布旗袍，髮髻紋絲不亂，手裡拎著一隻布包，說是要回家拿點東西。事實上她對淑琴也是這麼說的，所以淑琴壓根沒有懷疑，直到晚上媽媽沒有回校才發覺異樣，然後才在枕頭下找到媽媽留下的信件，說是不能再繼續苟活下去，到了坦然與大家說再見的時候了。

李太太只在給我的信裡解釋了她必須離開的緣由，這個緣由她對女兒都守口如瓶。我一邊讀信一邊憤怒得全身顫抖，雙手幾乎拿不住薄薄的信紙！「她到哪裡去了？想不到李太太做事也這麼嚇人巴拉的，連去年十二月都挺過來了，還有什麼過不去的坎呢？唉！唉！」程夫人急得團團轉，程夫人知道以李太太的性格，要麼不出事，要出就出大事！其實李太太在信裡交待得十分清楚，她說等我們發現她的遺書時她已不在南京，她會找一個潔淨的地方安置自己，也許是前往九華山投奔地藏菩薩，也許是葬身太平洋供養魚蝦，也許臨時還有其它種種安排——總之請我們不必四處尋找。

我們還是決定陪淑琴四處找媽媽。一路上淑琴哭哭啼啼地回憶，媽媽沒有任何反常舉動，只是最近似乎身體有點虛，經常會疲倦嗜睡，有時候還會大口嘔吐，吐得連胃液都泛出來了。淑琴想幫媽媽找個醫生，媽媽卻堅決不要，總是說歇歇就好了歇歇就好了。「媽媽是不是得了什麼不治之症？她是唯恐成為我的拖累嗎？」淑琴淚眼婆娑地問我。我能說什麼呢？我能把真相告訴她嗎？這時，我的心臟又疼痛起來。我好後悔沒有及時關心李太太！她們母女住進學校，我就以為萬事大吉了。要是我能騰出精力與李太太多聊聊天，也許李太太就不會自我封閉走上絕路了。李太太是那麼一個自尊要強的人，遇到什麼問題都自己扛著，從來不願給人增加麻煩，她這種特點我應該主動給予溫暖和關注才對，等到她備受煎熬，心灰意冷地把門一一關上，就什麼都來不及了！不過我也實在佩服李太太的堅韌和冷靜，她真是個少見的奇女子！

李太太當然不在家。她家庭院裡的花草都長出來了，因為無人照料，植物們自由自在地蔓延著、攀爬著，瘋狂得簡直要把門窗封住了。淑琴悲哀地發現，屋裡仍然保持著原樣，媽媽沒有給她留下什麼特別的印記，因為媽媽該說的該做的都已經說了做了，她點點滴滴都提前想到、叮囑到、準備到，不僅在最後的那封信裡，更在她告別前的那些日子裡。「華小姐，沒有了媽媽，我該怎麼辦啊？」淑琴哭著撲到我懷裡。啊，該怎麼辦呢，我的上帝？我們除了活著或者死去，還能有第三條道路嗎？該怎麼辦呢？

天父，我要保守李太太的秘密，這既是為了李太太的囑託，也是為了保護淑琴的客觀需要。淑琴太脆弱了，她是一棵尚未長成的樹苗，之前的風霜已經差點要了她的命，現在一旦她知道相依為命的母親因何棄她而去，她一定會瘋的！沒有哪個正常人能經受得住！天父，我要珍藏李太太的遺書，我要把它與橋本的家信和照片牢牢鎖好，它們都是見證！是我們血淚經歷的見證！淑琴終有一天會知道媽媽的秘密吧，但願她知道這個秘密時自己也當了媽媽甚至當了奶奶——那個時候，她就是一棵枝繁葉茂的參天大樹了！

下面讓我抄錄李太太的遺書。因為連續失眠，我這兩天忽然多出很多時間，但深度疲乏卻讓我魂不守舍反應遲鈍，只能勉強做些機械性的事務，我想抄錄李太太的遺書能讓我平靜下來，這也是我紀念李太太的方式之一吧。李太太的遺書是用英文寫的，不長，卻言簡意賅。我知道李太太的英文能力不足以完成這樣一封信，唉，她花了多少心思啊：

親愛的華小姐：

當您讀到這封信時，我已經離開了。請原諒我沒有當面與您告別，我有勇氣選擇離開，卻沒有勇氣當面解釋。事實上我沒有向任何人透露我離開的原因，這是個恥辱也是個秘密，我必須把它帶入地獄。我只想把它告訴您一個人，讓您明白我無法苟活是因為我不能夠！

華小姐，我懷孕了，我被日本人強姦懷孕了。當三個月前發現這個事實時，我便知道我該離開這個世界了。為了安排好身後事，我又堅持了三個月，現在總算都有了著落。我對這個世界當然還有很多牽掛，下定離開的決心並不容易，我也試圖找過其它出路，但都無法讓我心安，不如帶著恥辱離開一了百了。

我知道無論佛教還是基督教，對自殺者都會嚴懲重罰，他們死去後靈魂將墮入地獄不得超生。對此我已做好充分準備，我今生無力殺盡全魔，唯願死後變身厲鬼再斬妖孽！中國古代有個女子叫李慧娘，她被冤殺又重還陽間尋找仇敵。還有個女子名喚竇娥，她的冤屈感天動地，死時發願一一實現，這就是中國人家喻戶曉的戲曲故事《竇娥冤》。日本人進犯南京，南京為此多了多少冤魂？這樣的冤屈不要他們償還天理難容啊！所以，不論上天給我什麼樣的懲罰，我都要找日本人報仇！橋本這個死鬼我不放過，其他那些殺人不眨眼的活人我更不會放過！啊，我知道我罪孽深重永遠無出頭之日，我認了！以德報怨？對日本人，絕不！

您忠實的：李何芳菲

天父啊，李太太她現在哪裡呢？她不指望救贖就真的得不到救贖了嗎？啊，不管她自己怎麼想怎麼說，您還是救救她吧！這麼一個可憐的女人，任誰不同情呢？如果她得不到救贖，那恐怕也沒人配得到救贖了。與我相比，李太太的罪算得了什麼？要知道，是我而不是她殺了橋本！她是完完全全的受害者，我才是實實在在的殺人犯！天父，您不必救贖我，救贖她吧！我反正是沒救了！

# 13、活著的滋味

年過花甲的程夫人這輩子雖然談不上見多識廣，倒也像絕大多數中國人一樣飽經風霜。大清的國破家亡經歷過、民國的戰事連連經歷過，安生的日子沒過幾天，顛沛流離倒是成為生活常態。一九三七年十二月底，當程夫人發現南京一時半會絕無光復的可能，她立刻明白「亡國奴」生涯開始了。接受這個現實花費了她很長時間，為保護小孫子，她又硬著頭皮開口道：「寶啊，咱以後可都是『亡國奴』啦！」

「奶奶，什麼是『亡國奴』啊？」

「亡國奴就是失去了國家，給人家當奴隸！人家要殺就殺、要剮就剮，咱們就是人家砧板上的一塊肉！」程夫人說著，恨恨地盯著簷下掛著的日本太陽旗。

看看四下無人，她又叮囑孫子道：「寶啊，以後咱中國人可不比從前，你可別以為是在自己的地盤上，想往哪兒跑就往哪兒跑，想幹什麼就幹什麼。以後咱要學著躲避日本人，能躲多遠躲多遠，實在躲不過去，就趕緊著老實點給他們鞠躬！千萬別逞能，千萬別招惹他們，他們可是說殺人就殺人的！小孩子也不會放過！」

「嗯，我知道！小菊妹妹就是被日本鬼子摔死的，菊嬸子也死在他們手下！等我長大了，非替小菊妹妹報仇不可！」

「還有你王大伯、張大爺、胡婆婆……這些都是你親眼看見的。至於你沒看見的，那更是多了去了。唉，日本鬼子真是吃人不吐骨頭的惡魔！早知道當初就不留你在南京了，趕明兒跟你爸媽聯繫上，還是把你送到後方得了。不過，估計他們一路逃亡，日子也不好過，聽說連吳校長都有一頓沒一頓的——唉，這都是亡國奴的下場啊！」程夫人歎息道。

「奶奶，我看鬼子最近對我們好些了。昨天在路上遇見一夥鬼子，他們笑嘻嘻的，還給我糖吃。喏，我沒捨得吃完，特意給奶奶留了一顆，您嚐嚐吧。日本糖真好吃！」小孫子說著，從懷裡掏出一顆漂亮的糖果遞給程夫人。

程夫人臉色大變，想起昨天女鬼子在金女大耀武揚威的情形就氣不打一處來，她一把奪過孫子手中的糖果扔到牆角：「廢物！鬼子的東西能吃嗎？一顆糖果就把你收買了，國破家亡的傷痛全忘到了九霄雲外，真是一點骨氣沒有，奶奶白疼你了！」

小孫子眼淚撲簌簌直往下掉，他委屈地辯白道：「又不是我要拿的，是鬼子硬塞給我的……再說，還有那麼多大人搶呢……糖不夠分的，他們就盯在鬼子後面，要錢要吃的……」

程夫人大聲斥責道：「我不管他們，我只管你，誰讓你是我孫子！你給我記著：『君子不飲盜泉之水，不食嗟來之食！』你要好好記住了，一輩子不准忘！」

程夫人其實知道孩子說的一點都沒錯。昨天下午，三個身穿和服的日本女人來到金女大，說是婦女國防會的一個參觀團，來促進日中友好的。女鬼子衣著華麗，臉上掛著甜膩膩的微笑，說一句話鞠一次躬，禮貌周到得不像樣子。可程夫人不見她們還罷，一見她們恨不得全把她們扔進池塘淹死，最好還要聽到她們不停地大聲慘叫才好！

在參觀難民營的時候，三個女鬼子扭捏作態地走走停停，一會兒給難民行禮，一會兒向難民打招呼，還時不時摸摸這個孩子的頭，拍拍那個孩子的臉，甚至還要搶過人家懷裡的嬰兒抱在自己懷裡，左親右親地進行表演。在她們演戲的同時，日本記者就在旁邊拍啊拍的——不用說，那些「中日親善」的照片就是這樣炮製出來的，明天全世界都會看到日本婦女對中國兒童是多麼親切！

啊，不好，女鬼子居然拿出幾個蘋果和一點糖！還有錢！啊呀，她們的計謀得逞了，居然有不少中年難民圍著討要！女鬼子手上拿著幾個銅板，他們竟然不顧廉恥地叫嚷著衝到她們手上瘋搶！瞧他們那副嘴臉，跟追逐腐臭的綠頭蒼蠅沒有兩樣！見此情景，程夫人簡直無地自容，中國人怎麼這副德行啊？真是丟死人了！她想也沒想，抬腿就衝了出去，她要奪下那些噁心的東西扔到地上！可是跑到近前她清醒了，喏，手持鋼槍的日本鬼子就在旁邊盯著呢！於是，程夫人沒敢發洩怒火，她謹慎地躲進人群裡觀察著動靜。

女鬼子散完手中的東西後，點頭哈腰地乘車離開了。

這時，人群中一個大嫂嚷嚷起來：「你們還要不要臉？小孩子也就罷了，你們大人也這樣！就缺這一口糖、這一口蘋果啊？要是日本人好，你們躲安全區來幹什麼？！」

一石激起千層浪，立刻有很多人隨聲附和：

「對，不能吃日本人東西！餓死也不要日本人施捨！」

「把蘋果扔掉！把糖果扔掉！把髒錢扔掉！」

「她們這是『黃鼠狼給雞拜年——沒安好心』哪，咱中國人哪能這麼沒志氣？」

「日本人這下可把咱們看扁了，她們現在一準得意著呢！」

……

聽了這些話，搶到東西的難民有的面露慚色，訕訕地把搶到的東西扔到地上，雙手還在衣服上擦啊擦的，似乎想以此脫離干係；有的捨不得扔又不好意思留，於是趕緊踅摸身邊的孩子，把手裡的東西硬塞給他們，嘴裡嘀嘀咕咕地辯解道：「我這是給小人搶的，小人跟著咱們大人受苦，作孽呢！大人哪要吃這些……」也有的臉皮厚些，根本不把眾人的話當回事，一個裹著粽子腳的黃臉婆大言不慚地搶白道：「你不要她們又不會拿回去，白糟蹋了東西。日本人壞，日本人的東西又不壞！你狠，我也沒看見你跟日本人拼啊，在這塊說什麼牙疼話！」

「好啊，你這種女人真是豬狗不如，連鬼子也幫，看我不撕爛你的嘴！」

第一個發話的大嫂脾氣剛烈，她立馬跳到粽子腳女人面前舉掌就搧。粽子腳女人也毫不示弱地予以還擊，兩個女人你喊我罵地扭打到一起，害得周圍孩子哭老人叫，場面一片混亂。

「住手！住手！你們都給我住手！」程夫人上前拉架，也不知被誰一把打落了眼鏡，程夫人頓時成了睜眼瞎，急得滿地亂摸亂找。眾人你一言我一語地勸解著、幫襯著、議論著，可不僅沒能幫她們化干戈為玉帛，反而連帶著兩方的親戚朋友也跟著吵鬧得不可開交。忽然，吵鬧聲漸稀。從外到裡，人群一圈圈漸次安靜了下來，最後只剩下中間的兩個女人還在爭鬥，她們已經打得頭髮散亂、臉上帶血……但是，兩個女人也似乎感覺到了異樣。她們看到我帶著瑪麗小姐正站在旁邊盯著她們，表情極其嚴肅，她們不得不停了手。

「華小姐，這個烏女人是漢奸，淨替日本人說話，我教訓她她還打我！」正義大嫂率先告狀道，「這種人不配咱們金女大收容，把她趕出去！」

粽子腳女人聞言，一屁股坐在地上呼天搶地起來：「華小姐啊……是她出口傷人欺侮我們鄉下人啊……我們家也被日本人燒掉老，人也被日本人殺掉老，好不容易拖兒帶女跑到城裡來避難，沒想到還是沒得活路啊……老天爺啊！你睜睜眼睛吧！……」

我幫程夫人找到地上的眼鏡，扶程夫人站好，然後一字一頓地用中文對大家說：「現在，糧食很緊張，你們只能喝稀飯。日本人還希望關閉安全區，要你們都回家去。我看大家還是省省心吧！」

程夫人介面道：「大家不要無事生非讓華小姐為難！華小姐當這個家不容易！要不是有華小姐撐著，咱們今天還能在這兒吵嘴？大家都是中國人，中國人不能窩裡鬥，咱們能活到現在容易嗎？明天還不知會怎麼樣呢！」

人群在程夫人的驅趕下一哄而散。

回到辦公室，程夫人無法釋懷，她說：「這幫無知的中國人！唉，中國真的沒前途！希望很少！要說這幫人沒有受過教育，容易有奶就是糧，可那些有頭有臉的士紳們又作何解釋呢？他們正兒八經是讀書人噢，有的還喝過洋墨水呢，我也沒見他們比無知無識的村婦好多少，還不是一個賽一個地跳出來做漢奸？為虎作倀，更可惡啊！」

我搖搖頭道：「傷疤還沒好就已經忘了疼，有些人的確變化得快啊！別說你們中國人，就連我都看不過去。前兩天杜先生屁顛屁顛地跑來，邀請我參加元旦的自治會成立儀式，被我一口回絕。我說我是美國人，我的職責就是保護屬於美國的金女大校產，除此之外我概不關心，抱歉了。我真不懂，杜先生怎麼一點都不在乎呢？人可以這樣出賣自己的祖國嗎？敵人的屠刀還沒放下呢！」

程夫人介面道：「正是因為敵人舉著屠刀他才害怕了！他一定打著『我不入地獄誰入地獄』的幌子，千方百計博取您的同情！」

我笑了：「哈，他還真說了這句話！他愁眉苦臉地對我說：『華小姐，我也是身不由己啊。知我者謂我心憂，不知我者謂我何求。我是本著佛家大無畏的精神捨身飼虎啊！現在兩面受氣，沒人理解，我的苦楚有誰知道？』」

程夫人氣道：「就他巧舌如簧！唉，不過話說回來，南京一時半會也擺脫不了日本人的魔爪，下面總得有人出來擔當，不是杜先生就是王先生、李先生、周先生……我看別的也不指望了，但願這幫人有點良心吧。杜先生萬一說的是真話也未可知，求老天保佑咱們南京，保佑可憐的平民百姓吧！」

這話讓我憂慮起來。

杜先生邀請我參加的南京市自治委員會成立大會，是一九三八年一月一日在鼓樓舉行的。六十二歲的陶錫三老先生被日本人指定為自治會會長。錫三先生別字寶晉，時人常以「陶公」或「陶會長」稱之，因為他早在一九二二年即參與創辦了民間慈善組織紅卍字會，後來還親自擔任該會會長。要說南京城以前還有人對紅卍字會還一知半解的話，如今這紅卍字會可謂婦孺皆知、家喻戶曉，人們私下裡常說：「以後得給陶公樹碑立傳啊，沒有紅卍字會，南京街頭的死人哪個管？咱們死不瞑目啊！」

陶公身量不高，戴著一副圓框眼鏡，留著一縷稀疏的白鬚。他世居江寧，早年留學日本政法大學，深諳東瀛之文化。回國後，陶公在南京以律師為業，同時積極參與清末民初的新政，當過江蘇省諮議局的議員，積累了豐富的社會、政治經驗。一九一六年，時任山東濱州知事的吳福永等創立了「道院」，提倡佛教、道教、儒教、伊斯蘭教和基督教五教合一。一九二一年，錢能訓、杜秉寅、李佳白等人又以「救濟災患促進世界和平」為宗旨，在北京成立了紅卍字會。道院與紅卍字會二而一、一而二，前者著重內修，後者推廣公益。陶公素來對宗教和慈善事業心有所許，南京有了紅卍字分會後，他似乎找到了歸宿。一九二七年陶公淡出政界，他一邊經商一邊擔任紅卍字會南京分會會長，同時還在南京東郊的湯山溫泉區打造了一家高檔浴池——陶廬。自從有了陶廬，到湯山洗浴便成了南京達官貴人的時尚，陶公的名聲也由此在上流社會不脛而走。

得如此天時、地利、人和之便，陶公被日本人盯上也是情理之中的事。所以，儘管他本人百般推讓，最後還是成了南京自治會會長的不二人選。於是陽曆新年第一天，身穿長袍馬褂的陶公在眾人簇擁下，艱難地登上大明洪武皇帝留下的鼓樓。天陰沉沉的，瑟瑟寒風中陶公極目遠眺，但見南京城到處是瓦礫到處是斷牆，昔日的繁華灰飛煙滅，偌大的都市竟死寂空曠得如同一座鬼城。他看著看著，不禁悲從中來，差點當著日本人的面落下淚來。四下環視，被拉入夥的諸位同仁雖然華服在身、胸前掛彩，卻個個表情尷尬、舉止僵硬。除了杜先生帶著嘍羅們吆三喝四地跑來跑去，大部分士紳都彷彿牽線玩偶般任人擺佈。沒想到日本人是吃了肥肉再啃骨頭，啃完了骨頭還要喝湯，他們就不怕這湯腥臊帶血的會消化不良？陶公越想越覺得黯然神傷，可四下裡全是日本人，他還得強作歡顏。

為營造喜慶氣氛，日本人要求每個安全區至少要派一千人到場，多多益善。顧及難民們的安危，時任安全區主席的拉貝先生不得不妥協。當天，難民們排隊到場後，每人發了兩面旗子：一面太陽旗，一面五色旗。太陽旗自不用說了，這塊白底上印著紅太陽的布片讓人膽戰心驚，現在就算襁褓中的嬰兒一見它也會嚇得大哭呢，更不必說飽受折磨的難民們，大家把它擎在手裡不免個個覺得手心發燙。至於五色旗，年紀輕的大多不認識，向老年人打聽了，才知道是民國初年袁大總統時用過的。難不成改朝換代了？人們小聲嘀咕起來：

「怎麼著，咱們這是得回到北洋時代？」

「誰說不是呢，人家讓咱回到哪個時代就哪個時代，現在是人家說了算！」

「那還配總統不配？」

「一準得配啊，不配群龍無首啊！」

「那這總統還是咱中國人不？」

「豬腦袋！誰曉得啊，他們要扶持的是聽話的傀儡政府，掛什麼旗子、配什麼人都得聽他們的。不要以為今後還有好日子過，亡國奴就是亡國奴！」

「噓——！還要不要命啦？少講廢話！你們不想活，我還想活呢，家裡上有老下有小的。」

……

正在這時，杜先生的嘍羅們給難民們上緊箍咒了：「都給我聽好了！左手五色旗，右手太陽旗，不要拿錯位置！該舉旗時舉旗，該歡呼時歡呼，一切行動聽指揮，尤其記得要面帶笑容！笑得越開心越好！一個個都給我好好表現，順利完成任務，回去都有獎賞！太君說了，今天到場的會吃到香噴噴的大米飯！」

難民們唯唯喏喏點頭稱是，沒人敢說個「不」字。

陳斐然陳先生是五區的房子區區長，杜先生拉他去開會，他不敢不去。聽陳先生回來說，鼓樓人山人海、彩旗招展，場面倒是相當壯觀。只是城毀人亡、滿目瘡夷，再加上被強拉來的難民們衣衫襤褸、面有菜色，而且人人戰戰兢兢如臨深淵如履薄冰，在這樣的背景下舉行慶典，那人為的虛假的熱鬧著實十分怪異。日方的最高長官是中島今朝吾上將，當天他登臺致辭了，因為沒有麥克風而翻譯又有口音，結果沒人聽得見也沒人聽得懂，只覺得他很亢奮又很嚴厲。後來，陶錫三等中方代表也依次上臺。他們表情拘謹、情緒低落，只管捧著講稿照本宣科，全然不管下面的反應。當然，也的確沒人在乎他們說了什麼，反正總有人會在一定的時候舉旗歡呼，前面人舉什麼旗，後面人就跟著舉什麼旗，前面人喊什麼口號，後面人就跟著喊什麼口號，這就行了。最忙的要數日本記者們，他們不停地要求中國人配合著照相。除了自治會的頭頭腦腦，普通難民也被他們折騰得夠嗆。難民被要求擺出各種姿態或造型：舉旗子的、揮手的、鼓掌的、歡呼的、單人的、雙人的、群體的、抱孩子的，等等等等。而且面對鏡頭你必須微笑，你要是笑不出，他們便耐心地啟發你、幫助你，直到你令他們滿意為止。「荒唐透頂！這簡直是把中國人當猴耍！」陳先生怒不可遏地大罵起來——毫無疑問，陳先生敢怒不敢言，他的罵只能在心裡生根發芽。

據說，南京自治會的使命主要有四條：解除人民困難、回復地方秩序、勸導工商復業、恢復地方交通。為表示支持，日本人把原來存放在南京市政府的米、麵、食鹽等撥給他們，後來又試圖強迫安全區國際委員交出救濟物資。對此，拉貝先生只有一個簡潔的回答：「除非先拉走我的屍體。」一九三八年一月五日，自治會發佈佈告，將南京城區劃為四個行政區，不久又增加下關區。通過登記人口、發放良民證等手段，他們已逐漸清除了殘存的武裝力量，可疑對象也被毫不留情地剷除了，剩下的人口則盡在掌握之中，下面只要將難民趕回家去管理起來，初步恢復南京秩序便可謂大功告成。只是親歷過大屠殺的難民們好說歹說也不肯回家，自治會在日方的壓力下，對難民又是威嚇又是利誘，答應先回家的每人每天可領半升大米，同時還規定了安全區關閉的最後期限，清理安全區的目標才勉強實現。

為了收網抓捕散落在民間的中國軍人，杜先生曾向自治會貢獻了一個餿主意：實行「五戶聯保」政策。也就是說，凡居住在南京城裡的難民，如果有一家查出一名「問題」人員，那麼將連帶親戚鄰居等五家受難。這一招功效卓著，一時間南京城人人自危舉報連連，杜先生因此大得日本人賞識。不過，並不是所有人都像杜先生這樣如魚得水，伴君如伴虎，不少人都有提著腦袋給日本人當差的感覺。一次，日軍要求員警廳長王春生選送五百名中國「花姑娘」，王春生沒能如期完成。日軍特務機關長當場打了王春生兩個耳光，不久，他的員警廳長就被免了。說到給日本人找「花姑娘」，自治會中出力最大的是曾在安全區國際委員會當過辦公室經理的王承典。王承典與南京的下層社會十分熟悉，他找到一個對辦妓院很在行的黑社會人物喬鴻年。喬鴻年陪同日軍在各難民營搜索婦女，僅一九三七年十二月十八日到二十日三天，就強徵了三百名婦女。英國的史邁士先生曾親眼看到喬鴻年在金陵大學和金女大，眨眼功夫就叫出二十八個妓女！史邁士先生因此感歎：國際委員會中有「黑社會的三教九流」！

最覺得人格分裂的恐怕還得數自治會會長陶錫三陶公，他經常覺得日子簡直過不下去了。他本想用自己老邁的身軀保護南京、惠及鄉里，且不說在此亂世建立功勳吧，只要能為家鄉父老做點實事也就罷了。然而，他其實連自己也保護不了。一九三八年一月二十四日，陶公以

「年高體弱多病」為由請求辭去自治會會長一職，日本人未允。一月二十九日，陶宅就被日軍洗劫一空，連佛堂中存放的佛道經書都未能倖免。陶家人後來在地上拾到日軍遺留的一張明信片，上面寫著「中島本部部隊野田支隊天野隊長天野鄉三」。陶公據此要求日方查詢此事，但拖延多日之後，日方竟回答：「不知，無從查詢。」二月十日，陶公再次提出辭職，他的辭職書寫得很酸楚：「孰知冥冥之中，已受譴責，午夜焦思，百感交集……」這一次日本人沒有強留。卸任後，陶公立即隱居湯山陶廬，越發專心地念佛修道不問世事了。

接替陶公的是原副會長孫叔榮孫先生。孫會長有一次私下裡向德國大使館的羅森博士大倒苦水，他說：「我上過日本的學校。有好多年我是中國家庭裡的日語教師，就是說，我也不是一個富人。我的房子於太平路附近。我將近七十歲的大哥是被大火嚇死的，我的侄子是被日本兵用刺刀刺死的。您可以想像，我是多麼痛苦……」孫叔榮的會長做得很短。一九三八年三月二十八日，日本人又扶植起一個新的政府——以梁鴻志為首的維新政府。自治委員會僅存在了三個多月，就被拋棄了。

戰後的南京光怪陸離，各色人等粉墨登場，演繹著一出出匪夷所思的人間鬧劇。

早在一九三七年底，就經常聽說有中國人參與偷盜搶劫、打架鬥毆等犯罪。尤其當大屠殺瘋狂爆發時，這類犯罪也到達了頂點，街頭巷尾行走的早已不再是人，而是人形的撒旦。日本人當然是罪魁禍首，他們的搶劫是明目張膽的，沒有任何門鎖會對他們構成心理的或現實的障礙，哪怕門口掛著英美國旗甚至德國國旗也無濟於事。總有一些地方留有看守，比如高官富商的宅邸、外交使節的府第。可再忠誠、再能幹的僕役又有什麼用？誰敢阻止日本人的橫衝直撞？事實上，越是豪門大戶越讓他們垂涎三尺。洗劫一家像樣的大宅門不僅實惠多多，而且成就感極大。將衣錦著繡的僕役打翻在地，看著他們狗一樣匍匐在自己腳下，會讓他們產生帝王般的滿足感。在這種強烈刺激的蠱惑下，他們如癡如醉、樂此不疲，出門便會毫不猶豫地奔向下一家。起初作惡只是日本人的專利，但沒多久便有膽大的中國人尾隨而至。往往日本人前腳剛走，中國的大盜毛賊們便後腳跟上，把日本人拿不走、看不上的東西搜搜刮刮，絲毫不會顧及同胞之情而亂施憐憫。因為貪婪，因為無畏，他們經常表現得比日本人還要絕決，可以對任何妨礙他們的事物下手，不管對手是日方的還是中方的。

一九三八年初，安全區之外的南京城已經冷落成「無人區」，安全區內的上海路卻逐漸形成一個非常奇特而熱鬧的攤販市場。從金女大前往金陵大學、美國大使館或拉貝公館，上海路都是必經之路，每每看到擁擠的人群、熱火的買賣便覺得很難過，因為好多東西一望而知是偷來的搶來的，從衣服、被褥、布匹到各種盤子、花瓶、銅器、傢俱，總之是五花八門，什麼亂七八糟的東西都有。傷兵醫院的單被兩毛錢一條，兵衣一百錢一件，反正都是偷搶來的，沒幾個錢就出手了。鼎盛時期的上海路攤販市場堪稱奇觀，男人們挑著床架、門框、窗戶和傢俱公然行走，女人們成群結隊地討價還價，還有無數的旁觀者、幫閒者無所事事地抄著手閒逛。人聲嘈雜，忙中有序，麻木無恥。當數十個小販同時在路邊兜售著贓物時，那可真是百聞不如一見的地道東方浮世繪！如果說日本人在傷害南京時刺出了第一刀，那麼這些中國人是不是又刺出了第二刀？他們傷害的到底是誰，不包括他們自己嗎？這些攤販可都是難民啊，為什麼他們既是受虐者又是施虐者呢？

戰火稍息，大量的孤兒寡婦應運而生。為幫助無家可歸的婦女兒童，金女大辦起了掃盲班、唱詩班、手工班……歷經大屠殺夢魘，人人的心靈都傷痕累累，生活在社會底層的女性尤甚。我一廂情願地以為，只要大家切實努力，以心暖心，必將激發這些可憐女性的生活勇氣，恢復並增強她們追求美好的能力。「以前我們救護的是她們的身體，今後我們救護的是她們的靈魂。」我這樣鼓勵我們的教師，「我希望今天是我們救護她們，將來她們能救護更多的人。金女大以『厚生』為校訓，通過教育和培訓，我希望她們也能明白『厚生』之道：人活著不僅是為了自己，更是為了服務大家，只有這樣我們的人生才會更豐厚。」

願意留下來從教的女士們都十分認同我的想法，李太太就曾對女兒淑琴說，幫助別人就是幫助自己，當姑娘們的傷痛化解了，我們的傷痛也自然會化解，自救救人，善莫大焉。然而，現實永遠要比想像的複雜多變。雖然傷痛帶給每個人的感受基本相同，但由於各人的臨界點和敏感度不同，人們對傷痛的化解能力千差萬別，傷痛後的恢復自然也呈現出五花八門的差異。而且並不是所有的傷痛都能夠化解，總有人一蹶不振，總有人悄無聲息，總有人同歸於盡。這樣的概率也許十分之一，也許百分之一，也許千分之一、萬分之一，落實到每個人頭上卻是絕對的唯一。

是啊，大屠殺是所有人都無法承受的大災難、大傷痛，它對南京的打擊是毀滅性的，我發現幾乎沒有人能擺脫惡夢，包括我自己。王姑娘被強姦過多次，九死一生，落下了腰酸肚痛的毛病，每個月一到月經期便疼得滿床打滾；張姑娘拒絕向人透露她的過去，她總是隨身帶著一把尖刀，平時獨來獨往面無表情，與人相處彷彿一隻刺蝟，簡直武裝到了牙齒；姜姑娘經常哭哭啼啼、魂不守舍，她的內心充滿恐懼，從來不敢一個人獨處，稍遇刺激就大喊大叫涕淚縱橫；趙姑娘沉默寡言，多一句話不說，多一件事不做，天天影子似地飄來飄去，年紀輕輕沒有一點生氣……

同樣的教育培訓金女大以前常年舉辦，那時候大家是多麼開心啊，校內校外流淌著歌聲，人人臉上灑滿了陽光！周邊的貧民姑娘幹慣了喂豬種菜這類粗活，她們根本不相信自己的糙手也能繡出花鳥蟲魚，有一些剛開始拿針時手指甚至很難彎曲。最後，她們製作的繡花床單、亞麻桌布、鉤花披巾等換來了美元，她們激動得不能自已！我特別享受那樣的場面：你遞錢給她們，她們靦腆得不肯伸手，紅著臉咬著嘴唇笑個半天，非得你笑著催上幾次，她們才將雙手在衣服上左擦右擦，再伸出手來，完了還不忘重重給你鞠上一躬，讓你幸福得如同喝蜜……啊，這樣的場景再也不會出現，南京已經沒有純樸可愛的年輕姑娘，南京老去了！

我的沮喪在李太太失蹤後達到了頂點，重豎信心、再造尊嚴真的很難，李太太失敗了，華群也失敗了！只是這樣的努力仍然不能放棄，培訓班還必須堅持開辦下去，哪怕它只對一個人起作用，哪怕它只起一時的作用。堅持下去，相信時間吧，我不停地這樣鼓勵自己，即便不相信時間也要堅持！即便不相信相信也要堅持！如果連堅持都放棄了，我們就真的一無所有了……我忽然心裡一凜，我想到了上海路的攤販們，他們想必是徹底放棄了吧？是不是人都會有徹底放棄的可能？而且一旦放棄就只有兩種可能：不是李太太就是他們，有沒有第三條路呢？

通訊和交通暢通後，上海方面幾次邀請我前往散心。考慮到以金女大校董會主席徐亦臻女士為首的幾位校董皆居上海，有必要向他們當面彙報工作並尋求幫助，同時金女大急缺的物資也需要到上海訂購，而自己身心俱疲，到上海換換環境、會會校友也是有百益無一害，所以我斟酌再三，決定趁著天氣晴暖到上海小居。我帶上了李淑琴，這丫頭在媽媽失蹤後一直萎靡不振，我希望她能藉機提提精神。

這是去年夏天青島度假後我第一次外出。京滬線一如既往地擁擠破敗，三步一崗五步一哨的日本大兵卻是從未有過的新景象。我看到，中國人進出月臺首先要向日本兵九十度鞠躬，然後畢恭畢敬出示證件，沒有證件、得不到日本兵的許可將寸步難行。不知道什麼原因，總有不少乘客會被日本兵攔截，惡狠狠地推到一邊。李淑琴悄悄說，聽旁邊懂行的議論，這些人很可能將一去不復返。那麼，日本的恐怖和高壓讓中國人同仇敵愾了嗎？原以為答案是毫無疑問的肯定，然而我一路走來卻發現未必。男男女女沒心沒肺的大有人在，主動獻媚討好的也不乏其人，比如一黑帽男子點頭哈腰地給日本人敬煙，一旗袍女子沒羞沒臊地向日本人媚笑……人怎麼可以這樣？

到了上海，一個燈紅酒綠的花花世界。夜幕降臨時駐足外灘，漫步黃浦江邊，南京路的霓虹燈讓人目眩神迷。一切似乎都沒有改變：俊男們依舊油頭粉面，靚女們依舊千嬌百媚；城隍廟依舊遊人如織，大世界依舊笑語喧天；百樂門依舊人頭攢動，紅房子依舊高朋滿座……走到哪裡都能聽一個甜膩膩的女聲，唱著讓人意亂情迷的歌曲。淑琴解釋，唱歌的名叫李香蘭，是一個中日文俱佳的滿洲美女，現在正紅遍大江南北。淑琴還特別強調：「這李香蘭不僅歌唱得好，電影也演得好，真是迷死人了！我正搜集她的照片呢！」啊，為什麼這裡的人們一點都不憤怒呢？難道他們不知道三百公里外的南京發生過什麼？僅僅三百公里就隔絕了真相，日本人的新聞封鎖和虛假宣傳當真這麼神奇？啊，上海人到底是被欺騙了還是真的麻木不仁？

徐亦臻每天變著花樣請我們吃喝玩樂，一心想彌補我們大半年來的虧欠。可是，滿桌美食往往會讓我聯想到難民營照得見人影的稀飯，那時候有多少嬰兒因為缺衣少食夭折啊！孩子們骨瘦如柴的樣子華群一輩子也忘不掉！

「我們當時如果有這麼多食物，一定還能救更多的人……」

我的一句話讓徐亦臻頗覺尷尬，她不由放下餐具道：「您知道的，我們都是金女大人，走到哪裡都會遵循金女大的傳統和規範。我們平時的飲食起居都很簡單，如果不是您遠道而來，又遭遇了我們難以想像的磨難，我們也不會這麼破費……」

我很抱歉：「啊，真對不起，我又忘情了……我現在有個嚴重的毛病，這我也逐漸意識到了。一看到這些美好的東西，我就會條件反射地想到當時，當時是那麼難，要什麼沒什麼，活著是最大的渴望……所以我現在連多吃一個雞蛋、多舀一勺黃油都覺得奢侈……自己捨不得，也看不得別人享受，而且恨不得人家也跟我一樣省吃儉用，要知道南京還有那麼多人需要食物、衣服、藥品、書本……」

徐亦臻歎道：「您放心，我們正在到處募捐。大家在上海、香港和美國各大城市四處奔波，只要管道暢通，下面的問題都有望解決。別的我不擔心，我最擔心的其實是您的健康！拉貝先生他們都離開了南京，只有您還堅守著！我知道這種堅守對您未嘗不是新的傷害！可是，可是……」

我很感動：「親愛的，謝謝你這麼心疼我！有你這一句話，我想我們前面付出的心血都得到了回報！說起來，我內心真的非常慚愧，我想做和該做的還有很多很多。假如我能再多一些勇氣，再多一些冷靜，再多一些能力，很多事情的結果可能會不一樣……」

徐亦臻道：「您千萬不要這麼自責！中國古訓：『盡人事，聽天命。』我相信上帝自有安排！您和淑琴在上海權且放鬆放鬆，暫時把南京拋在腦後吧，等您休息好了，才有足夠的精力幫助那些可憐的人不是嗎？」

我說：「我只是做不到無動於衷罷了。我做不到，卻偏偏有那麼多人做得到。國破家亡，生靈塗炭，他們還那麼醉生夢死……」

這時，淑琴忽然插嘴道：「您讓他們怎麼辦呢？老百姓嘛，不過是活著而已。」

我和徐亦臻聞言面色凝重。

沉默間，一陣旖旎的歌聲從遠處娜娜婷婷地飄進窗來，與庭院裡繽紛奇異的花香糾結纏繞起來。呵，這暮春時節的空氣啊，可不正像李香蘭的《夜來香》般令人陶醉嗎——

那南風吹來清涼
那夜鶯啼聲細唱
月下的花兒都入夢
只有那夜來香
吐露著芬芳
……

# 14、罪與罰

農曆七月十五是一年一度的「鬼節」，這是盛夏酷暑最重要的民俗活動，南京城家家戶戶開始準備祭奠亡人。程夫人閒來無事，便和一幫婦女們結伴折元寶。她們一邊家長里短說著閒話，一邊飛快地把一張張金紙片變成金元寶。等元寶折得差不多了，再用紅紙糊成的口袋裝起元寶，一袋袋封好，用毛筆寫上亡人名字。程夫人說，這些元寶包叫做「燒包」，祭祀後是要燒給亡人的，燒包上寫了名字，亡人們各得其所，到時候就不會亂搶了。

見我聽得入迷，程夫人又壓低聲音神神叨叨地說：「……燒紙錢要選晚上夜深人靜的時候。先用石灰在院子裡灑幾個圈，這樣把紙錢燒在圈裡，孤魂野鬼就不敢來搶；然後一堆一堆地燒，燒時嘴裡要不住地念叨：『某某來領錢！某某來領錢！』最後在圈外燒一堆，專門給沒人祭祀的孤魂野鬼，這些孤魂野鬼沒人疼沒人愛，也怪可憐的！三年內過世的新亡人要燒新包，他們初到陰間肯定不適應，手頭也會緊些，家人最好給他們準備個大包。過世三年以上的只要燒老包就夠了，多少各家自便！當然，你要是燒大包，老鬼們也沒有不樂意的！過節這些天，家裡的伙食也要儘量豐富些，葷素搭配、酒菜配齊，亡人們一年才被閻王爺放回家一次，咱可不能虧待他們……」

聽程夫人這麼一說，我彷彿看到死鬼們晚上都來到了人間，不禁全身都起了雞皮疙瘩。程夫人喊李淑琴也給她媽媽折些元寶，淑琴說什麼也不肯，她堅持：「我媽媽沒死，她總有一天會回來的！」程夫人可憐這孩子的固執，勸她即便不給媽媽準備，好歹也要給亡故多年的爸爸和爺爺奶奶燒些。淑琴不要聽這些話，咬著嘴唇跑開了。程夫人歎息著搖搖頭，抬眼見我正一板一眼地跟著折元寶，趕緊上前制止：「華小姐，不用您幫忙！」

「噢，我這不是幫你們忙，我是想自己備一些。」我戴著老花眼鏡折得很認真，「西方也有『鬼節』，叫『萬聖節』。過節的時候，人們要裝扮成鬼的樣子在街上狂歡，孩子們則提著南瓜燈，挨家挨戶敲門要糖果……」

「你們燒不燒紙錢？搞不搞祭祀呢？」

「我們沒有這些。」

「那您今年打算學我們的樣子，燒錢給美國的親人？那也太遠了吧！」

「我的祖輩先人還葬在歐洲呢，有的在英國，有的在德國，還有其他國家。不管怎樣，入鄉隨俗吧，陰間的距離也許沒我們陽間那麼遙遠。唉，今年還不知有多少鬼魂呢，這得多少紙錢才夠啊……」

「可不是，很多人家都絕了戶呢！咱們積點德，多照應些吧。淑琴這丫頭不懂事，我來給李太太捎一包用用！但願李太太到那邊能與她男人團聚……」

除了元寶，人們還要紮一些荷花燈。七月十五鬼節的燈和正月十五元宵節的燈不同，元宵節的燈既可以掛在門前，又可以懸於窗下，還可以在走親訪友時提在手裡拎到街上，所以那款式是不厭其煩地一個「多」字！鬼節的燈則單純得多，大多以荷花為主，粉色的、白色的、紅色的、黃色的、紫色的、藍色的……元宵節的燈叫「旱燈」，鬼節的燈叫「水燈」。旱燈供人娛樂，水燈則有著給那些冤死鬼引路的功能。上燈時節，人們將點上蠟燭的荷花燈放進水裡，任其隨波逐流閃閃爍爍。等到燈滅了，水燈也就完成了把冤魂引過奈何橋的任務。聽說七月十五晚上，南京所有的店鋪都將關門謝客，以便把街道讓給鬼魂。人們會在鬧市街道正中每隔百步擺放一張香案，香案上供奉著新鮮瓜果和一種專給鬼魂享用的「鬼包子」，香案後面則有道士們唱著人們聽不懂的祭鬼歌。燒紙錢、放水燈、設齋供僧、拜懺、放焰口、唱目連戲……鬼節前後七天，天天熱鬧非凡！

我每年夏天大都在外旅行，有時到中國北方的青島、天津等地避暑，有時到歐洲諸國交流學習，有時回美國深造探親，而且我從來也不相信什麼鬼魂，對東方式迷信活動十分反感，所以過去一直沒有認真關注過鬼節。今年夏天哪裡都去不了，眼看著身邊人陸陸續續都在為鬼節忙碌著，我忽然發現這鬼節稀奇古怪的內容特別多，琢磨起來還滿有意思的。沈牧師對各地民俗頗有研究，他見我對鬼節興味盎然，索性條分縷析地介紹起這節日的來龍去脈來。對了，我最近恢復了中斷已久的隨園茶苑，所以沈牧師又能來金女大喝茶啦。德夫人、吳校長和衛士禮三位老茶友不在，現在多了瑪麗小姐、羅森博士、阿利森先生等幾位新茶友。身為德國外交官，羅森博士平時在與英美友人交往時甚為謹慎，但隨園茶苑的吸引力讓他戰勝了自己，他經常會避人耳目地過來轉轉。

沈牧師介紹道，中國人相信二元對立統一，人鬼分別生活在陰陽兩個世界，平時互不干擾，需要時可以互相往來。作為人，我們活著時要孝敬長輩、祭祀祖先；作為鬼，我們死去後將接受供奉、護佑子孫。南京人俗稱的鬼節又叫中元節、盂蘭盆節，是專為人鬼交流設計的一個節日。沈牧師建議我們不要被鬼節的迷信表象遮蔽雙眼，說這個節日其實是中國孝道精神的重要體現！

眾人聽了連連點頭，認為很有道理。

見多識廣的阿利森先生說在西貢、馬來以及日本，看到當地人也過這樣的節日。雖說各地的過節方式有細節上的不同，但敬鬼畏神的內核是一樣的。尤其在日本，盂蘭盆節是日本人最為重視的節日之一，上至天皇下至販夫走卒，人人都要穿上盛裝、戴上面具舉行一番儀式。「有一年在奈良，為了慶祝滿洲國建國，同時追憶那些為帝國崛起而獻身的亡靈，他們在天上放起了孔明燈，在水裡放起了荷花燈。呵，那水燈密密麻麻的，整條河流變成了一條燈河，天上地下交相輝映，場面實是相當相當壯觀啊……」

阿利森先生的描述讓人震驚，這樣的場面美則美矣，卻總有些怪異。

「哈，今年南京將重現奈良的輝煌，諸位都有眼福了！怎麼樣，七月十五晚上咱們一塊到玄武湖看燈去？」羅森博士提議道。

「羅森博士，此話怎講？」我不解地問。

羅森博士詫異道：「怎麼，你們還不知道？今年維新政府與日方將聯合在玄武湖、秦淮河上舉行盛大法會，日本大使館已經發來請柬，邀請我們前去觀禮呢。阿利森先生，您沒收到請柬嗎？」

阿利森先生點點頭道：「是有這麼回事。日本大使館正式邀請，非去不可啊。魏特琳教授、沈牧師，你們好像和一個杜先生打過交道吧？他現在飛黃騰達，已經榮升梁鴻志梁氏政府的宣傳部副部長了！這次盂蘭盆節的系列活動，就是這位杜先生一手操辦的，聽說活動內容很多，分散在全城好幾個地方，我正擔心分身無術呢。」

我問：「杜先生？就是那個特別喜歡給日本人聽差的杜先生嗎？」

沈牧師說：「可不就是他？人家是百年一遇的人物，有朝一日將梁鴻志取而代之也不稀奇啊！哼，這個世道就是為杜先生這樣的人準備的，他總算找到一展身手的舞臺了！」

瑪麗小姐說：「唉，用不了多久，中日兩國就會親如一家。到時候我們都會成為多餘人，我看我們還是找機會回國算了！」

沈牧師急了：「不！中國人不會那麼健忘，漢奸只是少數，大部分中國人是有骨氣的！瑪麗小姐您不該說洩氣話，更不該輕易放棄，您要是真回國了，那可是上了日本人的當了！」

羅森博士制止道：「好啦好啦，咱們茶座上不談這些沉重話題好不好？女士們，給我一個機會，七月十五晚上我陪你們看燈去好不好？

瑪麗道：「哈，一個年輕的猶太裔德國駐華外交官，鬼節晚上開著車在南京城亂轉，同行的還有兩名美國女子——這消息要是被日本人報告給你們元首，您可有好果子吃呢！」

眾人啞然失笑。

農曆七月十五淩晨，我被一場惡夢驚醒。

我夢見漆黑的夜空掛著一輪慘白的圓月，自己站在一座空蕩蕩的木橋上，面對著一個碩大的平靜的湖面。沒有一絲風，四周一片靜謐……忽然，「嘩啦啦」一陣聲響，一個人像條大魚似地從湖裡鑽出來！只見他穿著一身日本軍服，光著頭，沒有軍帽，全身濕漉漉地淌著水……他一言不發卻面帶微笑，他雕塑般立於水面，同時向我快速滑來……近了，又近了，更近了！他胸前有個洞，一個黑色的小洞，一個正往外冒血的小洞。我看到從那個小洞裡冒出來的血正把他變成血人，血人微笑著向她靠近，越來越近，越來越近……

我尖叫著從夢中醒來，發現汗水已經把枕席濕透了！我虛弱地躺在床上，再也無法入睡，只能眼睜睜地等著天明。頭痛欲裂，實在睡不著，索性開燈起身。打開書桌的抽屜，橋本幸太郎的照片就放在手頭，我再次拿起殷紅色的照片端詳：「是你嗎，橋本？唉，你何苦要弄成那個樣子跑到夢裡來嚇我？我知道我欠你的，你不肯放過我！我會還的，會還的……」

是啊，我會還的，頭天晚上已經燒過包包給他了。好大一個包包，是常規的兩倍！這樣的包包我準備了四個，一個給橋本，一個給李太太，一個給阿菊，還有一個給小菊。包包上都寫了名字，過程也如同程夫人介紹的那樣，該燒香的燒香，該祝禱的祝禱，每個細節都一一遵循。我還親手紮了四盞燈，今晚要拿到玄武湖去放。四盞荷花燈，藍的給橋本，白的給李太太，綠的給阿菊，粉的給小菊。可是，這樣做有用嗎？失眠，惡夢，抑鬱，痛苦，絕望——這些都是他給予的懲罰。我並不害怕懲罰，只是我並不覺得這真的公平。當我意志堅定時，我會大聲告訴自己：橋本是邪惡的化身，他的死是正義戰勝邪惡的結果，這沒有二話！然而，如此明確的結論卻並不能讓我釋然。事實上橋本陰魂不散，他不動聲色地蟄伏在我心中，當夜深人靜之際，當憑欄獨處之時，他便悄無聲息地跳將出來，盡情掌控著我折磨著我，讓我欲罷不能欲哭無淚。這大半年來，我和失眠交上了朋友，眼睜睜地看著自己一天天消瘦、枯萎下去。「好了，你贏了！咱們握手言和吧！」我想妥協，失眠不肯答應，它貌似忠貞地尾隨著，不離不棄，堅定執著。我明白，失眠如此步步緊逼，一定是有著不可告人的秘密……

忽然，我想起了拉斯柯爾尼科夫。很多年前，在讀俄國作家陀思妥耶夫斯基的《罪與罰》時，我記住了這個人物。拉斯柯爾尼科夫是個窮苦的大學生，因為不滿社會黑暗殺死惡人，最後又備受良心譴責投案自首、虔信上帝。小說裡不是有個可愛的姑娘索尼婭嗎？索尼婭為生活所迫淪為妓女，卻一直保持著靈魂的高貴純淨，拉斯柯爾尼科夫正是在索尼婭的感召之下良心發現的不是嗎？她對他說了什麼來著？這麼想著，我趕緊跑到書架前找出久違的《罪與罰》。終於翻到那一頁，終於翻到索尼婭的那句話，原來索尼婭平靜地對拉斯柯爾尼科夫說：「是因為您離開了上帝，上帝懲罰了您，把您交給了魔鬼！」這句話讓我如五雷轟頂，我彷彿聽到周圍迴盪著一句話：「你也把自己交給魔鬼了嗎，華群？你也把自己交給魔鬼了嗎，華群？……」

天亮了，我疲乏地用涼水洗浴一番，早早來到辦公室。為了避免身陷泥沼不能自拔，這一天我給自己安排了滿滿當當的工作：上午，強忍不適寫了四封信，兩封給重慶的吳貽芳和衛士禮，一封給上海的徐亦臻，一封給紐約的教會；中午，應程夫人之邀到她家吃了便飯，商妥晚上一塊前往玄武湖放燈；下午，稍事休息，又跑到美國大使館發送信件、瞭解情況，同時取回近期的《字林西報》等資料。

在大使館，阿利森先生一見面便盯著我左瞅右瞅：「教授，您的氣色怎麼這麼差？有什麼問題嗎？」

我說：「昨晚沒睡好，也許我該向您討幾片安眠藥……」

阿利森先生笑道：「啊，那沒問題。我正在申請回國休假，在這鬼地方時間一長，神經真受不了，再不休假弦就要繃斷了！您也該愛惜愛惜自己，回國休整一下吧！」

我說：「我最近精神也不如以前。不過，金女大的這一攤子您也知道。吳校長她們在重慶聽說更艱難，姑娘們連校舍都沒有，身上被跳蚤咬得一片紅……南京最困難的時候已經過去了，我還是撐著吧。」

「最困難的時候已經過去了？」阿利森先生似乎並不相信這一論斷，但也不想就此深入討論，他不置可否地搖搖頭同時轉移了話題。阿利森先生告訴我，南京大屠殺真相正在世界各地迅速傳播，有三位先生功不可沒：馬吉、拉貝、田伯烈。拉貝先生是走到哪裡說到哪裡，僅柏林一地，就馬不停蹄作了五場報告，同時配合著播放馬吉先生拍攝的電影，德國民眾看了異常震驚。拉貝先生還給希特勒和戈林寄了報告，期望德國趕快出面阻止盟友日本仍在繼續的非人道暴行。令人遺憾的是，此舉立即招來蓋世太保的粗暴干預，拉貝先生被勒令閉嘴，從此再不准對日本說三道四。

我聽了很揪心，拉貝先生在中國生活得太久了，他還能適應希特勒的德國嗎？在中國，他可以用納粹旗幟保護自己，在德國能指望什麼呢？上帝保佑，也許拉貝先生的幽默豁達會幫他化險為夷！好在他還有妻兒相伴左右！正走著神，忽聽阿利森先生神秘地說：「馬吉先生的紀錄片已經有了好些拷貝。呵呵，讓您猜一萬遍您保準也猜不到，有人將一部拷貝帶到了東京！他們在各大使館不動聲色地放映這部驚人的電影，現在，駐東京的西方各國外交人員差不多都看過此片啦！」

我驚歎不已：「天哪，這真是個壯舉！」

「第一本關於南京大屠殺的英文書籍也出版了。這本書眼下可謂洛陽紙貴，倫敦、紐約同步發行，中文版也在武漢搶灘，而且印了一版又一版。有傳言說，國民政府給前線將士人手配備了一本。很顯然，它已經成為激勵中國人勿忘國恥的教科書了！」阿利森先生說著遞給我一本書，是田伯烈先生的作品《戰爭意味什麼——日軍在華暴行》（What War Means，the

Japanese Terror in China）！

我還記得這位有過一面之緣的澳大利亞記者H.J.Timperley，中文名田伯烈。田伯烈先生也是個「老中國」了，他第一次世界大戰後來華，先後擔任路透社、美聯社和英國《曼徹斯特衛報》駐北京記者。一九三七年中日戰爭全面爆發後，田伯烈先生受英國《孟卻斯德導報》之邀，負責報導中國戰局。同時，中國政府亦委託他前往英、美等國作宣傳工作，並任命他為國民黨中央宣傳部顧問。田伯烈在淪陷後的南京並沒有逗留很長時間，他卻憑藉職業記者的新聞敏感和社會責任，對南京大屠殺給予了高度關注。他的書係根據南京安全區國際委員會成員的日記、信件和關於日軍暴行的記錄、報告，於一九三八年三月在上海編著而成，洋洋灑灑十餘萬字，圖片文字相輔相成。

摩挲著書脊，頓覺心裡一陣寬慰。我說：「這正是世界最需要的書籍！總算有人寫了！」

阿利森先生笑道：「呵呵，田伯烈因此名聲大噪，《紐約時報》已為他登了好幾篇書評。有人預言，下屆普利策獎非他莫屬！相比之下，日本的作家記者們可就沒這麼幸運羅！」

我問：「這話怎講？」

阿利森先生說，去年秋冬，日本媒體差不多將全日本最優秀的記者、作家都派到了中國，著名作家石川達三也於一九三七年九月以《中央公論》特派記者的身份來到華中，並隨軍參與了日軍進攻南京的全過程。石川在中國沒有看到他憧憬的「和平聖戰」場景，相反，瘋狂而血腥的虐殺時時刺激著他的神經。南京大屠殺讓他寢食難安，促使他放下日本人的驕傲，思考起戰爭的本質、戰爭讓人性異化等一系列複雜問題來。一九三八年二月回國後，石川僅用十二天就完成了紀實小說《活著的士兵》。由於作品通過一個日本士兵親歷記的形式，生動再現了日本軍隊在南京大屠殺中的殘酷和變態，字裡行間還瀰漫著揮之不去的厭戰情緒，石川先生在日本立馬成了「異己分子」，不僅作品被封殺了，人也被判處四個月監禁、緩刑三年，從此打入「另冊」……

「啊，難為日本出了一位這麼有良心的作家！」我唏噓道。

不知為什麼，我忽然想起了田中一男：這個人，還活著嗎？

晚上，我和瑪麗小姐、沈牧師、程夫人及其小孫子結伴前往玄武湖公園。本來想帶著李淑琴一塊的，可淑琴堅決不肯。程夫人連聲抱怨這孩子太不懂事了，我明白淑琴心裡太苦，也不想逼她。

乘著黃包車來到豐潤門，我們嚇了一跳：平日冷冷清清的豐潤門，此刻竟是車水馬龍、張燈結綵一派節日氣象。呵，裡裡外外都是人，彷彿全南京的居民都扶老攜幼地趕來了！小商小販們大聲叫嚷著穿梭於人群之間，不失時機地兜售著新鮮的荷花、紙錢以及式樣繁多的紙燈等。高音喇叭似乎被懸掛在了城門兩頭，一首風格鮮明的日本歌曲正在不緊不慢地播放著。城門下面站著兩排荷槍實彈的日本士兵，他們雖不盤查過往遊人，卻顯然保持著高度警惕狀態。

我疑惑：「怎麼回事，難道這些人又是杜先生強拉過來的？」

沈牧師認定非杜先生莫屬。杜先生現在的確經常幹這事，一會兒要人去開會，一會兒要人去遊行，一會兒要人去拍照，一會兒要人去投票，還有時會要人去唱歌……反正總是人越多越好，場面越大越好，紀律越齊整越好。不去不成，一層一層派指標、數人頭呢，操縱木偶的線攥在他手裡，不愁你不唯命是從。杜先生發達後今非夕比了，以前他即便會對地位不高的人們頤指氣使些，對我們還是客客氣氣的。現在則不然，現在杜先生見到我也不搭理——是啊，一個無權無勢的西方人，又算得了什麼呢？

程夫人向路人打探消息，知道大傢伙是口耳相傳趕來湊熱鬧的。

「街頭巷尾早就傳遍了，說中元節晚上玄武湖、夫子廟要搞盂蘭盆會，好看著呢！再說家家戶戶都有死人，哪個不要給亡人超度呢？」一個叫賣糖芋苗和糯米甜藕的老者斜著眼道。

程夫人見老者攤前無人駐足，遂有心照顧他生意。她轉頭問大家，願不願意嘗一嘗南京小吃？我們都點頭說好，老者卻面無喜色，他一臉木然地揭開白紗布，用邊口殘破的青花瓷碗為我們一人盛了一碗糖芋苗，又掀開蒸籠切起糯米甜藕來。蒸籠蓋一打開，一股濃郁的夾雜著桂花味的甜香撲面而來，一旁經過的人們竟有七八個停下了腳步圍攏了過來。

我們端著缺口的青花瓷碗站在路邊，用調羹舀食著可口的糖芋苗。沈牧師對這種吃法習以為常，我和瑪麗小姐覺得新鮮，一邊吃一邊忍不住相視竊笑，這種感覺真好像過年逛廟會一樣。南京小吃真是一些神奇的食品，我永遠叫不上它們的名字，卻永遠忘不掉它們豐富的味道！

「嗯，好！好糯的藕！難得吃到這麼好的藕！」程夫人讚道。她想看到這位老者的笑臉，生意好成這樣還不笑，也太說不過去了！那就好好誇你，非要你笑，非要你笑！

誰知老者不僅不笑，反而悠悠地迸出一句讓程夫人差點嘔吐的話：「底下還不知沉了多少死人，今年這玄武湖魚肥水美，藕不瘋長才怪！」

忽然，一個甜膩膩的女聲從大喇叭裡傳來：「……盂蘭盆節來源於佛教，傳說佛陀的弟子目鍵連不忍亡母在餓鬼道中受苦，懇求佛陀解救。佛陀感其孝心，遂說《盂蘭盆經》為其指點迷津。於是目鍵連依佛陀所說，於七月十五僧眾閒適之時舉行盂蘭盆會，合眾僧之力救母出苦厄……」

進了豐潤門，放眼望去，就見火樹銀花不夜天，玄武湖上上下下無處不是燈的世界、花的海洋：天上是飄飛的孔明燈，枝頭是閃爍的霓虹燈，水裡是柔美的荷花燈、生肖燈、觀音燈……遠遠近近，五彩斑斕的焰火淩空綻放，引來孩子們的一片歡呼。無數盆花被排列成各種造型，烘托出難得一見的節日氛圍。表演雜耍的民間藝人和動作誇張的黃袍道士一字排開，一場紛紜雜遝的演出正在如火如荼地上演著。南京人似乎傾城而出了，他們把玄武湖當成了遊樂場，這一晚則成了狂歡夜。所有景點都裡三層外三層圍滿了觀眾，黃金湖岸被黑壓壓的人群全部佔領，發功聲、作法聲、歡呼聲、起哄聲、驚駭聲、叫賣聲、呼朋引伴聲、召兒喚女聲此起彼伏，各色人等讓人目不暇接。

望著那一張張興奮的臉，我很難想像大屠殺之後南京竟還有這許多老老少少，更難想像「太平盛世」已經如此這般重現南京！天哪，這還是追悼亡靈的盂蘭盆節嗎？大家也不過是在藉亡靈的名義娛樂吧！人們啊，你們死去親人的冤仇還未申訴，你們自己肉體和心靈的傷疤也赫然在目，你們就已經把那段慘絕人寰的經歷拋在腦後了嗎？那麼你們且等著吧，如果你們自己都不尊重自己的苦難，這段歷史必將很快面目全非：或被遮蔽、或被篡改、或被遺忘，而這正是你們的敵人求之不得的！南京，我必須提醒你，你該對得起自己！

程夫人氣得說不出話來。她向我解釋，南京人過鬼節最講究情深意切，從來沒有這些花裡胡哨的玩意兒。只有日本人才淨愛折騰，越是華而不實的大場面他們越喜歡，因為可以給百姓洗腦嘛，而且又不花他們的錢！不過，程夫人不得不承認日本人的計謀得逞了，喏，那些為眼前的良辰美景陶醉的可不全是中國人嗎？老百姓的可憐可悲，難道自己沒有責任嗎？俗話說：「可憐之人必有可恨之處。」實在是很有道理啊！

這時，高音喇叭傳來忽然傳出這樣的語句：「……諸位父老鄉親，維新政府為恢復南京繁榮嘔心瀝血，為祭奠英靈、慰藉民心，我們的父母官頗費周折，操辦了今晚的盂蘭盆節盛會，以期同仇敵愾，重振金陵之政治、經濟和文化。下面我們有請維新政府宣傳部副部長杜唯民先生訓話……」

隨即，一個熟悉的中年男聲矜持地清了清嗓子說：「女士們先生們，南京的父老鄉親們！中國和日本自古以來就是一衣帶水的鄰邦，兩國人民的友好交往可以追溯到上古時代。近代以來，兩國都備受英美等西方帝國主義、霸權主義的侵略，可謂唇亡齒寒、戶破堂危。大日本帝國一直心懷重振大東亞之志。為救亞洲人民於水火，帝國上下勵精圖治、眾志成城，臥薪嚐膽經年，終於國富民強，初步奠定帝國今日之基業。而中國一些政客卻毫無救世治國之理想，對外向英美等西方勢力搖尾乞憐，對內互相勾結，瘋狂搜刮民脂民膏以中飽私囊。於是，我堂堂中國漸被蠶食鯨吞，共產主義氾濫成災，中華文明處於風雨飄搖之中。是可忍孰不可忍！大日本帝國為此發起聖戰！為幫助東亞各國重建新秩序，大和民族拋頭顱灑熱血，犧牲了無數英雄兒女，我們能不對他們心懷感激嗎？今天我們共度盂蘭盆節，就是要利用這一機會上敬天地、下敬鬼神。且讓我們一起誦念《大悲咒》，祝願那些犧牲疆場的將士們得到超度、早日往生……」

程夫人唾棄道：「呸！這真是認賊作父啊！我早就看出他是這種人，以後他別想進咱們校門，看他來我就放狗！」

我說以後人家也不會上咱們門了，就算上門也是賞光。我想我不是一個真正的基督徒，因為我極為鄙視這些人！可憐而愚蠢的日本，它自以為它能以這樣的低能兒建立一個穩定的政府。它對付他們還不夠聰明！」

程夫人壓低聲音道：「哼，三十年河東三十年河西，看中央政府回來他往哪兒躲！我聽人說，現在城裡城外到處都有抗日隊伍在活動，不管共產黨還是國民黨，但凡漢奸賣國賊，都是見一個殺一個，見一對殺一雙！像杜先生這樣的，早晚不得好死！」

沈牧師道：「杜先生說這是『曲線救國』。他說中國這麼大，日本人根本管不過來，最後還得中國人自己來。他還想拉我入夥呢！」

瑪麗小姐笑道：「你要是入了他們的夥，這盂蘭盆節保準不會辨得這麼惡俗！」

我們一齊笑了：「這準錯不了！」

他們尋到一個僻靜的地方，將帶來的花燈分別點上蠟燭，一一放入湖中。每放一盞燈，程夫人都要大聲吆喝道：「冤魂死鬼們！請你們跟著這燈前往陰曹地府吧，有燈幫你們照亮你們不會迷路，一路好走！一路好走啊！……」看著花燈在水中飄飄搖搖、閃閃爍爍，我想起了阿菊和小菊，想起了李太太，想起了橋本，想起大屠殺期間那些受苦受難的民眾。我在心裡念叨著：「我的兄弟姐妹啊，請原諒我沒有把你們照顧好，我對不起你們啊，對不起……」

一回學校，便有校工衝上前大喊：「華小姐，可不得了了！李小姐把自己關在屋子裡，一個晚上也不出來，任誰敲門也不開！」

我們來到李淑琴寄居的宿舍。果然，淑琴的房間門戶緊閉，裡面一點光亮也沒有，卻傳出悠悠的唱片聲，似乎又是李香蘭。一股濃郁的酒味混雜著劣質香煙的味道從門縫、窗隙裡鑽出來，讓人心裡七上八下的。我拍門叫喚，根本無人應答。我命校工把門砸開。門開了，有人拉亮了電燈，我一眼看到李淑琴醉臥在地不省人事，手腕上一條紅色的小溪正在殷殷地流淌著。

「丫頭！你怎麼可以這樣！」我一把抱住李淑琴嗚咽起來。

程夫人當即吩咐：「快快！找車，馬上送醫院！」

在鼓樓醫院，因為得到及時救治，李淑琴並無大礙。只是因為醉酒太深，一時半會還無法恢復神智，醫生讓護士給她掛起了營養點滴。當天夜裡，我堅持親自守候在李淑琴旁邊。李淑琴酒後失態，吐得我滿身都是污穢。一直昏睡到第二天下午，李淑琴方才睜開眼睛。看到我正支著胳膊在床邊打盹，回想起昨晚發生的一切，李淑琴又愧疚又傷心，忍不住輕輕抽泣起來。

我被驚醒了：「丫頭，你可嚇壞我了！」

「華小姐，對不起，我不是故意的。」

「傻丫頭，你媽媽把你託付給我，我有責任照顧你。」撫摸著李淑琴胳膊上被煙頭燙出的一個個傷疤，我痛心道：「瞧瞧你都幹了些什麼？你這麼不愛惜自己，真讓我傷心啊！」

「華小姐，您千萬不要以為我想自殺。我知道自殺是犯罪，而且我也答應過您，不會像媽媽那樣不辭而別。只是，只是我心裡太難受了，讓血流出來好像比憋在身體裡還舒服些。我沒想讓您擔心，真的很抱歉，華小姐……」

我頻頻點頭：「你不必如此自責。以後你有什麼痛苦，儘管讓我幫你分擔好了。我情願分擔你的痛苦也不願意失去你，我失去的親友已經太多太多，你要是再把慘痛全留給我一人，這實在不公平！」

我們說著不禁抱頭痛哭。平靜下來，我對李淑琴說，因為心疼她年紀小，本想留她多住一年，明年再送她到重慶，但現在我覺得在南京經常睹物思人對她不利，況且南京也不是原來的南京了。我叮囑淑琴到了重慶要好好向吳校長學習，淑琴若有所思地點點頭。

我隨即為淑琴西行悄悄進行安排。李淑琴似乎另有想法，但每一次都欲言又止，最終什麼也沒說。沈牧師為李淑琴主持了施洗典禮，我成了淑琴的教母，我將母親送的《聖經》轉贈給淑琴。秋天，李淑琴離開了南京。半個月後，她從西安發來一封信：「……對不起，親愛的教母，我沒有前往重慶投奔吳校長。國仇家恨讓我無法安心讀書，除了投筆從戎，我找不到更好的支撐方法。您的《聖經》我會好好珍藏，但上帝解決不了眼下的問題不是嗎？……」

這封信讓我心裡空盪盪的，我很難厘清自己的思緒，只是懷疑一切似乎都沒有意義。

# 15、懺悔祈禱

天父，我要給您講述一個聖徒的故事。因為有這位聖徒作參照，最近這段時間來我頗覺慚愧，內心的懺悔之情一日勝過一日。

唉，我已經很長時間沒向您祈禱了不是嗎？之前我牢騷滿腹，抱怨連連，發狠說再也不相信您，再也不想做您的孩子了。我像那些狹隘而偏激的無神論者一樣肆無忌憚地攻擊您，責問您既然擁有「萬神之神」的美名，為何卻對氾濫成災的罪惡坐視不管？既然您是完美的、全能的，為何卻聽任惡人擺佈，縱容他們橫行天下？因為太渴望正義的降臨，有一陣子我是多麼追捧偶像崇拜啊，我與那些迷信的老太一起念念有辭，磕頭如搗蒜：「大慈大悲的上帝耶和華啊，求求你現身南京，求求你懲罰那些人面獸心的魔鬼吧！我主耶穌聖母瑪麗亞啊，求求你走下十字架，求求你真身復活救救我們吧！」

您當然不會現身，因為您從來也不是凡人以為的偶像。於是我失望了，我歸咎於您，認為您既然容許罪惡存在就算不得完美，既然算不得完美就不能高高在上，既然不能高高在上就與我們凡人彼此彼此……天父啊，原諒我修行太差，五十年的信仰一遇嚴峻考驗竟蒼白脆弱得不堪一擊。要不是遇見聖徒，我恐怕還會顧影自憐地繼續為自己叫屈鳴冤呢！然而現在我不敢了，現在我總算明白了「真金不怕火煉」的道理。是的，聖徒不會受制於環境，險惡的環境反而凸顯聖徒，讓聖徒更加卓爾不群。面對黑暗，面對鬼魅，凡人要麼恐懼害怕如土委地，要麼瘋狂報復不擇手段。呼天搶地者有之，怨天尤人者有之，氣急敗壞者有之，一蹶不振者有之……這時候，只有聖徒依舊平靜，依舊坦然，依舊富於勇氣和創造力。於是，聖徒無可替代地成為凡人的保護神，他要承擔凡人無法承擔的一切重負。

這裡我要介紹的聖徒是一位佛教高僧。他是南京著名古寺棲霞禪院的當家大和尚，法號「寂然」。要說寂然法師，必得先說京特和辛德貝格先生。我第一次聽說這兩個名字，還是通過拉貝先生。當時南京城即將被日本佔領，拉貝先生統計滯留南京的西方人名單，方才得知北郊棲霞山腳下的江南水泥廠有兩個白人，他們一個是德國的工程師卡爾•京特博士，另一個就是丹麥「冒險家」辛德貝格先生。為什麼一個德國人會和一個丹麥人、一個工程師會和一個「冒險家」組合到了一起？我和拉貝先生十分好奇。

一九三七年十二月二十日，辛德貝格先生第一次進城向拉貝先生求助，當時他背著一名中國病人徒步十幾公里，多虧善於應變才通過一個個日本哨卡。拉貝先生幫他將病人送到威爾遜大夫處，他看到鼓樓醫院缺醫少藥人滿為患，當即放棄了想請醫護人員到棲霞行醫的念頭。辛德貝格先生說，南京城郊的兵災同樣十分嚴重，他和京特先生不得不向周邊居民敞開大門，於是數萬難民湧進了江南水泥廠。「我們用德國國旗和丹麥國旗嚇退了無數日本兵！」辛德貝格先生得意極了，「我第一次覺得生為一個丹麥人，真他媽值得驕傲！」他酒量很大，一口就把拉貝先生珍藏的幾罐啤酒喝光了，拉貝先生好不心痛。

這是辛德貝格先生與我們相識之始。後來，辛德貝格先生不時駕車進城，我們漸漸熟悉起來，並經常聽他講這樣那樣的歷險故事。比如他每一次出車都少不了震斷一兩根彈簧或者扎破幾次車胎，因為路面已經被炸彈和坦克破壞得千瘡百孔。有時候汽車陷進溝裡，甚至不得不叫十幾名士兵幫他抬出來……辛德貝格先生二十七八歲，是個人高馬大、身強力壯、樂觀開朗的小夥子。他說自己小時候非常頑劣，讀不進書，十四歲就逃離父母出來闖蕩世界了。他到過歐洲、非洲、美洲和亞洲的很多地方，幹過水手、搬運工、記者助理等稀奇古怪的工作，人生經驗極其豐富。他天性喜歡冒險，四平八穩的生活對他毫無吸引力，什麼事情危險越大他越是勁頭十足。此番南京之行別人視為畏途，辛德貝格卻正對胃口，他巴不得要感受一下槍林彈雨的滋味，同時他也毫不掩飾，中方開出的高額傭金對他是巨大的誘惑。「不過，真沒想到還要照看那麼多難民，他們支付的薪水可不包括這些！不成，哪天回上海我還得同他們談談！」辛德貝格先生的直白讓我哭笑不得。

據辛德貝格介紹，江南水泥公司是中國民族企業中首屈一指的水泥製造商，註冊成立於一九三五年五月。因南京棲霞山「天時、地利、人和」皆備，公司遂將江南水泥廠選址在棲霞古寺附近。經過公開招投標，丹麥史密斯公司主設備中標，而電器設備則由德國禪臣銀行提供——這為京特和辛德貝格駐紮南京埋下了伏筆。一九三七年十一月四日，經過兩年的辛苦籌備，江南水泥廠初見雛形並第一次試運行成功，而這時候日本軍隊的腳步已越來越近。不知是誰出的高招，江南水泥公司董事會以「江南廠設備款二成未付，尚未點火生產，產權仍屬丹、德」為由，請求丹麥和德國公司以債權人的身份派員入駐。就這樣，一九三七年十二月初，京特博士和辛德貝格先生分別從上海來到南京棲霞。

今年三十六歲的京特博士與辛德貝格先生是大相徑庭的兩類人，他雖然出生在中國唐山，會講一口流利的漢語，卻是一個標準的德國人：辦事認真得近乎刻板，性格沉穩得近乎拘謹。以我有限的經驗，我不得不說德國人中像拉貝先生那樣富於幽默感和靈活性的還真不多，京特先生倒是很正點。在辛德貝格先生一九三八年三月離開南京返回上海之前，我與京特博士只在一些重要場合見過一兩次面。我不知他與辛德貝格先生是否有過分工，總之那時他基本留守工廠很少外出。倒是辛德貝格先生很活躍，不僅與我們關係密切，還用啤酒和香煙籠絡了不少日本兵。難民營的兒童也樂於跟在「辛波先生」後面討要糖果和零花錢，而且孩子們一般總會有收穫。不用說，這樣的黃金搭檔對當地難民和江南水泥廠都極其有利，我很高興他們倆最終創造了一個奇跡：江南水泥廠難民營沒有死一個人！機器設備也完好無損！這在南京全部近三十個難民營中絕無僅有！辛德貝格先生走後，京特博士進城頻繁了些，有時還帶著他剛到南京的長相甜美的未婚妻漢娜。在德國大使館羅森博士的引見下，他參加過我們的隨園茶苑聚會。我發現京特是一個非常持重可靠的年輕人，他像我們一樣熱愛中國，準備在這裡長期定居。

我第一次聽說寂然法師，是在一九三八年的二月三日。那天，辛德貝格先生專程駕車進城，將一份有二十人簽名的請願書送到拉貝先生手中，這份請願書的領頭人就是寂然法師，它有一個震撼人心的題目：〈以人類的名義致所有與此有關的人〉。

辛德貝格先生說，寂然法師是個四十歲左右的中年人，平時為人沉默寡言，性情溫和卻不乏剛毅。他本來只是棲霞寺的第三號人物，因為寺院一二號負責人都逃亡了，遂輪到他與師兄弟承擔起守衛寺院、照顧難民的雙重職責。棲霞寺的情況很糟糕，兩萬多難民迅速消耗了庫存不多的糧食，連一天兩頓供應稀粥都日漸困難了。住的地方也有限，老百姓不得不與佛祖爭地盤，佛殿上擠滿了拖老帶小的村民。更要命的是，日本人雖然有廣泛悠久的佛教信仰傳統，卻對中國的千年古寺及其僧侶沒有絲毫的敬重，動不動就全副武裝地衝進來搜查抓捕，還有士兵在神聖的佛堂上強姦殺人！

這話聽得我全身發抖。我無法想像寂然法師面對這些暴徒時的心情，如果換作我，恐怕立馬火山爆發，沒準會奪過機關槍將他們一掃而光！啊，天父，我會的，假如日本人在教堂撒野的話！

寂然法師沒有爆發，在請願書的字裡行間，我看到的不是怒火不是控訴，而是悲天憫人的隱忍，靜水深流的平靜。寂然法師如實地記錄、客觀地表述，他以人類之名發出最嚴肅最有力的抗議和呼籲，讓一切為人者無法迴避！記得拉貝先生看完請願書後表情十分凝重，由於京特博士已經將它翻譯成了英德兩種文字，所以拉貝先生二話沒說，立即將請願書送到日本大使館，他說福田先生看了很尷尬，表示一定會向軍方聲明態度。時隔不久，寂然法師又委託辛德貝格先生送來第二份請願書，附帶還有一句誓言：「我將繼續通過請願書向世界呼籲，直到日本人停止施暴！」

這件事讓我對寂然法師刮目相看。當時我就想，要是哪一天能會會這位高僧就好了。憑心而論，我以前對佛教既陌生又有不少偏見，從來沒想過應該敞開心扉去理解接納它。衛士禮特別喜歡結交僧侶，好多寺廟的方丈都是他的朋友，他試圖引領我一起感受佛學，卻被我以「學校事務繁雜」為由拒絕了。為什麼呢？因為我以前想當然地以為佛教太脫離現實，對人類的進步難有貢獻。當然，我也的確看到不少僧侶對人間疾苦漠不關心，他們離群索居躲在深山老林裡修煉，目的無非是希望死後被佛祖收容進「西方極樂世界」，至於追求現世的公平正義，他們是不想也不屑於努力的。

寂然法師改變了我對僧侶的看法，我對辛德貝格說：「這位寂然法師是個聖徒，我希望有一天能結識他。」辛德貝格當時就想滿足我的願望，可惜當時形勢惡劣，我既無法脫身也沒有適當的心情。後來全城難民營陸續關閉，棲霞寺也終於人去樓空重新恢復了平靜。而辛德貝格離開了南京，來自棲霞地區的消息頓時少了很多。再後來京特先生成為我們的朋友，但他沒有提及寂然法師。

寂然法師再次進入我的視線是在一九三八年的中秋節。為歡度這個節日，我早幾天便向老友發出了邀請：「隨園的桂花正在盛開，中秋請你們來賞月看花吧。」為給他們一個驚喜，我特意向程夫人學習了打月餅的手藝。我自作主張在月餅里加了奶粉、黃油甚至一點點火腿腸，這樣一來，我的月餅中西合璧風味獨特。

中秋節傍晚，沈牧師第一個趕到，他帶來一盒蘇州出產的月餅作為禮物。一見我準備的晚餐沈牧師大喜：「我沒想到會過一個美國味的中秋節！」

我笑道：「不僅是美國味的，還是伊利諾味的。」

隨後，阿利森先生和瑪麗小姐到了，他們帶來了法國紅酒。

羅森博士出現時，我意外地發現了京特博士和漢娜居然跟在後面——原來他們正好進城購物，得知今晚中秋聚會，他們說什麼也不捨得錯過，更何況還有正宗的德國香檳和油光可鑑的南京烤鴨作為禮物，他們相信我不會不歡迎。他們猜得對，我非常歡迎！事實上他們如果不來，我就不會知道這個故事，一個驚人的故事！

這個故事是由京特博士酒後得意不小心開的頭，羅森博士和阿利森先生聞言大驚失色。羅森博士再三強調自己即將奉命回國，一切不合適的話他都不會說也將充耳不聞。後來還是京特博士將故事演義了，阿利森先生謹慎地做了些許補充，於是故事越發完整生動了。如果由我來敘述，這個故事應該是這樣的：

一九三七年十二月中旬，在棲霞寺避難的兩萬多難民中有二百多抗日軍人，其中官職最高的是三十一歲的國民黨第二旅中校參謀主任廖耀湘，他當時是日軍全城搜捕的對象。廖耀湘係黃埔軍校第六期特優生，一九三〇年由蔣介石將軍親自批准，以上士軍銜公費赴法國留學，學習機械化騎兵。一九三六年他以第一名的成績從聖西爾軍校畢業回國，在南京桂永清教導總隊騎兵連任少校連長。一九三七年廖耀湘升任該隊旅部中校主任參謀，隨即參加了南京保衛戰。

南京失守後，來不及撤退的廖耀湘搭一個農夫的馬車躲過了日軍的搜捕，並且陰差陽錯地跟隨人群躲進了棲霞寺，隨行的還有五名下屬。原本就不平靜的棲霞寺立刻掀起了更大的波瀾！和尚們對是否收留廖耀湘展開了激烈的爭論。毫無疑問，收留廖耀湘一行會給寺廟帶來滅頂之災，萬一走露風聲，兩萬多難民和十餘名僧人可能全部性命難保。之前日軍早已多次警告過寂然法師，他們一直對棲霞寺將信將疑，要不是寂然法師一身正氣震住了他們，要不是棲霞寺恰巧有一位小師傅會說兩句日語，棲霞寺還不知會出什麼事！

爭論的結果，良心和責任占了上風，寂然法師把廖耀湘等鎖進了藏經樓，和尚們趁著天黑把軍人的武器沉入了池塘。從那以後，寂然法師每天親自給廖耀湘等送飯，每個細節都不敢有絲毫閃失。寂然法師和廖耀湘都明白，藏身棲霞寺只是權宜之計。寂然法師聽說距離棲霞寺不遠的江南水泥廠有兩個西方人很同情中國，遂主動派人與他們聯絡。然後寂然法師與兩個外國人交了朋友，然後才有了辛德貝格先生兩次代為遞交請願書的事。最後，寂然法師覺得外國友人值得信賴，終於將廖耀湘的事和盤托出。辛德貝格先生和京特博士歷經周折，總算偷偷將廖耀湘等人用小船送到了江北……

「親愛的，你竟然做過這樣了不起的事！怎麼從來也沒聽你說過啊？」漢娜抱住京特親了又親，「我太崇拜你了！我的英雄！」

「哈，區區小事，何足掛齒！」京特博士醉醺醺地擺擺手道，「我們只不過沾了身為白人的光。寂然法師才是真正的了不起，他不動聲色安排下一系列大事，每一件都妥妥貼貼，沒有出一點差錯，真是大手筆啊！唉，大概是天妒英才吧，難民營關閉不久，寂然法師就生了重病，現在已經病入膏肓了……」

我心裡「咯噔」一下。

「博士，我必須儘快見到寂然法師。」我說。

我們之所以推遲到十一月中旬才去探望寂然法師，主要是因為我千方百計想買一些盤尼西林帶到棲霞。京特博士說了，他好不容易才說服寂然法師接受西醫的診治。可已經遲了，鼓樓醫院的英國專家診斷後表示，寂然法師主要是因為營養不良、操勞過度導致肺結核發作。誰都知道，治療肺結核的特效藥是盤尼西林，而戰爭期間的盤尼西林貴過黃金。得知這一消息，我立刻向美國的朋友們求助，我說你們必須竭盡全力，因為我們要拯救的是一位聖徒的寶貴生命。我還請大使館協助想辦法，我對阿利森先生說價格貴一點沒關係，只要有貨就行，費用可用我的積蓄支付。然而即便這樣，盤尼西林還是相當難弄，輾轉了個把月才到手四支。拿到這一救命藥，我立刻電話通知了京特先生，京特先生說：「我們明天就去棲霞寺。」

當時正好一陣寒流過境，校園裡的銀杏黃了楓葉紅了，秋色濃得足以入畫。紛紛揚揚的落葉鋪滿了小徑，厚厚實實的，踩上去腳感特別好，發出的「咯吱咯吱」聲天籟般動聽。同行的沈牧師告訴我，這是棲霞山賞楓的最好時節。沈牧師介紹說棲霞山古跡遍佈景色優美，有「一座棲霞山，半部金陵史」的美譽。棲霞山西麓的棲霞寺是佛教「四大叢林」之一，是「三論宗」祖庭——出門有沈牧師就如同有了嚮導，果然！

我們先驅車前往江南水泥廠帶上京特和漢娜。四人中只有我是第一次來到棲霞，遠遠看到巍峨的寺院山門，一股端莊肅穆的氣息撲面而來，心立馬靜了下來。看守山門的小沙彌認出了京特博士，馬上微笑著跳出來招呼。

「你好，靜空，這一向寺裡可好？」京特博士的漢語有唐山口音，聽起來挺有趣的。

「阿彌陀佛，托您的福，寺裡上下還算安好。」小沙彌禮儀周全地回答。

「寂然法師身體如何？比前一陣子可有起色？」京特博士問。

靜空說：「師傅還是咳嗽得很厲害，經常咳出血來。因為害怕傳染大家，他差不多成天把自己關在修行室裡，只有晨課晚課才支撐著出來一會兒。不過，寺裡的事務還是非他料理不可，因為只有他點頭了大家才放心。唉，我們師兄弟天天在佛祖面前上香禱告，希望佛祖能保佑師傅度過此劫。我對佛祖說，我情願將自己的壽命折給師傅，十年二十年都行……」

京特博士摸摸小沙彌的大腦袋說：「好孩子，你的禱告一定是起作用了，喏，這位金女大的華教授從美國弄來了特效藥，我們今天就是送藥來的！等著瞧吧，好人必有好報，你要有信心！」

「嗯！」小沙彌認真地點了點頭。

邁入山門，隱隱約約似乎聽到晨鐘暮鼓之聲。側耳諦聽，卻只有樹葉「沙沙」作響，彷彿在與僧侶們的經誦聲和鳴。沈牧師說，棲霞寺原來的古建築毀於清末太平天國戰亂，現在的寺院是一九一九年重建的，有大雄寶殿、毗盧殿、藏經樓三進院落。不過，隋代的舍利塔、唐代的明徵君碑以及南朝的千佛崖等名勝古跡還倖存著。沈牧師建議我待會兒上山欣賞欣賞，他說千佛崖精美的石雕藝術世所罕見。最後一個石窟有一尊手執鐵錘的石工雕像，據說他就是佛像的開鑿者——啊，要不是寂然法師的病牽動人心，我還真是享受這樣的秋遊呢！

來到正院，有僧侶迎上前來問候，然後引領我們到會客室小坐，另有一僧趕緊轉向別院通報去了。京特博士擔心寂然法師行動不便，表示我們可以到他臥房去。寺僧客氣地回答：臥房會客甚為不恭。小沙彌為我們端上了茶水和點心，我一邊品茶一邊暗想：如果還能會客，他想必不至於病得太重吧？

沒多久，一陣劇烈的咳嗽聲從遠處傳來。京特博士起身迎出，我們緊隨其後。我看見一位枯瘦的和尚被人攙扶著正向我們緩緩走來，他過早地穿上了棉服戴上了棉帽，即便如此似乎還很畏寒，脖子上又繞了厚厚幾圈圍巾。如果不是重病，他應該是相當俊朗的，他的臉按中國人的習慣說法，那叫「天庭飽滿，地閣方圓」。然而現在他已經脫了形，一眼望去，只看到高聳的顴骨、深陷的眼睛，這樣的形象讓我心頭掠過一絲不祥的陰影……

「法師您好！我們來看您了！」京特博士大聲招呼著。

寂然法師剛想回禮答話，卻又被一陣劇咳阻礙了，他趕緊用毛巾捂住口鼻轉到一邊。等他終於平息下來，他歉疚地對我們深施一禮道：「阿彌陀佛，請原諒貧僧失禮了！貧僧身染重屙以來一直閉門謝客，今日本不該破例讓諸位貴客見此殘容。怎奈諸位遠道而來，京特先生又是本門恩主，貧僧只得強撐病體抱愧出迎！失敬！失敬！」

京特博士嗔怪道：「法師太見外了！您再這麼客套，我們可要生氣的！」

京特博士將寂然法師讓進會客室。寂然法師進門即吩咐僧眾焚香開窗潔淨空氣，同時再三提醒我們要與他保持距離。我們稍一靠近，他就伸手制止，同時念聲「阿彌陀佛」表示歉意。我注意到他儘管已經明顯虛弱不堪氣喘吁吁，但言談舉止仍保持著足夠的尊嚴和威儀。同時，他的儒雅謙恭又是那麼地得體動人，他反覆多次為自己的疾病道歉，說完全沒想到會連累這麼多人。京特博士將我們一行向寂然法師做了介紹，他特別強調我是如何與法師惺惺相惜，如何費盡心血從美國自費購得昂貴的盤尼西林。沈牧師坐在我身邊，同步翻譯著京特博士的話。被人這麼當面褒獎，我簡直不知道往哪兒放手腳。

寂然法師轉身對我輕聲道：「阿彌陀佛，華教授的大名寂然早有耳聞，今日有緣得見，實乃三生有幸。記得當時大難降臨，難民們紛紛傳言南京城有個金髮碧眼的女菩薩，說這位女菩薩敢跟日本人拼命，救了無數的良家婦女。華教授之大恩，南京人沒齒難忘，寂然在此有禮了……」

寂然法師起身對我深鞠一躬。剛鞠完躬，他又大咳起來。一旁侍候的徒弟趕緊扶他坐下，幫他撫胸捶背，遞上痰盂，送上茶水。我局促不安地站起又坐下，不知道自己該做些什麼。稍稍平息下來，寂然法師疲乏地閉上眼睛半晌無語。我們大家你看看我，我看看你，都覺得應該儘快告辭以便病人安心休息。我將盤尼西林輕輕放到案上，京特博士塞了個紅包在下面，沈牧師則將一個剛打聽到的偏方交待給小師傅。寂然法師支撐著想挽留我們，我們沒有同意。漢娜說她將按時為法師注射盤尼西林，只要有盤尼西林，痊癒不是問題，明年大家歡聚的機會有的是！

盤尼西林給我們帶來希望。那一天離開寺廟後，我們沿著溪水賞紅楓踏秋葉，一路你追我趕，一口氣爬到棲霞山頂！我們在山頂上大喊大叫、縱情高歌，將這一年來鬱積在心裡的苦悶發洩一空。「啊——啊——啊——」，喊著喊著，我忽然淚流滿面。如果周圍沒有人，我恨不得跪倒在地嚎啕大哭。可我不能這樣，我不想讓朋友們擔心，於是我用力克制自己……漢娜見我流淚，溫柔地抱了抱我。回來以後，我懊惱不已，我覺得這樣的當眾失態真是太不應該了！

轉眼進入一九三八年十二月。

隨著第一個大屠殺周年紀念日的到來，人們蟄伏已久的記憶似乎甦醒了，他們醞釀採取必要的措施表達和證明自己，這讓維新政府非常恐懼。當局為此加強了警戒，除了在大街小巷張貼警示和恐嚇的佈告，街坊鄰居還被要求互相監督、隨時舉報，稍有意外人人都可能遭遇「連坐」。在這樣的嚴防死守下，所有紀念活動全部胎死腹中，只有老年人在家門口燒紙錢沒被禁止。我聽說有人倡議十二月十三日當天全城佩戴白花以示抗議，但十二月十三日我並沒有看到全城戴花的場面。程夫人把白花和黑袖箍戴在衣服裡面，外面再罩上大衣。她說很多人都這樣做了，我不知道這樣的做法是否有意義。只有極個別勇敢的姑娘把白花別到了頭上，但她們在街上會被軍警攔住，除非她們不在公共場所露面。十二月十三日當天，一個紀念佔領南京一周年的慶祝儀式在鼓樓廣場舉行，當晚全城燃放了焰火。

為轉移人們的視線，當局還宣導了一系列盛大的反共活動。我看到新街口廣場有一個巨大的假人，約二十五英尺高，有一張醜陋的臉，胸部寫著漢字：「共產主義是妖魔鬼怪。」我看到一些「癮君子」模樣的人拿著旗幟，舉著龍和其他動物的圖形，上面寫著反共口號，在城裡走來走去。我看到一張坦克碾屍的巨畫，坦克代表「共產主義」，碾壓著大人和小孩，坦克附近有許多骷髏和十字交叉的骨頭。我看到兩隻大氣球，一隻在鼓樓，一隻在新街口，都掛著反共口號，有些標語故意把蔣介石和共產黨聯到了一起。新創辦的《南京新報》經常發表排斥西方人的文章，我擔心反對我們的人會越來越多。

與南京的困難相比，我的困難也許算不得什麼，雖然這些事一件件說起來也相當地棘手。第一件事，當局強行解散了國際救濟委員會，之前軍方已經抓捕了六位委員，我想在這樣的壓力下，所有有尊嚴的人都將被迫離開南京；第二件事，金女大的資金捉襟見肘，聽說吳校長為此已帶頭減薪支教，我正在考慮自己該怎麼辦；第三件事，我無法繼續弄到盤尼西林，這件事大大超出了我的能力，我感到愧對寂然法師；第四件事，我的健康持續惡化，失眠成為常態，情緒低落到什麼事也不想做。耶誕節當晚，我下了很大決心，決定第二天早上不起床、不吃早飯、不參加祈禱，也不像平時那樣去辦公室，我要好好休息一下。結果我在床上躺到上午十點卻沒睡著，起來後對自己、對世界都失望透了。我知道這種狀態很糟糕，必須設法改變，我又一次想到了寂然法師。

一九三九年元旦，我請沈牧師陪我再度前往棲霞寺。因為是陽曆新年，棲霞寺信眾很多，香火旺盛。小沙彌靜空認出了我們，他高興地跑在前面為我們帶路，他說師傅最近精神好一些了，每天都會處理很多事情。還說周圍村民給師傅送來不少慰問品，包括米粉、豆粉、藕粉、紅棗、蓮子等，都是平時難得一見的高檔食品，有些還把家裡做好的美食直接送來。村民都說寂然法師是活佛轉世，能供養他是今生的福德！

見了寂然法師，我發現他果然有所好轉，不僅走路不用人扶了，咳嗽沒那麼烈了，而且臉頰似乎也稍稍豐滿了一些。我向他熱烈祝賀，他客氣地表示這全是托了我的福。寒暄過後，我直奔主題：「法師，既然您今天身體允許，我想與您多談幾句好嗎？其實我一直想問您，您的疾病與去年的屠城有多大關係？」

沈牧師沒有立刻翻譯，他遲疑地望著我，恐怕以為我會改口，但我怎麼會改口呢？

寂然法師笑了：「阿彌陀佛，善哉善哉！按照我們佛家的觀點，世間萬物皆有聯繫，凡事皆有因果。誰說貧僧的病與去年的屠城有關係？誰說貧僧的病與去年的屠城沒關係？有關係也好，沒關係也罷，都輪不到貧僧去操心，自有佛祖管著呢！呵，您不要以為貧僧這是巧言善辯，拿無可無不可的空話來搪塞您，出家人不打誑語，請您準確理解。」

我點點頭，覺得這是很聰明的回答。

我又問：「那麼，您如何理解去年以來發生的這一切呢？按照因果報應的學說，莫非南京應該遭受這屠城之災？」

寂然法師道：「為什麼要把屠城視為果報呢？在貧僧眼裡，這是日本對全人類犯下的滔天大罪，如此駭人的業障恐怕他們幾代人都償還不清！阿彌陀佛！」

我再問：「法師，我注意到您在第一次請願書中就『以人類的名義』對日本軍隊的屠殺提起控訴，您現在又強調屠城是日本對全人類犯下的罪行，您為什麼這麼說呢？他們只是在南京這一個地區屠殺了部分人群不是嗎？」

寂然法師道：「戰爭的爆發雖有錯綜複雜的原因，但歸根結底是世人『貪嗔癡』三毒集體發作所致。我對兩國交戰的是非曲直沒有發言權，我有發言權的是一九三七年十二月十三日南京城破以來發生的這一切。教授您亦耳聞目睹，日本軍隊殘暴而變態、持久而廣泛的燒殺淫掠已遠遠超越了常規戰爭的範疇。他們在南京毫不隱瞞、毫不節制、毫不畏懼地將人性之惡發揮到極致，無論就罪惡的廣度還是深度，都會在人類歷史上留下重重一筆。我之所以說日本軍隊對全人類犯下了罪，不僅因為他們血洗了南京，更因為他們展示了人性邪惡之無所不能，這讓他們成為人類邪惡的樣本！身而為人，我想沒有誰會喜歡多一個這樣的樣本！」

我詫異道：「法師您為什麼多次提到『罪惡』一詞？請問佛家的罪惡觀是怎樣的呢？」

寂然法師沉吟道：「教授，看來我們都思考過相似的問題，否則您不會這樣考貧僧。是的，去年以來發生的一切讓貧僧不得不對『罪惡』一詞進行探究，貧僧迄今也不敢說對此已經了然。你們基督徒相信人有原罪，人的原罪始於對上帝的背叛。當亞當和夏娃離開伊甸園時，人第一次自覺地擁有了尊嚴和信心，這一壯舉讓人的虛榮心空前滿足，而人的悲劇命運從此不可逆轉。我們佛家不講原罪，我們講『三世因果，六道輪迴』，貧僧以為這裡的因果、輪迴也不妨套用你們『罪與罰』的概念來解釋：造業，就是種下惡的種子，此謂『罪』；惡種開出惡之花，不僅為害播種之人，也為害當下此空間的所有生靈，此謂『罰』；惡之花結出惡之果，惡之花無人剷除，惡之果隨風飄散瘋狂生長，此謂『輪迴』。這樣的『輪迴』，毫無疑問，又是變本加厲、不分彼此的『罪與罰』……」

我懷疑道：「如果『因』與『果』無法釐清，『罪』與『罰』難以辯明，那是否意味著您要逆來順受或者照單全收？」

寂然法師道：「有什麼因就有什麼果，這事由不得貧僧啊。逆來順受？照單全收？呵，您以為貧僧是大肚彌勒佛，能容盡天下難容之事？可惜貧僧不是啊，貧僧甚至不是一個合格的佛弟子，否則也不至於鬱鬱寡歡到惡疾不斷的地步了！地藏王菩薩曾有悲誓宏願：『地獄不空，誓不成佛，眾生度盡，方證菩提。』貧僧不敢望地藏菩薩之項背，唯願為眾生擔當些個。」

想起寂然法師的病，我心痛極了：「對不起，我沒辦法再弄到盤尼西林……您認為這公平合理嗎？他們犯罪，您為他們承擔罪責，為他們辯解祈福，自己耗盡心力卻不為人知……法師，我現在必須為自己的偏見向您道歉，我一度以為佛家是只顧自己修行不顧他人疾苦的自私人群，我錯了……」

寂然法師笑道：「阿彌陀佛，娑婆世界豈有公平合理？我佛慈悲，見此界眾生安於十惡，堪於忍受諸煩惱而不肯出離，乃投身此界教化眾生。我佛之大慈、大悲、大智、大勇貧僧望塵莫及，但貧僧既為佛弟子，自當學我佛捨身飼虎之精神，努力事眾生為父母。眾生業障深重，貧僧杯水車薪豈敢有所奢望？盡心而已！阿彌陀佛！貧僧非常感謝您的直言相告，教授對佛家的誤解一定與我們佛弟子表現欠佳有關，過去我們佛弟子大概獨善其身有餘而兼濟天下不足。世人皆知佛家有小乘、大乘之分，小乘者自救，大乘者救人。不少佛弟子以為小乘、大乘需有前提、分步驟地進行，所謂『先自救，再救人』。當他們覺得自救不暇時，往往很容易放棄救人的職責。其實小乘、大乘是手心手背的關係，自救與救人須臾不可分離！而且我佛雖講求普渡眾生、慈悲為懷，卻絕不容許為虎作倀、助紂為虐，見義而不勇為業障深重，必入十八層地獄並永世不得翻身！」

「法師所言極是！」

沈牧師忽然直接用漢語參與了對話，也沒有向我翻譯的意思。好在我聽多了他的佈道，對他的觀點也深為瞭解，即便不翻譯也能聽懂十之七八。

沈牧師像站在教堂聖壇上一樣慷慨陳辭：「自戰爭爆發以來，我一而再再而三地向信徒們重申：上帝沒有錯，自相殘殺是人類墮落的鐵證！如果說伊甸園就是佛家的淨土，是至真至純至美的象徵，那麼人類從我們的始祖偷吃禁果開始就有了因果報應，從那時起就再也沒有一個無辜的人。當下世界自私、貪婪、狹隘、偏執、愚蠢、暴力等大惡橫行，這是導致南京大屠殺的根本原因！俗話說：『善有善報，惡有惡報，不是不報，時候未到。』到底是誰挑起了戰爭？誰擴大了戰火？誰頒佈了屠城令？誰讓士兵成為魔鬼？……這些必將在最後的審判上大白於天下！我相信，我們將不僅看到眼前的、現世的審判，還將看到靈魂的、終極的審判。有些罪惡會被人們世世代代地審判下去，直到上帝主持的末日審判到來！」

——啊，沈牧師講這些話時是多麼富於神性啊！我彷彿看到他頭頂籠罩著光環，周身散發著金光。那一瞬間，他在我眼裡已幻化成一尊輝煌的銅像！對比西裝革履、光彩奪目的沈牧師，一身粗布袈裟的寂然法師越發顯得樸實無華。然而，他們倆恰恰同時觸動了我，我覺得他們倆是多麼美好、多麼值得景仰啊！哦，我愛他們！

沈牧師後來讚歎寂然法師是智者更是聖人，我則猜測寂然法師也許就是佛陀化身。親愛的天父，其實我並不十分認同寂然法師和沈牧師——我不是一個好基督徒，這不用再說——但我明白他們的立場，我也明白我自己的。

不管怎樣，寂然法師能講這麼長時間的話讓我鬆了一口氣，這不表明他的病體正在好轉嗎？沒有盤尼西林，我有的只是無盡的懺悔。如果我的懺悔有用，天父，我希望您能將我的懺悔化為願力，幫助寂然法師恢復健康。我的願力也許起不了多大作用，但為寂然法師祝禱、發願的想必非我一人，我且加上我能奉獻的這一份子吧！天父啊，寂然法師是一位偉大的播種者不是嗎？讓他在這個世界停留得久一些，讓他有時間把善的種子播撒得更多一些、更廣一些吧！

阿門！一切榮耀歸於您，我的天父！

# 16、失敗者

應該有足夠的細節可以證明，我的抑鬱症在寂然法師離世後一天天加重了。

由於對抑鬱症一無所知，也由於我把痛苦壓抑得太深，程夫人和瑪麗小姐儘管始終生活在我身邊，最後卻都無法對我的病情作像樣的描述。甚至當我崩潰到無法起床、無法喝水、無法與人交流，她們仍然不能接受醫生關於抑鬱症的診斷。她們以為我不過是太累了，人一勞累心情就不好，心情不好就難免脾氣古怪，此乃人之常情，和勞什子的抑鬱症有什麼關係呢？

沒人明白抑鬱症是一個多麼可怕的幽靈！它看不見摸不著，可一旦被它附體纏身，人就會在無邊無涯的苦海裡沉淪，從此感受不到溫暖、感受不到陽光、感受不到希望，只能無可挽回地被黑暗、痛苦和絕望裹挾著走向懸崖峭壁！唉，程夫人和瑪麗小姐怎麼想像得到呢？甚至我自己也以為，只要睡上兩天，最多再多吃幾片安神補腦的藥片，便會重新恢復原來的狀態：走起路來風風火火，說起話來直來直去，辦起事來簡潔明瞭，生起氣嘛，那叫一個認認真真……程夫人坦率地說，我的脾氣有時候是有那麼一點古怪，可鬼魅當道的年代，誰脾氣不古怪，那才叫一個稀奇古怪呢！

所以，大家都找不到我發病的誘因或徵兆。她們特別難忘的倒是一九三九年春天的大雪。

由於整個冬天沒有下雪，立春過後老天紛紛揚揚下了十來天鵝毛大雪，這件蹊蹺事讓人覺得分外詭異不安。程夫人當時就覺得，如此罕見的暴雪背後，一定孕蘊藏著不可洩露的天機。也許程夫人的直覺自有其合理性，事實上寂然法師的確是在這場大雪中離世的。

當京特博士電話通知我時，我怔怔的，好半天沒有回應。京特博士說，之前寂然法師謝絕了漢娜為他上門注射盤尼西林的好意，他堅稱自己可以解決。京特博士夫婦猜測法師大概是忌諱接受一個女性的服務，遂沒有強人所難。後來他們才知道，寂然法師根本沒有使用盤尼西林，他說行將就木的人沒必要浪費資源，他把盤尼西林讓給了附近的村民，好幾個病兒因此獲救。小沙彌靜空哭著告訴京特博士，寂然法師去世時骨瘦如柴。木然掛上電話，我眼神空洞地望著窗外。一陣突如其來的寒冷襲來，我下意識地裹緊大衣，牙齒哆嗦得「得得」作響，心裡僅有的一點熱氣似乎正在隨風散盡。隔著玻璃，雪花抱團結隊肆虐地撲面而來，那場面，那陣勢，不僅毫無美感而且野蠻粗魯，立刻喚起我對於一九三七年冬天的可怕回憶。我放聲大哭，程夫人和瑪麗小姐等聞聲趕來，她們吃驚地發現一向剛不可摧的我癱軟如泥。從那以後，華群一病不起……

情形真是這樣嗎？當然不是。真實情形是程夫人根本不知道寂然法師何時離世，我壓根就沒在她面前吐露半個字。程夫人注意到我越來越沉默寡言，常常自己把自己關在房間裡，一關就是一整天，找我說事也愛理不理的，有時候還魂不守舍的樣子。程夫人沒把這些放在心上，她大大咧咧慣了，不愉快的事情轉臉就忘。瑪麗小姐發現我不再張羅隨園茶苑，她一度想問出了什麼事，可轉念一想：辛德貝格先生離開了南京，阿利森先生正在美國休假，羅森博士被調回了德國，京特博士新婚燕爾難得進城——天下沒有不散的宴席，還有什麼好問的呢？瑪麗小姐體諒我的健康和心情，遂勸說自己多擔當一些，沒事儘量不打擾我。於是非常遺憾，我早期的病情被大家輕易忽略了。沒人瞭解我當時的真實情況，包括我自己也是懵裡懵懂的。當我沮喪得臥床不起，神思恍惚得如同騰雲駕霧，我和別人一樣還以為自己是受涼感冒了。

天氣陰冷得厲害。今年物價飛漲，煤炭價格是往年的三倍，而且奇貨可居，很難找到貨源，所以入冬的時候金女大沒儲備太多的煤炭。原以為春節過後氣溫一天天攀升，可以不必燒火取暖將就著過了，萬沒想到這場大雪給我來了個下馬威，我不得不請校工砍伐一些山上的柴草填堵爐灶。即便如此，我還是冷得嘴唇發青，必須穿上厚厚的棉衣再裹上一條毛毯才擋得住寒氣。這樣的天氣增加了我的抑鬱感，讓我的心情彷彿梅雨天的衣服，怎麼也清爽不起來。當我看到孩子們在雪地裡撒歡打雪仗堆雪人，雖然破衣爛衫小臉凍得通紅，卻笑得「咯咯咯咯」的，我悲哀地覺察到自己的心已是一片冰淩。上帝啊，為什麼我和世界只隔著薄薄一層玻璃，卻誰也救不了誰？

「哼，少吃一口飯你就餓得發慌，少燒一塊煤你就冷得直抖，瞧你這點出息！白消耗這麼多資源，連盤尼西林也搞不到！」我一邊狠狠責罵自己一邊暗自歎息。寂然法師一離開，我也彷彿快走到頭似的。聯想到父親不久前離開人世，死前還眼睜睜地念叨我的乳名，我忽然覺得心臟一陣陣抽搐，疼得直不起腰來。這些年我似乎幫助了很多人，可為什麼至親好友我卻一個也幫不了呢？最近我失去了多少親人啊！

陽春三月，乍暖還寒，又一個雪上加霜的消息傳來：沈牧師被捕了！

應我之邀，沈牧師從一九三八年夏天起增加了在金女大的佈道。沈牧師佈道很會結合當前的現實，他舉例說事往往既深入淺出又直指人心。他經常鼓勵大家說，現在的困難是暫時的，我們要充滿信心。有一次他興奮地提起台兒莊大捷，說日本軍隊絕不像他們吹噓的那樣不可戰勝，中國軍隊也是有實力的。武漢戰役結束後，沈牧師又說中國雖然失去了武漢，卻讓日軍傷亡慘重，此役徹底改變了中日戰爭的格局。

沈牧師的這些論調在南京是不可能聽到和看到的。現在南京大小媒體都牢牢掌握在日本勢力手中，人們被逼著訂閱親日的《南京新報》，這些報紙只會拼命反對英美，誇張地炫耀皇軍的殊榮，對日軍的挫敗從來提也不提。所以，沈牧師透露的這些關於日本的負面新聞總是讓中國聽眾興奮不已。我擔心沈牧師言辭不當會惹火上身，但沈牧師表示自己會把握分寸，於是我不再深究，而且我以為參加佈道的都是自己人，應該不會有事。可是現在，沈牧師終於還是有事了！很顯然，他被人告密了！聽說沈牧師最近一次出格的言論涉及漢奸，他說上海有一個姓曹的大漢奸被暗殺了，這充分證明賣國求榮者難有好下場。此言一出，小教堂當即掌聲雷動。

是誰出賣了沈牧師？我的腦筋飛速旋轉著。

有個女學生最近帶了個男青年來，說是自己的表哥。這男青年總是高調表現愛國，令人生疑地拋售激進觀點：必須大規模暗殺漢奸，必須從肉體上徹底消滅偽政權。有一次，我忍不住當眾責罵了他，因為他居然說在外面殺漢奸和日本人沒關係，只要跑進教會學校或教堂，就一定會得到西方人的保護！也許這個男青年就是奸細，也許他跟蹤沈牧師很久了？

我又想起一個獨來獨往的少婦。她貌不驚人，從不大言大語，每次都是第一個來、最後一個走，而且每次都是圍在我們身邊，默默注視著我們，仔細聽我們說的每一句話。程夫人說她是個苦命的女人，一家人都在大屠殺中死光了，她因此神經有些不正常。我不知道該不該同情她相信她，天哪，被人盯著的感覺真糟糕！簡直渾身不自在！現在我只要走進小教堂，便會覺得有一雙眼睛粘到了自己身上，甩也甩不掉。她這麼關注我們，是因為肩負特別使命嗎？

哦，還有一個瘦高的白俄，自稱是沙皇的遠親。時而用英語，時而用法語，他斷斷續續描述了自己驚心動魄的逃亡故事：為逃避布林仁維克的追殺，他獨自一人從彼得堡輾轉到了滿洲、上海，不久前剛剛抵達南京。他說在逃亡路上他放棄了天主教，成了一個虛無主義者。這個白俄嗜酒如命，平時還像個紳士，一喝上酒自己也不知道自己成了什麼。他真是俄國的落魄貴族嗎？萬一他是個為了錢財不擇手段的亡命之徒怎麼辦？再說，誰知道他會不會被日本人利用？對他來說，酒後失德失言都不是困難。讓他出賣沈牧師只需一瓶伏特加，要是再加上一瓶威士卡，那可真是「知無不言、言無不盡」了！

……

教堂是傳播福音的場所，它的大門應該向所有人無條件敞開，難道當一個人信仰上帝時還要盤查他的身份嗎？那牧師豈不成了員警？唉，現在分析什麼都晚了，現在重要的是想方設法搭救沈牧師。我抓起大衣直奔美國大使館，我想沈牧師雖是中國人，卻是系統接受過美國神學教育且又掛名於美國教會的專職牧師，美國政府若能施以援手是最穩妥的辦法。

接替阿利森先生駐守南京的是我並不熟悉的沃克先生。沃克先生客氣地接待了我，卻對我的建議並不熱心，他聳聳肩膀抱歉地道：「親愛的教授，我也剛剛聽說沈牧師的事。不瞞您說，您來之前，我與重慶的大使先生才通了電話，我們一致認為美國政府對這件事情不能插手。理由您想必也知道，現在美日關係十分緊張微妙，牽一髮而動全身，我們不能為了一個中國人損害美利堅合眾國的國家利益啊！」

我很生氣，反問他美利堅合眾國的國家利益是什麼？如果一個中國人不值得我們插手，那麼一個種族、一個地區、一個國家是否值得我們插手？我說美利堅合眾國政府既然能對迫害猶太人、吞併奧地利、強佔捷克國土袖手旁觀，我又怎麼能要求它為一個中國人挺身而出！然後我提醒沃克先生，對邪惡不能噤若寒蟬，袖手旁觀的本質是靈魂的冷漠和麻木，這會讓我們在罪惡的道路上越走越遠，而靈魂的墮落是對上帝最大的背叛！

沃克先生說在沈牧師這件事上，他和大使先生都認為通過民間管道靈活解決，要比政府發表聲明和抗議更有效，畢竟沈牧師是一個中國人。我說我鄙視各國政府對南京大屠殺的沉默，我鄙視主要國家對排猶政策的縱容，我鄙視英法簽署了《慕尼克協定》。我說我反對一切戰爭、一切暴力，如果一部分人的和平要以犧牲另一部分人的尊嚴、價值甚至生命來實現，那麼我寧願不要這樣的和平。沃克先生認為我講這些話過於簡單輕率，我們話不投機不歡而散。

正當我一籌莫展之際，久未謀面的杜先生來到了金女大。

「瞧瞧我給您帶了什麼禮物！」有人奉上一隻精美的漆器食盒，杜先生親手打開食盒道：「為教化民眾，進一步弘揚中華文化，不久前由本人一手操辦，新政府在朝天宮舉行了盛大的祭孔典禮，在南京中日高級官員一個不少全參加了。我們表演了『八佾舞於庭』，並按照《禮記》記載，以豬牛羊三牲作為『太牢』獻祭——那場面，怎一個壯觀了得！您曉得，祭後三牲那是相當地珍貴，眾官員紛紛向我討要，我只能給部、局級高官每人意思意思，級別不夠的連肉屑子都分不上！這一盒，我可是專門給華小姐您留的！」

一年不見，杜先生的氣色驚人地好，而且微微地有些發福。他穿著挺刮的黑呢大衣，戴著黑禮帽，皮鞋光可鑒人。一進辦公室，便自顧自坐到了沙發上，彷彿他是這裡的熟客。與當初那個抖抖活活連螞蟻都怕得罪的杜先生相比，簡直像換了個人！

「華小姐，好久不見，您看上去好像有那麼一丁點憔悴啊！」杜先生語氣誇張地道，「請原諒我之前對金女大照顧不周，大概讓您多少受了點委屈。我以我的祖宗八代發誓，這一年來我無數次想起華小姐您，無數次想抽身前往隨園探望，怎奈南京正處於新舊交替的關鍵時期，每天的公務如滔滔江水讓人應接不暇！」

「謝謝杜先生的好意。這兩天天氣忽冷忽熱，我因為感冒，所以看上去不太好，讓您操心了！」我淡淡地回答，「杜先生既然公務繁忙，就不必分心牽掛本人和金女大了。金女大是美國教會校產，本人係正宗美國公民，只要美日邦交正常化，我們沒什麼好擔憂的。」

「正是此意！正是此意！」杜先生大聲附和道。杜先生的英語夾雜著濃重的揚州口音，我聽起來相當吃力。見杜先生口吐蓮花眉飛色舞，我不由得豎直了耳朵：「美國是誰？那是NO.1啊！世界超級大國的國民，誰敢欺侮？日本人那麼厲害，見了美國老大哥也得甘拜下風啊！所以我沒急著趕來，我就知道你們不會有事的。我想只要我在內心深處為金女大真誠祈福，華小姐一定會感受到。是這樣嗎，華小姐？」

我笑了：「謝謝您，杜先生。我不得不說，您實在是個罕見的人才，您這張嘴能把死人說活啊！不過，我相信您今天專程來隨園，可不單單是為了給我和金女大送來這番動人的情意吧？」

「高！高！不愧是名校的大教授！」杜先生豎起大拇指道，「我與華小姐相識多年，華小姐應該知道敝人有情有義，是一個相當戀舊的人。我辦事從來是先講情面，再講道理。只要是朋友，凡事好商量，能網開一面的我絕無二話！只是人在江湖，該走的程序也不能不走，華小姐您可千萬要多擔待！」

我點點頭：「放心，您就開門見山吧！」

杜先生的表情忽然有些矜持：「呃，華小姐，我今天來隨園，首先的確是為了向您請安問候，這您毋庸置疑。其次嘛，您也猜出來了，今天的確還有那麼一點小小的公務。只要您稍稍配合回答幾個問題，這點公務嘛，三下五除二就搞定啦！哦，對了，請允許我先向您介紹一下：敝人現任南京市文化教育專員，負責管理全市的文化教育工作！」

我又點點頭：「祝賀！」

「謝謝！」杜先生說完這話一下子嚴厲起來。如果說剛才他還是一副肝膽相照的紅臉關公形象，現在則已經成了讓人不寒而慄的白臉曹操了。那變化之快，與川劇變臉大師好有一拼！實在是歎為觀止啊！

於是，杜先生打開天窗說起了亮話。他說，剛剛被日本人拘捕的沈傳音牧師是我的密友，而且金女大是沈牧師的犯罪現場，言下之意我與這事脫不了干係。他說日本人本來打算親自下手，他杜先生得知消息後趕緊毛遂自薦，為我說了一堆好話。他說現在社會上普遍傳言西方人淨與日本對著幹，不成氣候的抗日力量把教會當成了保護傘，他勸我千萬不要上當。

「關於沈傳音的底細，您大概有所不知，我看了日本人的調查也大吃一驚啊！敢情他在金陵神學院讀書時就是反日積極份子，他在畢業論文《基督教與戰爭》中公然指責日本依靠的是武力，是劍的力量。他在金女大的佈道更是明目張膽地挑撥中日關係，這方面我們有很多的人證——從他一貫的言行來看，他極有可能是個潛伏的共產黨特務啊！」

我難以忍受杜先生的無中生有。我告訴他，人人都知道沈牧師出身基督世家，襁褓中即受洗成為基督徒。父母因對他將來傳播福音有所期許，給他命名「傳音」。他在美國教會學校讀完小學、中學，大學就讀金陵神學院。因品學兼優，大學畢業被選送到舉世聞名的三一神學院深造，最終獲得神學博士學位。「怎麼，你們連這麼地道的宗教人員都敢隨便污蔑嗎？我警告你們，你們必須儘快恢復沈牧師的自由，否則這事很快便會傳遍世界！」

杜先生反駁道：「華小姐，沈傳音首先是一個違反南京治安條例的中國人，這事誰也管不了！好了，這事輪不到咱們在這兒爭論，司法部門自會明斷。我們換個話題吧，根據最新規定，在南京所有學校教材必須統一，一率不准開設宗教課，所有學校必須敬孔祭孔，所有學校必須足額開設日語課……華小姐，之前貴校屢屢扛著教會的招牌抵制政府，以至出了沈傳音這樣的惡性事件，請問這樣的對抗究竟意欲何為？如果貴校還想維持下去，那別無他途只有整改！我給您一個月的期限，您好自為之吧！」

一九三九年二月二十三日，金女大開學典禮如期舉行。現在大家總算都明白了，如果不選擇教會學校，就只能把孩子送給日本人接受奴化教育。所以，儘管外面的「公立」學校採取了減免學費等優惠措施，一些家長在感受過日式「洗腦」之威力後，又重新將孩子送到了金女大。

這樣一來，金女大又人丁興旺起來，僅一九三九年春季班，就有初一學生七十八人，初二學生四十人，初三學生三十二人，高一學生一百五十六人，高二學生二十五人。三十五名新生暫時無法住校，我打算在宿舍調整到位後，逐步安排她們住進來。好多家長交不起學費，他們想通過為金女大工作抵償部分或全部費用，可惜學校沒有足夠的工作，我不得不另想辦法。除了初高中班，金女大還開辦了以職業培訓為目的實驗班，當年招收學生一百八十一人。面向周邊婦女的家庭手工學校等也運作如常，老生不願離校，新生陸續湧入。程夫人一直建議成立小學部，她的小孫子去年上了「公立」學校，很快就學會了「寶刀如電氣如虹，為爭一盛榮」等美化侵略的歌曲，把程夫人氣得夠嗆。我新學期正準備嘗試招收一個小學班，沒想到杜先生忽然橫空出世，他伸根手指頭便可以把小學班扼殺在搖籃中。

其實，也難怪當局對教會學校不滿。現在南京的教會學校普遍人滿為患，我早就預感到會有麻煩。正如杜先生所言，教會學校一直特立獨行，金陵大學、金陵女子大學、匯文中學、明德女子中學等都沒有按當局的要求重新註冊登記，更沒有採用杜先生所說的「統一教材」。開設日語課程？進行孔子祭祀？天哪，這還叫教會學校嗎？如果真照杜先生的要求整改，從今往後教會學校必將完全處於他們的監控之下，那金女大還不如停辦算了！可是很顯然，杜先生不是開玩笑，他的威脅比泰山還沉重！是妥協還是堅持？這是個問題。

程夫人認為，杜先生小人得志特別想顯擺自己，他的要脅只是個幌子，其真實目的無非是敲詐勒索撈點實惠。程夫人用中國人的實用哲學勸導我，她說「人在屋簷下，不能不低頭」，話糙理不糙，這與「物競天擇、適者生存」其實說的是一回事的。程夫人出了個主意：趕緊籌一筆錢打點一下杜先生！只要錢花到位，沈牧師沒有救不出來的道理！程夫人說讓我親自去求杜先生顯然不合適，這會讓杜先生得意忘形，越發把金女大看扁了。程夫人表示願意陪同瑪麗小姐前往杜府，她認為這樣的組合是得體而必須的。瑪麗小姐只要給足杜先生面子就行，那些奉承杜先生、懇求杜先生、逼迫杜先生、利誘杜先生的話都由她程夫人來說，最後再奉上一筆任誰都難以抗拒的厚禮——如此軟硬皆施，雙管齊下，還愁事情辦不成嗎？在中國土地上辦事還得按中國規矩來，日本人光憑刺刀頂個屁！

我很討厭程夫人如此庸俗不堪，以前程夫人可不是這樣的，以前她多有骨氣啊，怎麼現在來了個一百八十度大轉變？她可真是善於順應時勢啊！一個人可以這樣隨便放棄自己的原則嗎？不堅持原則反而是為人靈活的表現，是值得世人嘉許的行為嗎？我不想再看程夫人那張老於世故的皺紋臉，其實我心裡比誰都明白，程夫人是無法反駁的，該鄙薄的不是程夫人，而是這庸俗而殘酷的現實！可是，鄙薄現實有用嗎？還有，打點杜先生的厚禮在哪裡呢？

我從花旗銀行的個人帳戶中取出一千美元交給程夫人。這筆錢不可能讓金女大出，而且以金女大目前的困境，董事會即便有心援助也無力承擔。除了自掏腰包，我實在沒法在這麼短的時間內募捐到這筆鉅款。只是近年來我銀行帳戶縮水嚴重，不知道數十年的積蓄夠這樣折騰多久呢？不出程夫人所料，杜先生果然見錢眼開，他不再咄咄逼人，反而請程夫人務必轉告我：他會盡全力幫助沈牧師！

但是，金女大重新登記註冊在所難免，教學整改也必須在表面上按部就班進行。很快，一批新教材運到了金女大，這些書本可謂「洗腦專用品」，學生們看到了議論紛紛：有專為孩子編創的通俗歌曲，灌輸兒童為「民族」昌盛富強可以殺人和發動戰爭；有煽動孩子仇視英美的連環畫《英美侵華史》，叫囂「亞洲是亞洲人的亞洲」，呼籲「西方人應該回到西方」；有歌頌日軍歷盡千辛萬苦「解放」中國的詩歌，「千里萬里，大風揚揚」，「長途跋涉，英勇犧牲」；還有公然歌頌「大東亞共榮圈」的政治讀本……「我們不學日語，我們不用這樣的教材！」「我們不能認賊作父！」學生們叫嚷起來，她們將這些材料束之高閣，只在當局來例行檢查時才拿出來應付應付。又有人向杜先生舉報了這一情況，杜先生聽了哼哼哈哈打起官腔，最終不了了之。

金女大沒變，金女大外面的南京卻差點變得讓我認不出來了。有一天，我前往夫子廟購物。一路上我老懷疑自己到了日本，因為街上隨處可見身穿和服的日本人，日式廣告、招牌、燈籠滿眼都是。日語也似乎成了通用語言，走到哪裡都能聽到，連人力車夫也會點頭哈腰地來一句「孔邦哇」、「哦哈要果扎伊馬斯」。在最大的一條街即中山東路上，日本商店鱗次櫛比。有些樓房第二層還是一片廢墟，只是底層房間的外牆被重修了一下，裡面的日本商品看起來很受歡迎。在太平南路，許多女孩子站在飯店門口拉生意，她們有的是身著旗袍的中國女孩，有的則是面孔雪白、嘴唇鮮紅的日本女子。來到老城南的夫子廟，我一眼就注意到整修一新的孔廟，這恐怕又是杜先生的傑作，中國人在孔子思想的馴化下一定會變得更加容易管理。秦淮河畔是南京著名的紅燈區，這裡日本人也很多，既有身著軍服的軍人，也有身著便裝的民眾。形形色色的妓院一個挨著一個，看上去生意都很興隆，而那些位置優越、裝修豪華的，無一例外都系日本人經營，拋頭露面的既有高人一等的日本婦人，也有相貌出眾、舉止謙卑的中國姑娘……我悲哀地想：南京真的失敗了，大部分人已經接受了失敗，大部分人選擇了適者生存。

讓我備受刺激的是，竟然有孩子在夫子廟當眾攻擊我。當一群衣衫不整的孩子發現我是個金髮碧眼的西方人時，立刻圍成大圈把我包在中間。他們遠遠地向我吐唾沫、扔石塊、扮鬼臉，一邊想方設法捉弄我一邊大聲咒罵著：「美國佬滾回去！英國佬滾回去！」我尷尬地站在那兒，左也走不出來，右也走不出來，眼睜睜看著不少中國成年人笑眯眯地旁觀著，誰也不肯過來幫忙。曾幾何時，成千上萬的中國人跪在我面前求我救命，那時候我是他們的「觀音菩薩」！怎麼現在我忽然就成了敵人，要被他們罵著趕回家去？這麼多年、這麼多基督徒為他們做了那麼多事，即便換不來感恩也不至於換來仇恨吧！難道自己二十年的生命是白白糟蹋了？天哪，我們到底播下的是什麼種子啊？我越想越委屈，我站在陽光下掩面哭泣……哦，我是個失敗者，一個輸得很慘的失敗者，徹頭徹尾的失敗者！

沈牧師在被捕兩個月後終於獲釋。杜先生自吹自擂全是他的功勞，他幾次派人到金女大捎話，暗示還需要再感謝他。這次解救行動多虧了教會，是教會讓美國大使館為沈牧師出據了「清白證明」，諸教友又多次前往日本外交機構交涉，前後進行了幾輪艱苦談判，才大事化小、小事化了。

儘管如此，我對杜先生的表現還算滿意，至少他是配合的，而且有他在內部關照著，沈牧師少受點折磨也未可知。程夫人說的沒錯，對付小人就得用對付小人的辦法，犯不著跟他浪費感情。在程夫人的張羅下，我作東在著名的馬祥興宴請了杜先生。我在宴會過程中幾乎沒說什麼話，杜先生卻興奮得不行，喝著老黃酒，嚼著松鼠鱖魚和美人肝，他大概覺得現在真是賺足了！

沈牧師在獄裡受了不少罪，他的一條腿斷了，牙齒也掉了幾顆。父母心疼得不行，將他接回了老家。離開南京前大家前往送別，沈牧師對監獄裡的事絕口不提。得知我為他付出的努力，沈牧師流淚了，他說日本人要他守口如瓶，他不敢不從。那種生不如死的日子他實在是怕了，那幫人是吃骨頭不吐骨頭渣的魔鬼撒旦啊！我有心安慰他，卻不知道說什麼好。這時候說什麼都綿軟無力，我只能為沈牧師祈禱吧！

沈牧師出獄不久，南京城發生了一樁轟動朝野的「毒酒案」。話說城南詹家有兄弟倆，哥哥詹長炳時年二十六歲，弟弟詹長麟時年二十四歲。經人介紹，詹氏兄弟在日本總領事館幫傭。一九三九年六月，詹弟得知日本總領事館將在六月十日晚舉行宴會，宴請原日本外務省次官清水、侵華日軍首腦人物和維新政府諸高員，遂偷偷將一瓶美國毒藥粉帶到館內。六月十日下午，詹弟利用溫酒的機會在紹興老酒裡摻入毒粉。他把毒酒送到宴會廳，然後以家人急病為由藉故逃離。在哥哥的接應下，兄弟倆連夜坐船離開了南京。與此同時，日本總領事館大亂，入席日本官員相繼中毒倒下，日本兵宮下、川山當場送命。

一時間，南京風聲鶴唳、草木皆兵。

誰也沒有想到，衛士禮會在這樣的緊張氣氛中重返南京。

衛士禮一改以往常穿中裝的習慣，以一身亞麻西服的時尚形象出現在我面前，似乎在刻意標識自己的西方人身份。我驚喜得叫出聲來！衛士禮瘦了，老了，但精神矍鑠。望著望著，我忽然由喜轉悲，淚珠不由分說滾落下來。唉，我現在為什麼這麼容易落淚呢？真是越來越脆弱了！我向衛士禮伸出雙臂，我們相擁而立，像兩棵沉默的樹。

「怎麼，你現在有了這個習慣？」衛士禮敏銳地發現書櫃裡有半瓶威士卡和一隻酒杯，他狐疑地走過去查看道：「有多久了？」

我吱唔道：「也就是偶爾喝一點……有時候，工作太累，喝一點能解乏……我也記不清有多久了，半年？一年？……也許吧。請您原諒！」

衛士禮放下酒瓶歎息著搖搖頭：「華群，跟我一起回國吧。當年是我帶你出來的，現在我再把你送回去，交給你的家鄉和親人——咱們的使命結束啦！該回去啦！」

「您什麼意思？」

衛士禮一屁股在沙發上坐下：「我的意思是：我自由了！我正打算回美國鄉下生活一段時間，像梭羅一樣尋找自己的瓦爾登湖！」

我無比震驚：「您是說您卸任了？！」

衛士禮笑道：「是的，我現在已經不是總統特使。你看，我頭上沒有任何『緊箍咒』，我現在就是我自己！啊，這一年來為了完成總統的囑託，我天天遊走在他們之間，中國、日本、德國、法國、英國、俄國、義大利……我對他們說啊說啊，嘴皮子都磨破了，總想勸他們中的不管哪一個，哪怕退後那麼一小步……可是結果呢？你都看到了！是啊，我失敗了！完完全全失敗了！通過這次失敗，我發現我根本不理解這個世界，所以我決定回國學習梭羅。也許上帝會通過大自然的力量啟發我，讓我重新理解認識我自己，進而重新理解認識我們人類……」

「是啊，這個世界是沒法讓人理解，我們都失敗了！我承認以前我是過於理想主義了，我們都是理想主義者，而這個世界理想主義根本行不通，我們都應該更加靈活務實才對，比如，比如，像汪精衛那樣？對了，我聽說汪精衛政府很快就要成立了，不知重慶方面對此有何反應？」

「重慶方面很艱難啊，日本人動不動就對重慶狂轟亂炸，蔣介石將軍支撐得非常辛苦。如果說日本人的正面打擊還不致命，那麼，汪精衛的背叛就等於在蔣介石後背上插了一刀！唉，中國的前途，實在不容樂觀！華群，我看你氣色很差，趁現在局勢還沒有大亂，跟我一道走吧！」

我起身來到窗邊，窗外一群女學生正在綠油油的草地上做著體操，她們一個個身輕體健，散發出令人眩目的青春氣息。我的目光像回巢的鴿子，溫柔地棲落在她們身上，世界因這樣的聚焦立刻明亮生動起來！對著窗外凝望良久，我才開口道：「親愛的導師，我何嘗不想在瓦爾登湖畔隱居起來？……可是，可是我可以丟下她們不管不顧嗎？……南京姑娘經歷過您想像不到的苦難，她們若是再被拋棄的話……」

「要是整個世界混戰起來，那時候可就誰也管不了誰啦！」衛士禮盯著窗外的女學生看了半天，讚歎道：「親愛的，我得說你真是太棒了！金女大和這些姑娘有你照顧，真的太幸運了！」

我說：「我幾乎每天都想回家！每天都覺得難以為繼！事實上我早寫好了辭職信，它就在我抽屜裡躺著。多少次，我想把它投寄給徐主席和吳校長。可一想到吳校長還在重慶苦苦掙扎，我就開不了這個口啊……」

衛士禮猛地一拍腦袋道：「呀！說到吳校長，我忽然想起了今天的正事！」

衛士禮說著轉身從公事包裡取出一個包袱，他雙手捧著包袱道：「這是吳校長托我帶給你的禮物。她說雖遠隔萬里，她和西遷的金女大師生，沒有一日不思念你們，沒有一日不為你們祝福。正如詩中所言：『君住長江頭，我住長江尾，日日思君不見君，共飲長江水』……」

接過包袱，裡面有一封信、一幀照片、一面紫旗。

照片上，吳貽芳校長與數十位師生笑容可掬，大家就像在南京時一樣親密無間。她們背後有一塊「金陵女子文理學院重慶臨時分校」的校牌，這場景讓我想起金女大初創時，在南京繡花巷李家大院，金女大的校牌第一次掛出，大家也圍著那塊牌子照過一張相。那時候的金女大才有三五個學生，那時候的吳貽芳還二十不到的年紀，這真是恍若隔夢啊！

打開信箋，是吳校長的英文信：「……在重慶，我們時刻不忘『厚生』校訓。金女大人走到哪裡，就會把『厚生』精神帶到哪裡。這面校旗是我們外出服務民眾時使用的，現在我請衛士禮先生帶給您，希望它能代替我們陪伴在您身邊，為您增添信心和力量。我的恩師，我們的心永遠在一起……」

那面紫色土布、黃色絲線繡成的校旗很簡陋，但針腳細密綿實、紋飾精美端莊，尤其那古樸大氣的篆書「厚生」二字，讓人一見即肅然起敬。哦，「厚生」旗幟能飄揚在中國西部那是多麼好啊，能讓更多人明白「厚生」之道那是多麼好啊：人生的目的，不光是為自己活著，而是要用自己的智慧和能力來幫助他人、造福社會，這樣不但有益於別人，自己的生命也因之更豐厚……

這時，忽聽衛士禮朗聲呼喚：「尊敬的華群女士！」

怎麼了，衛士禮為什麼這麼稱呼我？他為什麼又極其隆重地捧出一隻錦盒？

「尊敬的華群女士，受中國國民政府委託，我正式將這枚彩玉勳章頒發給您！彩玉勳章是中國政府的最高榮譽，只獎勵給那些為中國做出傑出貢獻的外國友人。因為條件不允許，無法舉行盛大的頒獎典禮，中國政府謹讓我代表他們真誠地感謝您。您在南京淪陷期間表現出無窮的勇氣，您用感天動地的愛心和責任心救助了無數的中國人！您不僅保護了他們的生命，還引領他們走出了絕望！中國人民感謝您！」

衛士禮打開錦盒，我看到黑色的絲絨上臥著一隻精美的勳章：八角星狀，景泰藍質地，中間鑲著一塊溫潤的墨玉。

「獎給我的？」

「沒錯，如果您正是華群女士本人的話。」

「彩玉勳章？」

「是的，最崇高的榮譽。」

我試探地拎起勳章的絲帶，將它高舉起來仔細打量。我沒有允許它靠近自己，彷彿這勳章是有生命的，一不留神會咬我一口似的。

「呵呵，呵呵。」我斜著衛士禮笑道，「謝謝您大老遠把它帶來啊，這真是個可愛的小玩意兒！不過，他們總是給失敗者頒發勳章嗎？」

衛士禮道：「像華群這樣的失敗者，全世界也找不出幾個啊！即便你是失敗者，也是個偉大的失敗者。你的失敗不是你個人的失敗，而是整個人類理想主義的失敗！讓我向這樣的失敗者脫帽致敬！」

# 17、同歸於盡

一九三九年九月一日，德國閃擊波蘭。九月三日，英國和法國對德國宣戰，第二次世界大戰全面爆發。

英國國王喬治六世通過ＢＢＣ廣播電臺向世界發表了宣戰演說。瑪麗小姐焦慮萬分地守在收音機前凝神諦聽，遠隔著萬水千山，橫跨著歐亞大陸，她努力捕捉著喬治六世那斷斷續續的聲音：

「在這個莊嚴時刻，也許是我國歷史上最生死攸關的時刻，我向每一位民眾，不管你們身處何方，傳遞這樣一個消息……對你們的心情我感同身受，甚至希望能挨家挨戶向你們訴說……我們中大多數人將面臨第二次戰爭，我們已多次尋求通過和平方式，解決國家間的爭端，但一切都是徒勞……我們被迫捲入這場戰爭，我們必須接受這個挑戰……如果希特勒大行其道，世界文明秩序將毀於一旦，這種信念褪去偽裝之後，只是對強權的追求……為了捍衛我們珍視的一切，我們必須接受這個挑戰……為此崇高目標，我呼籲國內的民眾，以及國外的民眾以此為己任……我懇請大家保持冷靜和堅定，在考驗面前團結起來……考驗是嚴峻的，我們還會面臨一段艱難的日子……戰爭也不只局限於前線，只有心懷正義才能正確行事……我們在此虔誠向上帝祈禱，只要每個人堅定信念，在上帝的幫助下，我們必將勝利……」

瑪麗小姐臉色煞白，她最害怕的事情終於發生了！瑪麗小姐失魂落魄地跑向我的宿舍，當時我正臥病在床。一路上，瑪麗小姐逢人便喊：「英國宣戰了！英國宣戰了！」程夫人聽了這話木愣愣地定在了原地，一些老師不敢相信自己的耳朵，一些學生似懂非懂，還有一些學生立馬哭泣起來。當我從床上費力地支起身子，弄明白瑪麗小姐氣喘吁吁地跑來就是為了告訴我世界大戰了，我樂壞了：「好！總算打起來了，總算都打起來了！哈哈哈，這下可有熱鬧瞧了……」

瑪麗小姐直勾勾望著我，她覺得我瘋了！

直到這時，我的抑鬱症仍然沒有引起足夠的重視。

我本人首先就不承認自己有病，我情願自己硬扛著那些痛楚，也不願意向程夫人和瑪麗小姐透露一絲一毫。之所以如此，一來當然是因為不想要別人擔心，二來則是因為對抑鬱症缺乏足夠的瞭解，我覺得腦海裡思緒萬千、波濤起伏，卻不足與外人言。中國人「言不盡意」的表述實在太傳神了！語言何時能準確描繪人的所思所想呢？思想永遠是那麼鮮活靈動，那麼轉瞬即逝，那麼似是而非。如果說思想是一座冰山，那麼語言不過是飄浮在水面上的八分之一，剩下的八分之七被海水淹沒著，永遠不為人知。至於文字，那無非是對水面上的八分之一進行還原，能還原多少全賴各人的能力！除此之外，刻意隱瞞病情還有一層考慮：當局已毫不掩飾對金女大的戒備和反感，倘若我一病不起，金女大必然內憂外困前途堪憂！

然而，我終於扛不下去了。見我胃絞痛得直不腰，手不住地顫抖，人即便在瑪麗小姐的攙扶下也站立不起來，程夫人和瑪麗小姐堅持將我送進了鼓樓醫院。自從威爾遜大夫離開南京，我還是第一次進入鼓樓醫院。早就聽說日本人接管了這家南京最古老的醫院，現在親眼看到四下裡全是日本面孔，我心痛得厲害，這可是教會醫院啊！

因為情緒惡劣情緒，我在鼓樓醫院當然沒法看病。況且為戰爭配備的醫生如何診斷得了心理疾病？他們可以熟練地處理各種槍炮刀劍的創傷，卻判斷不了一個人的心靈是否籠罩著陰影，既然體檢報告顯示病人所有臟器均健康無恙，那麼病人憑什麼會崩潰呢？他們百思不得其解。程夫人和瑪麗小姐束手無策。從九月拖到十一月，眼看我的病毫無起色，她們不得不向上海的徐亦蓁求助。我無力抗拒，最終任由他們將我抬上東去的火車。

一九四〇年新年已過，雖然在上海恢復得不錯，我卻回不了南京了，因為幾位醫學專家會診後一致認為：我必須遠離過度和不當的工作儘快回國治療。

「抑鬱症？這叫什麼病？哪有這種病！」我憤怒地向莫林醫生抗議。

莫林醫生來自美國賓西法尼亞，係徐亦蓁夫婦在上海的摯友。世人只道他的口腔診所聞名滬上，醫學圈則曉得莫林對新興的心理學也有深入的研究，他被佛洛德的「力比多」弄得七葷八素的故事在上海灘是一個經典傳說。

莫林醫生同情地說：「我很理解您此時此刻的心情。如果我不是一個醫生，如果我對心理疾病像您一樣無知，我也一定拒絕接受別人強加給我的判斷！是啊，現在沒有一個心理醫生能拿出病理報告來說服您，而人們是多麼習慣於相信眼睛看到的東西啊！」

我反問：「對不起，莫林醫生，那您憑什麼判斷我有抑鬱症呢？」

莫林醫生聳聳肩：「哦，女士，您以為您的失眠、顫抖、頭痛、胃痛等症狀從何而來？鼓樓醫院的日本醫生並沒有騙您，您的臟器沒有任何問題，您的一切痛苦都與您抑鬱的精神息息相關。您應該誠實地面對自己，請問您多久沒有快樂的感覺了？您是不是經常覺得很絕望很孤獨呢？您是否覺得自己很失敗，有一無是處的感覺？您有過自殺的衝動嗎？……」

這連珠炮般的問題讓我招架不住，我大聲反駁：「我承認我被不良情緒糾纏有相當長時間了，但情緒就是情緒，稍縱即逝，無影無痕。我身體不好是因為太累了，既然體檢沒有大礙，就說明我還可以繼續工作。莫林醫生，我現在已經康復，我明天就回南京！」

莫林醫道：「女士，我不跟您開玩笑，抑鬱症非常可怕！現在醫學界雖然還拿不出有說服力的資料，但我們有太多的案例可以證明：抑鬱症可能導致自殺，它對人體的破壞也是驚人的！您的抑鬱症相當嚴重，因為您的身體已經出現症狀。如果上海有醫療力量，您當然未必非得回國，然而上海沒人幫得了您！」

「您是說我完了？我得了不治之症？我要是回國就再也不能回來了？」

莫林醫生直搖頭：「這只是您的猜測，我說的是您必須馬上回國治療！」

莫林醫生又對徐亦蓁道：「我認識一位道格拉斯大夫，是心理學家，他在肯塔基州有一所精神康復中心，你們可以向他求助。注意了，抑鬱症是隨時可能出危險的——您懂我的意思嗎？」

莫林醫生悄悄做了個自殺的動作，徐亦蓁嚇得臉都白了！

一艘巨輪停泊在上海港，它即將起航前往大洋彼岸的美國三藩市。

我沮喪地在瑪麗小姐陪伴下準備登船，徐亦蓁為我們送行。

「老師您不要有任何負擔，我已經與道格拉斯大夫通過幾次電話，他保證會給您最好的關照。道格拉斯大夫說了，憑他的直覺，他相信您一定能夠康復，因為我對他說您是一個特別堅強而且篤信上帝的人！」徐亦蓁道。

我搖搖頭：「不，我既不堅強也不篤信上帝。我已經完了，徹底完了……」

「沒有的事，我們還期待您回來！我覺得這只是一次休養，用不了多久，瑪麗就還會陪您回來的。我們先給道格拉斯大夫一個機會，如若不行，我們再請更高明的專家。假如佛洛伊德管用，我們挖地三尺也要把他請回來！」徐亦蓁想逗我們開心，可話一出口自己也覺得不好笑，只得尷尬地「嘿」兩下。

我很愧疚給大家帶來這麼多麻煩，而且這個消息傳出去，會有什麼影響呢？在我的家鄉，親人們都特別以我為驕傲。我弟弟告訴我，不久前鎮長宣佈將我生日這一天命名為「明妮・魏特琳日」，他們要是知道我得了抑鬱症會怎麼想？徐亦蓁一再勸我只管放寬心，她說我的病情她連程夫人和吳貽芳也沒告訴，只要我配合道格拉斯大夫治療，一定會很快康復回歸。

「嗚——嗚——嗚——」悠長的汽笛聲響起，輪船即將起錨，港口瀰漫著哀傷的氣息。人們聚集在甲板上向親友作最後的道別，我和瑪麗小姐也擠到船舷邊尋找徐亦蓁的身影。哦，看到了！看到了！我看到徐亦蓁正衝著我們使勁地揮手，她在胸前劃著大大的十字，又攏起雙手大聲呼喊著。我聽不見徐亦蓁的聲音，但對徐亦蓁的意思心領神會。這個時候徐亦蓁能說什麼呢？她在胸前劃十字代表什麼呢？「上帝與你們同在！」她一定是這個意思了。

我哽咽難語。憑欄遠眺，大上海在我的淚眼裡模糊得如同一座玩具城。冰冷的海風吹拂著我灰白的頭髮。我的頭頂，有三五隻海鷗在憂傷地盤旋低鳴……

漫長而枯燥的旅行開始了，瑪麗小姐悠閒地捧起了一本傑克・倫敦的小說，我則躺在鋪位上輾轉反側。

過去的一幕幕像放電影般在眼前閃過：第一次踏上中國的土地，第一次抵達南京，第一次在繡花巷掛起金女大校牌，第一次在隨園陶谷種下樹木，金女大第一批學生畢業，隨園金女大校區落成，吳貽芳擔任校長……前面的畫面是那麼溫馨亮麗，彷彿一首輕快跳躍的小步舞曲，可是怎麼了？怎麼一下子又跳到一九三七年冬天？啊，南京淪陷了，日本軍隊進城了，燒啊，搶啊，殺啊，淫啊……槍炮聲，尖叫聲，哀嚎聲，崩塌聲……還有各種各樣的氣味，火藥的氣味，燃燒的氣味，糞便的氣味，死亡的氣味……血！到處是血！無休無止的血！……痛苦地閉上眼睛，我忽然有一種遍體鱗傷的感覺。唉，該回家了，是該回家了！可是，可是二十四年離鄉背井竟換來這樣的淒慘收場，為什麼會這樣啊？

瑪麗小姐睡著了，我心煩意亂地跑出船艙。一望無際的太平洋展現在面前，眼前似乎豁然開朗。夕陽西下，海面上像鍍了一層薄薄的金。劃破這層薄金，下面就是幽藍幽藍的海水。不知道那裡有會唱歌的美人魚嗎？即便沒有美人魚，至少也有會微笑的海豚和長翅膀的飛魚吧？迷戀地望著這一切，一時間，我的靈魂似乎出竅了……

「來人啊，快來人啊，有人要跳海了！」

瑪麗小姐被這叫聲從睡夢中驚醒，她抬眼一看，不好，華群不在自己的鋪位上！瑪麗小姐翻身從床上爬起，抓著大衣衝到艙外。甲板上已經聚集了不少人，白髮蒼蒼的船長也到了，他正努力勸說著我。瑪麗小姐拔開人群衝到前面，看見我正抱著桅杆高高站立著，只要一鬆手，我就會掉進大海無影無蹤！

「教授，您不能啊！」瑪麗小姐哭喊道，「您要是掉下去，我可怎麼向大家交待啊？」

「女士，您下來吧！我們的旅行才剛剛開始，您不想讓大家陰影重重吧？接下來船上會有很多樂趣，請您相信我！」老船長苦苦懇求道。

「教授！上帝不允許我們這樣，我們不能犯輕生的罪過！求求您下來吧！求求您了！」瑪麗小姐哭得更厲害了。

「親愛的女士，這是我最後一次航程，到達三藩市我就退休了。我想給我四十年的航海生涯劃一個圓滿的句號，您同意我劃上這個句號嗎？請看在我滿頭白髮的份上。」老船長道。

「下來吧！」

「下來吧！」

「下來吧！」

圍觀的人們一聲聲呼喚著。

許久許久，我忽然回過神來，我的眼睛慢慢活動了，人們聽見我長長地歎了一口氣。這時，兩三個船員趁機靠上前來，他們七手八腳把全身冰涼的我連拉帶扶地弄了下來。我神思恍忽地望望這個看看那個，不明白人們為什麼關切地圍著自己，還詫異地問瑪麗：「親愛的，你為什麼哭呢？」

瑪麗小姐哭道：「您不要嚇我了，咱們平平安安地回家好嗎？」

我抱歉道：「對不起，親愛的瑪麗，對不起，親愛的船長，我又給你們添麻煩了嗎？啊，我這人怎麼老這樣呢？本來已經是廢人一個了，還淨給大家添麻煩，這怎麼可以呢？請你們原諒我好嗎？請你們原諒我！」

肯塔基州，道格拉斯精神康復中心。

道格拉斯大夫事先想像過我的模樣，他覺得我應該是個乾癟沉默的老太太，性格強硬，不苟言笑。一個女傳教士，沒有結過婚，長期生活在中國，女子大學教授，代理校長，剛剛經歷戰爭……所有這些資訊匯集到一起，讓道格拉斯大夫立刻領會到我的不同尋常。道格拉斯大夫一向認為，人的思維精密複雜、妙不可言。在普通人之上，有兩類人的思維尤其地瞬息萬變、捉摸不定，那就是女人和知識份子。而我既是女人又是知識份子，同時還是上帝的信徒，這樣的人一旦精神崩潰，真是很難幫她再建支點，道格拉斯決定將我當作自己醫學生涯的重大挑戰。

道格拉斯大夫是個瘦小精幹的中年人，留著兩撇俊俏的鬍子。他一戰時當過軍醫，在歐洲戰場上，親眼目睹許多人沒在戰火中死亡卻在戰火中瘋狂。這段經歷讓他對人精神之微妙之脆弱體悟頗深，他發誓戰後要建立一個精神康復機構，幫助那些飽受戰爭傷害的人們，讓他們擺脫恐懼、絕望、失敗、屈辱等精神折磨。許多年後，當道格拉斯大夫歷盡千辛萬苦建立起康復中心時，他發現自己對「戰爭綜合症」的認識還僅僅是皮毛。

一看到我，道格拉斯大夫就意識到自己錯了：「啊，對不起，魏特琳教授，沒想到您比我還高還壯！這會讓我將來對您憐香惜玉有點困難，而且您看上去並不嚴肅，不是不苟言笑，也不是難打交道……總之，您與我想像的完全不一樣！總之，我全錯了！」

道格拉斯大夫的幽默開場白讓我們笑了，看來肯塔基是來對了！

「魏特琳教授，歡迎您回國。我是道格拉斯大夫，您的主治醫生，很願意為您效勞。還有您，親愛的瑪麗小姐。」道格拉斯大夫說著，優雅地依次親吻了我和瑪麗小姐的右手。

這種暌違已久的歐洲古老禮節讓我們感覺十分受用，我們離文明已經太遠了！待我們落座後，道格拉斯大夫又親手研磨了巴西咖啡，用精緻的瓷器盛送到我們面前，然後與我們攀談旅途趣聞。道格拉斯大夫博古通今理解力一流，而且他特別善於傾聽，誰跟他說話都會覺得自己特別受重視，那種感覺真是好極了！休息片刻，道格拉斯大夫喚來護士，將我們領入自己的房間。四處打量，我覺得這裡像個舒適的療養院。

其實，道格拉斯大夫的治療從我們一見面就開始了。道格拉斯大夫深知心理疾病有其特殊性，只有當病人願意向醫生敞開心扉，治療才可能進行，而只有當病人和醫生建立起良好的互動關係，他才能真正釋放壓力並進一步重建自我。見我對康復中心不排斥，道格拉斯大夫又著手進行第二步工作：他私下向瑪麗小姐詳瞭解我的情況，追問每一件事的細枝末節。彷彿在一團亂麻中找到了頭緒，終於有一天，道格拉斯大夫覺得應該與我來一次深談了。

「說說您的故事吧，魏特琳教授。」

「我的故事？我有什麼故事？」

「您來這兒，是因為您得了抑鬱症。您能告訴我，您為什麼抑鬱嗎？」

「我不知道我為什麼抑鬱，我也不知道我是否真的抑鬱，是你們說我抑鬱了。」

「好吧，讓我們換一個話題。您能告訴我南京大屠殺的情況嗎？一九三七年的冬天，南京到底發生了什麼？」

這個問題觸動了我的神經，我立刻狂躁地站起身，一邊揮舞著胳膊在屋子裡來回走動，一邊暴怒地大聲嚷嚷道：「怎麼，您不知道南京大屠殺？難道報紙電臺沒有報導？難道田伯烈先生沒有出版書籍？哈，您居然不知道，還要我向您介紹！一九三七年冬天您在幹什麼呢？您大概躲到肯塔基鄉下歡度聖誕了吧？啊，守著壁爐、吃著火雞、摟著姑娘、跳著舞曲……多美好的人生啊！或者您帶著夫人前往紐約、巴黎、倫敦狂歡了一把？前衛時裝、先鋒藝術、頂級美酒、帝國大廈，您要什麼有什麼！是啊，您憑什麼非得知道一九三七年冬天南京發生了什麼呢？這關您什麼事呢？哦，您現在也不必關心它不是嗎？您何苦要知道呢？就因為我是您的病人嗎？謝謝您啦，大夫！您不要想當然地以為是大屠殺讓我抑鬱，大屠殺只能讓人噁心，不能讓人抑鬱！讓死去的人死去吧，讓他們徹底平靜！別指望我把他們從墳墓里拉出來向您展示，去你媽的！去你媽的！」

「嘩啦」一聲巨響，一隻茶杯被我狠狠砸到地上。見道格拉斯大夫沒有反應，我大叫著衝出門去，道格拉斯大夫只是平靜地注視著這一切。

道格拉斯大夫繼續寬容甚至縱容著我，無論我發什麼樣的脾氣，他都默默傾聽靜靜承受。還好，只要不涉及南京大屠殺，我差不多總是溫和禮貌的，而且當我恢復理智，我還會為自己一時的粗暴認真道歉。不過，我真的不喜歡說話，我用沉默緊緊包裹著自己，像一件脫不掉的外衣。道格拉斯大夫改變了策略，他主動說起自己的經歷。關於戰爭，他有很多獨特感人的故事。起初我只是聽著，偶爾問問細節；後來開始參與評論，並與他一起悲悲喜喜；再後來我情不自禁打開話匣子，說起那些被我埋葬了的往事。

一九三七年的冬天復活了！那些人，那些場景，那些事件，接著還有一九三八年、一九三九年……彷彿洪水衝破了堤壩，我說啊說啊，恨不得要把這輩子的話一股腦說完。道格拉斯大夫被我的洪水淹沒了，他不敢相信世間的苦難和黑暗竟如此沒有盡頭，這樣深重的罪惡耶穌基督要死上多少回才能救贖？人類還有救贖的機會嗎？聽著聽著，道格拉斯大夫覺得自己似乎也抑鬱起來。

道格拉斯大夫說：「二十世紀也許就是一個全體犯罪的世紀，人類想方設法要把各種罪惡嘗試個遍。看來我們是生逢其時了，正好可以研究這難得的樣本！」

我說：「難道您可以置身事外不受影響嗎？我的導師衛士禮尋找他的瓦爾登湖去了，瓦爾登湖會告訴他拯救世界的辦法嗎？我不信。哦，撒旦快要勝利了！我已經被他附體，世界馬上都將是撒旦的！」

經過道格拉斯大夫的心理輔導和藥物治療，我的病情穩定了許多。我不願意無所事事地浪費生命，不願意耽誤瑪麗小姐，更不願意消耗太多的醫藥費，所以一直嚷嚷著要回家休養。一九四〇年耶誕節前夕，道格拉斯大夫認為我恢復良好，同意我回家過節。

悄無聲息地回到西科爾鎮，我原打算蟄伏在家裡，野獸般舔舐自己的傷口。可左鄰右舍聽說明妮•魏特琳回來了，立刻掀起一番歡迎的熱潮。鎮長主持召開了盛大的歡迎儀式，人們比過節還要高興，把鎮裡唯一的禮堂裝飾得煥然一新。全鎮居民扶老攜幼盛裝出席，大家把鮮花、掌聲和祝福一齊獻給了他們的女英雄，讚美「我們的明妮」有無私無畏的奉獻精神，給西科爾鎮年輕人樹立了崇高的榜樣。「給我們的明妮塑一尊銅像吧！她配得上！」剛有人提出倡議，鎮裡的紳士們便紛紛慷慨解囊，擋都擋不及！隨後，我又被邀請參加各種活動：學校請我給孩子們演講，教會請我向信徒們宣教，媒體記者預約採訪，慈善募捐請我剪綵……至於大小宴會，更是一個接一個。我天天早出晚歸，忙得連跟媽媽安靜說話的時間都沒有。媽媽卻一點也不怪我，老人家整天笑得合不攏嘴，女兒越受人尊敬她越高興，她覺得這是為魏特琳家族爭光添彩呢！露茜當時正值妙齡，這個侄女太內向了，很少接近我這個姑媽。我哪裡知道，露茜實在是太崇拜我了，她已經把我當作了聖人！

家人越是這樣，我內心越是寂寞孤獨。在肯塔基，有瑪麗小姐陪伴，有道格拉斯大夫傾訴；在西科爾鎮，在全鎮親友的環繞中，我卻孤伶伶成了一個人。沒有人詢問我為什麼這時候回來，沒有人關心我是否出了什麼問題，大家都理所當然地以為我是回來度假的，我住再久也會重返中國。呵，明妮•魏特琳是西科爾鎮的驕傲，是全鎮從未有過的傑出女性，她學識淵博、能力超強、身體健壯，她能有什麼問題呢？人們總以為只有普通人才會有這樣那樣的問題，像明妮•魏特琳這樣的出類拔萃者則永遠完美、永遠強大。多少次我想與至親好友說說南京、說說自己的病，我想告訴他們：「我不是你們想像中的英雄，我無法給你們帶來利益和榮譽，我只是個一無是處的失敗者，帶著一身傷痛從中國回來，我希望你們不附加任何條件地接納我、幫助我……」可是，我實在開不了口，大家對中國一無所知，對我的工作一無所知，對我本人其實也是一無所知。人們聊著聊著會扯到歐洲戰局，每個人都急不可捺地發表著看法，急不可捺地進行著爭論。酒足飯飽，大家打著飽嗝各自散去，生活一切照舊——畢竟戰爭還遠在歐洲。

最終我什麼也沒有說。在家待得時間越長，我越覺得不知道找誰說話，不知道說什麼是好。我很不喜歡自己這副無能為力的模樣，可時間越長，我越覺得自己真的十分無能為力。呵，西科爾人遲早有一天會發現真相的，他們會罵我是個騙子嗎？我會成為西科爾鎮的話題嗎？我會讓家人蒙羞嗎？啊，我該離開了，我該去該去的地方了。可是，我該去哪裡呢？南京，回不去；肯塔基，不想去；瓦爾登湖，不敢去……我成了無家可歸的孤兒。

我留下三份遺書。在給教會和金女大的工作遺書裡，我與徐亦蓁主席、吳貽芳校長、瑪麗小姐、程夫人等一一告別，並表示將自己不多的錢財奉獻給金女大，用於幫助那些沒有機會接受正規教育的窮苦女孩；給家人的遺書主要安排了後事，我詳細描繪了自己的墓地，請求母親將自己安葬在父親旁邊，請求傑克弟弟在墓碑上鐫刻「金陵永生」四個漢字；還有一封遺書是給上帝的，文字很簡短：「親愛的天父：這是我最後一次向您懺悔。很遺憾，我不得不以這樣的方式與您告別。我與撒旦戰鬥了很久，中間各有輸贏。為了不讓他獲得最後的勝利，我決定毀滅他賴以生存的肉體。因此，我決定與他同歸於盡。請您寬恕我，我這麼做都是為了您！我的全部意義只在於榮耀您！愛您的明妮。」

我自殺的消息傳出，輿論一片譁然。不少教會人士憤怒地譴責我的行為，認為我數十年如一日在中國傳教雖然吃了不少辛苦，結果卻功虧一簣，這樣的人物會被外界抓住當作教會的把柄，根本不值得宣揚。魏特琳之死讓西科爾鎮備受打擊，家人欲哭無淚，紳士們決定取消為我塑像的計畫，「明妮·魏特琳日」也從此不再提起。

一九四一年十二月七日，日本偷襲珍珠港，美國正式宣戰，第二次世界大戰升級。道格拉斯大夫重返戰場成為軍醫，直到一九四五年秋天退役。戰後，通過對奧斯維辛集中營的調查研究，道格拉斯大夫成為舉世聞名的大屠殺研究專家。此外，道格拉斯大夫還在世界各地建立了許多個精神康復中心，他經常對人說：「如果少了對南京大屠殺的研究，我們對人類的認識一定會存在缺陷。許多年前，一位親歷過南京大屠殺的女士教給我這一點，我一輩子都不會忘記……」

# 18、上帝哭了

我早知道我被這個世界遺棄了，天堂之門不會向我打開，我也不打算得到他們口口聲聲的所謂「救贖」。正因為如此，我反而徹底自由了，沒有任何東西可以約束我，哪怕是時間。是啊，時間對死魂靈沒有意義，我是一個「不思進取」的死魂靈，時間之於我無非是個打發日子的概念。

露茜卻很在意時間的流逝，她始終記得你臨別時對她的承諾：你說少則一年，多則兩三載，你一定會回來，一定會帶著你的著作回來，你發誓要讓世界給我一個新的評價。於是，露茜半信半疑地開始期待，她在你走後常對我念叨：「那個中國姑娘當真會回來嗎？她當真能完成南京大屠殺的寫作嗎？您瞧她長得多俊俏啊，唇紅齒白的，一臉的單純擋也擋不住，這樣的姑娘何苦要碰南京大屠殺呢？您說她是不是太不合時宜啦？」

還真是的，露茜的話說得我心裡沒底。對於一個生活在廿一世紀的年輕人，挖掘南京大屠殺這樣沉重的歷史意味著什麼？你不會被猙獰的歷史嚇得哭鼻子嗎？這麼多年來，我的確在等一個人，甚至在盼一個人。我盼這個人將我從似是而非的傳說中解救出來，拂去重重塵埃，真真實實還原我本來的模樣。我盼你們這些活著的人認識理解我，進而認識理解我們那個時代。

那個時代很暴力很瘋狂，但它自有它的邏輯——哦，不！不要說我們的時代與你無關！聰明年輕的你可得當心啦，歷史這個鬼傢伙有著超強的ＤＮＡ，它再生、複製乃至進化的能力絕對超出你的想像！相信我，相信一個死魂靈的忠告，我不奢望升入天堂，但我真的奢望你們能聽進我的話！

當然，我無法確認你就是我盼望的那個人，因為你的確太年輕太年輕。當然，我也無法確認當真會有這麼一個人，因為我盼了這許多年，迄今出現的也無非只有你。後來，我越來越覺得露茜是對的，因為一年過去了，你沒有回來；兩年過去了，你沒有回來；三年過去了，你仍然沒有回來……

就在露茜和我決定把你淡忘的時候，沒想到，你母親領著你兒子來了。

是你派他們來的嗎？哦，當他們在露茜陪伴下手捧鮮花向墓地走來時，我簡直不敢相信自己的眼睛！你的母親雖然鬢角斑白、皺紋叢生，但眉目和表情真的和你極其神似！至於你那相貌清秀的兒子，就幾乎是你的縮微版，我真喜歡他天真嬌嫩的小模樣啊！

露茜撫著「金陵永生」墓碑對我道：「明妮姑媽，咱們可真有福！中國姑娘沒有失約，她不能來，她讓母親和兒子代她來了！喏，這就是遠道而來的張太太和小尼克！」

你母親將鮮花放到我墓前，退後鞠了三躬，悲戚地道：「華小姐，請原諒我們來遲了。憶寧走得太匆忙，她什麼也沒交待，留下那麼多事要我們處理……這幾年她跟我說過無數次，說等作品出版後她要來看您，現在她不能來了，請允許我代她來看您吧……」

啊，你母親說的什麼話，我怎麼聽不懂呢？你走了，你到哪裡去了？你為什麼不能親自來呢？你的作品出版了嗎？

「明妮姑媽，這就是憶寧的作品，她在書裡給了您好多篇幅呢。」露茜將一本厚厚的書籍放到我的墓碑上，我看到黑色封面上有一個醒目的紅色標題：《二十世紀的創傷：被遺忘的南京大屠殺》。

你母親說：「這是近五十年來第一部用英文撰寫的關於南京大屠殺的著作，作品一問世即引起轟動，迄今已連續十個月位列《紐約時報》『非虛構類』作品榜首。唉，憶寧現在是名揚歐美的暢銷書作家，可惜她卻享受不了這份成功的喜悅啊！」

露茜問：「張太太，我不願意再一次觸痛您，可是，是怎麼回事呢？」

你母親搖搖頭道：「沒關係，布朗太太，這是我迴避不了的傷痛……您聽了也許會震驚，世上還真有這麼蹊蹺的事：憶寧和華小姐一樣死於抑鬱症，而且憶寧也是用手槍自殺的……憶寧的車長時間停在樹林裡，員警看到憶寧坐在汽車裡像睡著了，打開車門才發現，憶寧在駕駛位上已經僵硬了……」

如果真有淚水，我的淚水想必會流成阿拉伯的樹膠！然而，死魂靈沒有淚水，死魂靈也不會心痛，因為死魂靈已經沒有心了！我眼前出現你離別人世的最後一幕：你獨自開著汽車來到人跡罕至的樹林，汽車裡播放著肯尼·基的薩克斯曲《回家》。你在樹林裡轉來轉去，一直走到一條小路的盡頭，再也無路可走。汽車像被荊棘紮傷了似的猛然停下，一陣絕望湧上你的心頭，你伏在方向盤上嚎啕大哭，肯尼・基的薩克斯曲頓時如雷貫耳……

哦，親愛的，當你舉起手槍對準自己的太陽穴時，你想了些什麼呢？你是否有過猶豫、有過留戀、有過悔恨、有過疼痛？或者，你像我一樣，忽然感受到一股從未有過的快樂輕鬆？啊，那個夜晚，當我隆重地打扮自己準備告別時，我內心真的是充滿喜樂啊！窗外，大雪覆蓋的西科爾鎮一片靜謐，只是偶爾能聽到遠方有積雪折斷枯枝的聲音；門外，母親在隔壁房間裡酣睡，她的鼾聲斷斷續續時高時低，如同一首樂曲。燈光昏黃如豆的房間裡，我聽到自己的心臟在跳動、血液在奔湧，它們似乎比我還激動還盼望啊！把玩著阿菊男人贈送的手槍，我嘴角掛著幸福的微笑。小手槍精美得讓人憐惜，無論造型還是做工都無與倫比，它小鳥般乖巧地臥在我掌心，充滿了魅力和靈氣。這樣一把手槍，與其說是武器，不如說是工藝品。難怪日本人會把死亡演繹成藝術，當我們將死亡的過程儀式化，它的確會產生一種出神入化的效果呢！喏，我換上了一襲旗袍，就是那件阿菊為我五十歲生日親手縫製的孔雀藍旗袍；我將頭髮高高挽起，梳成一個漂亮的髮髻；我戴上了美麗的珍珠耳環，別上了銀質的菊花胸針；我稍稍塗抹了點胭脂口紅，希望以此掩飾我蒼白的面容；最後，我套上了跟隨我多年的灰呢大衣躺到床上。親愛的，我舉起手槍時是快樂的，因為我看到了撒旦恐懼的眼神，聽到了他絕望的哀嚎！那一刻我是多麼自豪啊！

你母親說你在寫作這本書時一度失眠崩潰，醫生說你是壓力太大導致抑鬱症。家人都勸你不要再寫了，你說什麼也不肯，一邊服藥一邊堅持寫作。書出版了，有人讚揚，也有人咒罵，尤其是一些日本人，寫文章攻擊你還不夠，還想方設法把電話打到了家裡，你一接到那種電話就受不了！那一陣子你常哭著問媽媽：為什麼人性這麼黑暗這麼醜陋？為什麼人們現在仍然不能直面歷史？

哦，親愛的孩子，看來你是跟我一樣天真啊！當年我也曾這麼想不通來著，我在心裡不停地追問：為什麼？為什麼？為什麼啊？……是啊，這世界發生了那麼多匪夷所思的事情，兩次世界大戰死了數千萬人，可你看到人們吸取教訓了嗎？還有那看不見摸不著的「人性」，它潛伏在我們每個人身上，表現形式卻有天壤之別，有的人聖潔無比，有的人卑劣不堪，有的人形同走肉，更多的人時而天使時而魔鬼。哦，誰能告訴我這人性到底是個什麼玩意兒？親愛的孩子，你以為南京大屠殺是鐵板釘釘的史實，你重現這段被遺忘的歷史就一定會得到世人的褒獎嗎？你想過沒有，人類是多麼地漸忘又是多麼善於推卸責任，這都是由人的原罪決定的啊！你難以理解日本人對你的態度是吧，試想一下，假如你的爺爺參加過戰爭，你是否也會條件反射地為爺爺辯護呢？誰能坦然接受這樣的爺爺：他一方面是個親切和藹、熱愛家庭的老人，另一方面卻是個殺人如麻、嗜血成性的狂徒？假如你有這樣的爺爺，你願意為爺爺的罪過道歉嗎？

你母親說你婚後與丈夫住在紐約，距離父母很遠。母親鞭長莫及幫不上你，也回答不了你的問題，只能在電話裡儘量安慰。後來聽說她病情嚴重，頭髮大把脫落，母親特意飛到紐約想幫幫你，可是你要參加各種新書推介發佈會，根本歇息不下來。那一陣子，你靠大劑量的藥物維持著，白天在外工作時一切正常，晚上則躲在被子裡哭泣。你母親說，你是個十分要強的人，輕易絕不向人展示脆弱。於是你的痛苦在很長一段時間內無人知曉，即便媽媽和丈夫也蒙在鼓裡。親人只知道為你的卓越成就百般驕傲，完全體會不到你身處懸崖峭壁邊的絕望心情。

你母親悔恨道：「我和她爸爸是學數學的，她丈夫是學經濟的，我們一家人都缺乏醫學常識。我們對抑鬱症一竅不通，而且憶寧的病情也發展得太快了，大家全都反應不過來。誰知道她會弄到一把槍呢？她平時膽子那麼小，從來不會傷害任何動物，自己一根手指頭破了也要喊半天，可她最後居然朝自己開了槍！她一定是痛苦了到極點才選擇了開槍解脫，可憐她還有老邁的父母和年幼的孩子！」

哦，親愛的孩子啊，說一千道一萬，健康人著實很難準確體會抑鬱症患者啊。我們和他們之間隔著不可逾越的鴻溝，大家互相看得見，卻互相不能理解。只有我們彼此同病相憐，你的痛苦我感同身受，其實我當年比你還孤獨，你有父母還有丈夫，我後來則是連上帝也失去了，徹頭徹尾孤伶伶一個！跟你一樣，我也是太強調自尊、太不願意給人增加麻煩。道格拉斯大夫鼓勵我要放下所謂的「尊嚴」，要懂得恰如其分地展示真實的自我，懂得架設與別人溝通的橋樑，他說：「當你落下水時，只有你先伸出手來求救，你才可能抓住別人的手或別人拋來的東西真正得救！」然而，抑鬱症患者恰恰失去了伸手的能力，我們覺得自己一無是處，活得極其失敗，根本不值得耗費親人的精力。在我們面前始終有一個妖冶的死神，她唱著神秘的歌曲，跳著迷幻的舞蹈，誘惑著我們走向那神秘虛無的所在……

不過，我暫且理解不了一個母親如何捨得留下孩子。

如果我有孩子，我是不是會有更多的牽掛？

記得我死後，我們家一下子就垮了。母親接受不了我的死，更接受不了我們家從此失去英雄的光環，甚至人人額上都印上了紅字。她羞愧得再也不肯出門，並很快萎縮下去，很快便憤憤不平地躺到了我旁邊。呵呵，母親死後還不停地指責我抱怨我，她從來也沒想過我也有我的難處。至於傑克弟弟和家裡的其他親戚，他們把我的照片從牆上摘下來，再也不願提及我的名字。直到傑克弟弟故去，露茜成了一家之主，我的照片才被重新掛到自家的牆上。呵，一個年代有一個年代的母親，這也很正常吧。我對辜負了母親十二萬分地抱歉，所以任憑母親如何責罵我總是默默承受。你真幸運，你有一個出色的母親，她對你的愛既全面又徹底。從她剛才風平浪靜的敘述中，我能感受到她的強大和通透。還有你的丈夫，他既然能成為你的伴侶，想必也是出類拔萃。母親和丈夫，你生命中最重要的兩個人，他們本值得你全身心地依賴！還有你可愛的孩子……

說完你的故事，你母親扭頭尋找起小尼克來。順著你母親的目光，我看到小尼克正自得其樂地在樹林裡翻轉石塊。大石塊下面窩集著大量喜陰好濕的蟲子，石塊被掀翻後，蟲子們無處藏身，急急忙忙東奔西跑，小尼克就趕緊將它們一把把捉起來當玩具玩。看著天真無邪的小尼克，我真為你難過，這孩子以後可怎麼辦啊！

露茜也觸景生情地感慨道：「孩子到底是孩子，尼克大概還不知道失去媽媽了吧，看他玩起來還那麼開心！」

你母親回答：「這孩子患有孤獨症，剛剛確診的，他不大會領悟我們常人的情感……媽媽的葬禮他也參加了，他不是不知道，他只不過沉浸在自己的世界裡……孤獨症也許是人類永遠無法治癒的疾病吧，尼克的病是否讓憶寧聯想到了什麼？可惜憶寧什麼也沒有說……唉，當尼克還在襁褓中時，憶寧就覺察到他的與眾不同，但當時沒法確診。現在想來，還真是母子連心啊！孩子的一舉一動，總是媽媽第一時間有所感應。就像憶寧出事那天，我一早起來就眼皮亂跳，做什麼事都心神不寧……」

露茜道：「啊，上帝，憶寧真不該寫南京大屠殺啊！這種題材哪是她這樣的女孩子能夠承受的？也怪我，當時沒把她勸住，是我害了她！我當時心裡有過猶豫，覺得她不應該趟這個雷區，可後來想為明妮姑媽正名的念頭占了上風，我就把到嘴邊的話咽下去了。唉，現在說什麼都晚了，我真對你們不住！」

你母親道：「您說哪裡話，布朗太太，憶寧做這樣的事是無怨無悔的。您不知道，華小姐給憶寧帶來多大的精神激勵，她是多麼敬愛華小姐啊！憶寧說華小姐遠赴中國不是為了哪國的利益，華小姐保護難民也不因為他們是中國人，華小姐這麼做是為了愛整個人類。憶寧說她寫作也是為了愛整個人類，自己雖是個標準的ABC（American-born Chinese），卻並不需要通過這種方式表現對故國的熱愛。」

露茜微微頷首道：「憶寧這孩子和明妮姑媽倒也心氣相通。不過我真的不敢相信，時隔半個多世紀，南京大屠殺還有這樣可怕的殺傷力。親愛的，您不覺得明妮姑媽和憶寧是死於同一顆子彈嗎？我感覺這顆子彈還在飛，沒準下面還會繼續傷害什麼人，我好擔心！」

露西的話擊中了你母親，她呆了半天，忽然全身戰慄起來：「我原以為遺忘能幫助我們重建生活，憶寧的死證明這根本沒用！啊，布朗太太，也許是我害了憶寧，是我們這代人對歷史的刻意迴避讓憶寧失去了根！」

你母親急急切切回憶起自己大半輩子的人生經歷：你外婆畢業於金女大，你外公畢業於中央大學，兩個年輕人相知相愛，於一九三六年在南京結婚。第二年，你外婆懷上了你母親。當年深秋你外婆即將臨產的時候，日本人來了。為躲避戰亂，你外公不得不帶著全家人一路西行。走到湖南的一個偏遠鄉村，你母親出生了。當時天寒地凍，缺衣少食，條件十分艱苦，你外婆分娩吃了很大辛苦，差點母女雙亡。後來因為營養不良、心情壓抑，你外婆沒有奶水，你母親嗷嗷待哺，多少次幾乎夭折。顛沛流離到了重慶，全家人在山城苦苦熬過了八年，好不容易盼到日本投降才回到故鄉南京。在南京老宅子裡，全家人落下了腳，你母親有了生命中第一個真正意義上的家，從此不用擔心炸彈從天而降，從此可以自由自在地生活了！那是你母親童年最幸福的一段時光。

「我還記得母親帶我前往金女大探望吳校長的事情。」你母親追憶道，「我第一次走進金女大時，學校的美麗把我驚呆了！我覺得這就是天堂！我緊緊挨著母親，大氣不敢出一聲，好像聲音一大眼前的美景就會消失了似的。母親一見吳校長就哭了，她抱著吳校長久久不肯鬆開。吳校長輕聲細語地安慰她很長時間，然後她們倆就坐著說起話來。我聽不懂她們說了些什麼，只記得吳校長既慈祥又威嚴，我們小孩子一見她就不敢放肆。後來，母親經常帶我去金女大，她希望我以後也能考上金女大，也能成為吳校長的學生。」

你母親原以為會在南京永久定居，不曾想很快又鬧起了內戰。一九四九年國破家亡之際，你外婆流著淚告別老屋，帶著兩個孩子跟隨你外公漂洋過海來到美國。初來美國，你外公外婆忙於生計，沒有更多的精力照顧孩子，只得把你母親和小舅舅交給學校。你小舅舅還好，因為年紀小、適應性強，沒多久就與環境融為一體。而你母親，正處於敏感多思的少女時期，彷彿含苞待放的花朵被連根拔起，你母親不由自主便把心靈之門關上了。和你母親的經歷相似，你父親一家也是因為戰亂背井離鄉，先是從大陸來到臺灣，接著又輾轉從臺灣來到美國。你父母在大學裡相遇，兩個孤獨的人一見傾心，頗有相見恨晚之感。

「憶寧出生時，我們的日子剛剛穩定，心靈也剛剛開始溫暖。」一說到這個話題，你母親的神色便分外柔和，「我和她父親對南京都有深刻的眷戀，我們一致決定將孩子命名為『憶寧』。面對一個嶄新的生命，我們充滿了希望，我們不願意孩子像我們這代人一樣有太多的陰影，所以我們對孩子絕口不提故國之事。不少華人家庭仍然重視華夏文化，他們平時堅持全家講漢語，要求孩子必須學習中華傳統。我們則正好相反，我們從不教孩子漢語，即便是孩子好奇主動詢問我們也避口不談。唉，我們以為只要無情地斬斷與過去的聯繫，我們的孩子就可以不被黑暗的歷史糾纏，進而可以一生幸福無憂，哪知道憶寧根本不聽我們的苦心安排，這當真是血濃於水，基因決定命運嗎？」

你母親說，你打懂事起就對中國文化情有獨鍾，你喜歡自己黑頭髮、黃皮膚的長相，你報名參加了學校的東方文化社團，長期堅持學習漢語，你還勤工儉學多次到中國遊學。為就業方便，父母建議你大學報考法律或商業專業，你卻醉心東方研究要走文史之路。最終，新聞成了你和父母折中的選擇。於是你大學畢業當了一名記者，於是你在採訪中與南京大屠殺展不期而遇……

「布朗太太，我似乎忽然發現憶寧之死的源頭了！」你母親的眼睛明亮起來，「我才意識到，我和她父親童年都飽受戰亂之苦，我們在成長過程中都不同程度地受到了傷害，這導致我們的心靈是殘缺而黑暗的。這麼多年來，我們胸中鬱積了太多的戾氣，我們沒有及時釋放它，反而將它鎮壓在一個看不見的時空膠囊裡。結果呢？結果這股戾氣影響了我們的健康，還傷害了我們的後代。」

露茜點頭道：「親愛的，您說得太好了。確實，遺忘是人類的通病，對歷史的遺忘尤其發人深省。一些當權者會別有用心地篡改歷史，他們用虛假的歷史替換真實的歷史，從而使真實的歷史被人遺忘，這種遺忘對大部分人而言是無辜被動的。但另外還有一些人，他們無力也無心正視自己的過去，就像一個面人被揉得沒有筋骨了，只能任人擺佈。這樣的人往往會主動自覺地遺忘歷史，還美其名曰：對歷史要採取寬容的態度，不必錙銖必較。憶寧既不想成為前者，也不想成為後者，她想勇敢地與歷史面對面，還想呼籲所有人都像她一樣勇敢。可她準備不足，竟被沉重的歷史壓倒了……」

親愛的孩子，你聽到了嗎，露茜和你母親分析得似乎都很有道理，你贊同她們的意見嗎？哦，如果你不出現，我恐怕不會這樣認真地回顧我這一輩子，正是這次回顧讓我真正認識了自己。你呢，你對自己有多少瞭解？你認同別人貼在我們身上的標籤嗎？蘇格拉底提醒我們：「人啊，認識你自己！」可是我們何時才能清醒地認識自己呢？

露茜和你母親不再說話，她們默默相擁捨不得分離。她們本來素不相識，可現在她們成了親人，因為我和你。

樹林裡，歸巢的鳥兒嘰嘰喳喳吵個不停，太陽快落山了。

小尼克不知從哪裡摘了好大一束鮮花，他興奮地抱著鮮花奔向你母親。你母親看到了小尼克，她蹲下身子微笑著向小尼克敞開懷抱。小尼克一頭撲進她懷裡，將鮮花塞給她，然後貼著她的面頰左親右親，「咯咯咯咯」笑個不停。

「我們把鮮花帶給媽媽好嗎？媽媽最喜歡鮮花了！」小尼克嚷嚷道。

你母親回吻著小尼克，熱淚盈眶地對露茜說：「看見沒，布朗太太？人與人可以交流也必須交流，孤獨症孩子也不例外，我們都需要一座橋樑。也許人的救贖並不困難，一個親吻、一個微笑，足夠了……」

她們走了，我又成了孤伶伶一個，獨自在樹林裡遊蕩著。我好想念你啊，我的孩子，你的靈魂也像我一樣沒有歸宿嗎？我們要是能做個伴就好了，可是我到哪裡能找到你呢？如果我能夠，我真想向上帝祈禱，請求上帝眷顧你這個可憐的孩子。上帝他老人家應該知道，你是多麼熱愛這個紛紜複雜的世界！

天黑了，起風了。後半夜，一陣狂風呼嘯而來，西科爾鎮的上空忽然烏雲密佈。雷鳴電閃之間，瓢潑大雨傾盆而下，天空彷彿漏了一個大窟窿。就在這時，一道閃電劃亮了天幕，我的眼前清晰地出現一張悲傷的面孔——啊，那是上帝他老人家在哭泣啊！緊接著，一聲驚雷炸響在頭頂，我又聽見上帝他老人家在聲聲召喚：「來吧，孩子！來吧，孩子！……」

天父啊！我來了！

【後記】

# 小說有時會大過歷史

趙銳

我對小說的認識經歷了一個過程。青春年少時沉湎於故事，常常欲罷不能地閱讀那些情節性強的傳奇小說。成年後恰恰相反，有很長一個階段，我無法忍受小說的做作和庸俗，認為虛構是世界上最無聊的事情。打開電視，翻開報紙，每時每刻都有激動人心的事情發生。相比之下，我們的小說顯得那麼空虛無力，連基本的娛樂功能都喪失殆盡。我個人的感受其實也是社會現實的反照：從上世紀八〇年代人人都是文學青年，到後來純文學漸漸退出人們視野；從散文隨筆、紀實作品盛行不衰，到實用主義甚囂塵上，考試、旅遊、勵志類書籍受到歡迎；從話語權為少數人壟斷，到多元解構一切，微博無處不在……我們的文學，我們的小說面臨前所未有的嚴峻考驗。

作為一個作家，我一度拒絕撰寫小說。對真實、真相、真誠的渴望，讓我對散文隨筆和人物傳記情有獨鍾。當我終於意識到世上本無真相，好的虛構將比碎片化、泡沫狀的真實更加真實時，我對小說的理解產生了根本變化。是啊，當《三國演義》、《水滸傳》成為中國人的普遍性格，當《哈姆萊特》、《變形記》成為全人類的寓言，誰能說小說不如歷史（或曰生活）

真實、宏大、深刻？忘不了最近閱讀張愛玲《赤地之戀》和《秧歌》時的震撼，之前讓我如雷轟頂的小說還有：曹雪芹的《紅樓夢》，雨果的《悲慘世界》，赫胥黎的《美麗新世界》，索爾仁尼琴的《古拉格群島》，格拉斯的《鐵皮鼓》，庫切的《恥》……這些偉大的小說和小說家，讓我肅然起敬！

回到我的作品。我得強調這是一部小說。雖然我的主人公是真實存在過的明妮・魏特琳女士，但這部作品並非她的傳記。我虛構了很多人物和情節，目的不是為了還原魏特琳女士的生平故事，更不是為了探究南京大屠殺的歷史真相，而是為了進一步思考戰爭、人性、罪惡、憂鬱等話題。然而，小說中的很多人物和情節又是真實的，它們來源於金女大和南京大屠殺歷史，小說中的一些細節甚至直接出自《魏特琳日記》、《拉貝日記》、《程瑞芳日記》以及相關歷史研究成果。真實與虛構，是一隻手掌的正面與反面，這就好比宇宙是由正物質與反物質共同組成的。

該作品是我的長篇小說處女作。二〇一二年四月以《罪》之原題，全文發表於《鍾山》雜誌〈長篇小說上半年刊〉。當年九月，作為南京師範大學建校一百一十周年獻禮作品，中文簡體版以《魏特琳：憂鬱的一九三七》之名，由南京師範大學出版社出版。這是我第三次與臺灣秀威合作，前兩本中文繁體版書籍分別是《祭壇上的聖女：林昭傳》及《母親手記：我與孩子的故事》。很高興我能擁有更多的讀者，衷心感謝蔡登山總編和王奕文編輯的辛勤工作！

新銳文學叢書17　PG0852

新銳文創
INDEPENDENT & UNIQUE

罪
——金女大教授明妮・魏特琳經歷的南京大屠殺

作　　者　趙　銳
主　　編　蔡登山
責任編輯　王奕文
圖文排版　彭君如
封面設計　陳佩蓉

出版策劃　新銳文創
製作發行　秀威資訊科技股份有限公司
114 台北市內湖區瑞光路76巷65號1樓
電話：+886-2-2796-3638　傳真：+886-2-2796-1377
服務信箱：service@showwe.com.tw
http://www.showwe.com.tw
郵政劃撥　19563868　戶名：秀威資訊科技股份有限公司
展售門市　國家書店【松江門市】
104 台北市中山區松江路209號1樓
電話：+886-2-2518-0207　傳真：+886-2-2518-0778
網路訂購　秀威網路書店：http://www.bodbooks.com.tw
國家網路書店：http://www.govbooks.com.tw
法律顧問　毛國樑　律師
圖書經銷　貿騰發賣股份有限公司
235 新北市中和區中正路880號14樓
電話：+886-2-8227-5988　傳真：+886-2-8227-5989

出版日期　2013年1月　初版
定　　價　370元



**Printed in Taiwan**

國家圖書館出版品預行編目

罪：金女大教授明妮・魏特琳經歷的南京大屠殺 / 趙銳著.
-- 一版. -- 臺北市：新銳文創, 2013.01
面； 公分. --
ISBN 978-986-5915-39-1（平裝）

857.7 101023350

# 讀者回函卡

感謝您購買本書，為提升服務品質，請填妥以下資料，將讀者回函卡直接寄回或傳真本公司，收到您的寶貴意見後，我們會收藏記錄及檢討，謝謝！

如您需要了解本公司最新出版書目、購書優惠或企劃活動，歡迎您上網查詢或下載相關資料：http:// www.showwe.com.tw

您購買的書名：____________________

出生日期：________年________月________日

學歷：□高中(含)以下　□大專　□研究所(含)以上

職業：□製造業　□金融業　□資訊業　□軍警　□傳播業　□自由業

□服務業　□公務員　□教職　□學生　□家管　□其它______

購書地點：□網路書店　□實體書店　□書展　□郵購　□贈閱　□其他

您從何得知本書的消息？

□網路書店　□實體書店　□網路搜尋　□電子報　□書訊　□雜誌

□傳播媒體　□親友推薦　□網站推薦　□部落格　□其他__________

您對本書的評價：(請填代號　1.非常滿意　2.滿意　3.尚可　4.再改進)

封面設計____　版面編排____　內容____　文／譯筆____　價格____

讀完書後您覺得：

□很有收穫　□有收穫　□收穫不多　□沒收穫

對我們的建議：____________________

____________________

____________________

____________________

請貼
郵票

11466
台北市內湖區瑞光路 76 巷 65 號 1 樓
**秀威資訊科技股份有限公司　　收**
BOD 數位出版事業部

............................................................................................

（請沿線對折寄回，謝謝！）

姓　　名：________________ 年齡：________ 性別：□女　□男

郵遞區號：□□□□□

地　　址：________________________________________

聯絡電話：(日) ________________ (夜) ________________

E-mail：________________________________________